INK

文學叢書

293

掉傘天

蔣曉雲◎著

代序
麻姑獻壽

十年前某日，念中學的兒子說要去看一個「經典」電影《*Star Wars*》。我很吃驚，什麼時候《星際大戰》成了經典？這個片子的續集首映時，我還是個菜鳥留學生，在西洛杉磯威爾雪大道戲院門前生平頭一遭湊熱鬧看熱門大片首映場，排隊的幾匝人龍在記憶中清晰地恍如昨日。

十年後的最近，電視科幻台長片特別節目連演三集《星際大戰》，我興奮地叫回家「省親」的社會新鮮人一起來看「經典大戲」，卻被嗤之以鼻，說那電影特效太差勁，算不上經典了。我又很吃驚，自己年輕時候的流行先變成經典，再又被時間淘汰成「非經典」。不免有滄海桑田的感慨。

不過我這個當年的菜鳥留學生也已經「留」成了老華僑「金山阿嬤」（要用廣東台山鄉音唸），用人間和天上的相對年齡計算，可能不年少於位列仙班，三次親見滄海變為桑田的東海麻姑了。

「印刻」把已經絕版多年的少作，加上四篇離開台灣後發表的短篇小說，搜集一處重新出版短篇小說全集《掉傘天》。我在校對的時候，憶起了許多前塵往事，甚至想起了久已遺忘，「當時年紀小」的創作心情。

如果嚴格教養出高成就兒女的媽媽叫「虎媽」，那我媽大概是「貓媽」；屬同科（都是人家的媽），可是威風差得不是「一眼眼」。哪怕偏憐驕女不聽話又好辯，家中有女初長成，我媽媽還是堅持闡述她在「兩性關係」方面的高見。她有一說是：女孩子二十五歲以前你挑人，二十五歲以後人挑你。在她老太太這是提醒年輕女性把握青春不要錯過良緣。可我一向是她的忠誠反對黨，當然對這種含有性別歧視潛台詞的說法不以為然，不免從十幾歲青春期（也算思春期吧）起就開始觀察、思考和幻想二十五歲以上女性的「命運」。在我當時的年紀，三十歲大概已經「高壽」得沒法和愛情做聯想了，所以後來陸陸續續寫了好幾個以這個年齡層女性的感情經歷為主題的故事，卻沒一個女主角超過二十九的。那就是收在這本書裡的〈隨緣〉、〈宜室宜家〉、〈掉傘天〉、〈口角春風〉、〈閒夢〉、〈宴之二〉六篇。發表後有不少讀者反映我寫的故事和她們的遭遇或心境若合符節，引起不少共鳴。現在回頭去看，我也很訝異當時還有幾年可以「挑人」的自己，對已過「人挑」年紀女性群體的關注和興趣。所以父母對子女的影響真是不容小覷，即使像我這樣為了反對而反對，都要花上不少力氣去拆解我媽洗腦似的「鄉野傳奇」（folklore）。

在人物創作上我其實一直對與我年齡差距更大的前輩、長輩們情有獨鍾；像我這樣屬於戰後嬰兒潮最末世代出生在台灣的人，無論本省、外省，也許經歷過物質缺乏，資訊封閉，甚至公理不彰的痛苦，卻不像我們的上一代那樣遭遇戰禍，走過動亂；從寫小說的角度去觀察，離亂為他們的人生增了深度，為他們的悲劇添上無奈，為他們的喜劇加入傳奇的色彩。回頭去看，那時候我寫的「老人」有的比我現在還年輕。像是〈幼吾幼〉裡的養豬戶、〈春山記〉裡的榮民老粗、〈宴〉裡的忠僕和怕太太的男人，他們也許都正在四十多歲的盛年。即使是〈牛得貴〉，已經是決心自我了斷的絕症病人了，也只得五十歲。只有〈樂山行〉裡鬧黃昏之戀的男女主角比較年長，到現在我才望其項背。無論如何，我真慶幸二十出頭就有機會在和父親閒談中得到這些「老人」素材，激發靈感，寫下令自己感動的故事。

少年時我的閩南語很溜。流利到可以跟小販吵架，上演實境「夜市人生」。有一次和賣了有重大瑕疵商品給我的攤販要求退換不達，在人來人往的沅陵街市場據理力爭，搞到攤商情急耍賴：「妳一個小姐在這和我冤都不『歹勢』，我一個歐巴桑是驚啥！」

畢竟還是臉皮薄的「小姐」聽這一說就輸給了「蝦米攏不驚」的歐巴桑。這事過去近四十年，我還印象深刻。時至今日，明明也是半百老嫗，卻常常還有小兒女般放不開的心態（出版少作就讓我有點難為情），我就以當日把我罵得敗走的攤主為師，自我鼓勵。這些我在台灣日常生活的人生經歷「代表作」是本書中的〈快樂頭家娘〉。故事雖然還是以想像為主，卻是難得一篇有明確作者身影的小說。有興趣的讀者不妨去找找看。反正身為作者，校對時看見年輕的自己出現時的狼狽相，我可忍不住好笑了一會。

收在這本集子裡的〈驚喜〉，是我唯一寫過的同齡人故事，原來發表在〈聯合報副刊〉，應該是第一篇在報上發表的小說。原來的想法「驚」是動詞，「喜」是名詞，有點不懷好意地想嘲弄一九七幾年時候台灣校園裡既錯誤又貧乏的性知識；說兩個好奇的大學生，自己嚇自己，被莫須有的「喜」訊白白「驚」嚇了一番的趣事。這小品和同期其他青年作者描寫露骨的作品相較真是小兒科，可是對外沒有激起什麼迴響，我家裡大人卻很有意見；「大學生這麼亂！」。好像就是在那個時候我父母趕快取了幾個筆名給我用；有點覺得既然攔不住女兒胡寫，起碼別讓人很快就知道是自己家孩子也好的樣子。

我青年期的小說創作就在外界鼓勵不斷，家人憂喜交加的情況下持續到我出國讀書、就業。在國外的幾十年，忙著生活、成長、變老。離開了使用母語中文的環境，人也變得「不易感」（unsentimental）。或說缺少靈感；好像飯得吃，班得上，房貸得付，小孩得養，卻沒有什麼小說非寫不可的動力。以致三十年只寫了五個短篇小說，除了〈楊敬遠回家〉在二〇〇九年改寫成〈回家〉，變成長篇小說《桃花井》（二〇一一年四月，印刻出版）書中的一章，其他四篇：〈終身大事〉、〈青青庭草〉、〈小花〉、〈窈窕淑男〉都收在這本集子裡，為我的「新僑」生活觀察員生涯留下記錄。西元八〇年代初期，中國大陸剛剛開放，美國校園裡只有少數大陸訪問學者，留學生還是鳳毛麟角，美國大學裡的「中國同學會」都以台灣留學生為主。那時如果有人聲稱「台灣來的不是中國人」，可能會被當成學生組織裡意圖奪權的政治語言，激動的台灣同學可以為維護「誰說台灣人不是中國人！」的正義打上一架。此一時，彼一時，政治過敏的讀者讀小說的時候要記得這是二十多年前的留學生故事，哪怕小說是編的，人物的對白思想有時代根據，作者也不能篡改。

不知道美國中國城裡的免費僑報現在提到美國總統還用不用「大」這個字？記得三十多年前第一次看到僑報，祝賀雷根當選「大總統」。我的第一個聯想是「袁世凱大總統」，時光馬上倒流回到想像中的民初時代。在國外住的日子長了，我才發現「僑民」（或者移民、難民，反正是懂事以後才搬離原鄉的人都算進來，）有一種把時間定格的特殊性，好像住進了桃花源一類與世隔絕的封閉社區裡，「不知有漢，無論魏晉」。這本小說集創作的時間大約從一九七四到一九八七年，那可是沒有手機、伊媚兒的時代。科技對人類文明的影響大矣！相同的故事如果放在現代人身上，可能會因為一通即時而至的簡訊而改變後來所有的發展。幸好人的感情換湯不換藥，永遠有脈絡可循，所以由古至今傳奇不斷，而我的這些老故事也得以再度付梓面世。

看倌呀，如果你和我一樣曾經年輕，就一齊來回味回味咱們那個不打電動遊戲機，卻看小說的從前；如果你青春正當時，就遙想一下你沒份參與的當年吧。

註：「麻姑」泛指有點年紀的女性，尊稱為「歐巴桑」；「壽」根據「說文」是「久也」。

二〇一一年六月二十六日

目錄

窈窕淑男

她的位子有景；望出去正好是廣場上的一座大鐘。下午不忙，她就有更多的時間望著那一長一短兩枝指針一格一格、一格一格地移。

其實隔得這樣遠，落地玻璃窗又是那種帶著藍的灰，哪裡就真看得見時針分針一點點動靜呢？——可是巧璘看得見。有時候自己也疑心不是真的，就叫住來派信的辦公室小弟：

「比利，看。你看得見那個鐘上的針在動嗎？」

「當然。」紅頭髮的小伙子說：「天氣好的時候你就看得見。看不見你也知道它每分鐘移一下。」

巧璘聽說只好搖搖頭。

星期五下午，放工去酒吧喝一杯的「快樂時光」裡，對女朋友們說：「看多了那個鐘，我的時間變成了一個『東西』；是有長度的，一格一格像枝尺的。我甚至可以精確地告訴你，一秒是多長。」舉起手，用尖尖的紅指甲比著。「那個鐘，」她飲一口馬丁尼，「真讓我發瘋。我都快要懷疑自己真的看見什麼了。」

艾瑪手拐子碰碰她，文不對題地道：「看那個男人。帥！他可不帥！」

一桌子女人聞聲齊齊望了過去。那邊倚著吧檯的也不過就是個頭乾臉淨衣著還算光鮮的城裡人模樣。

一個女同事嘆口氣道：「艾瑪，妳的品味太差。」

從德州才調過來不久的珊蜜喬冷笑評曰：「同性戀！」

艾瑪馬上針鋒相對地道：「對，他沒有注意你。」

巧璘笑起來。這珊蜜喬是個金髮美女，一來就擺明態度是到加州來釣金龜的，可是幾個月了，運氣都還不太好，再又發現加州這些城裡男人不知是有多精刮小器，常常就要口出怨言。

一夥人「快樂時光」過了，酒已漲回原價，就準備散了。走到門口珊蜜喬悄悄拉住巧璘問：「妳這個週末回家嗎？」

巧璘遲疑了一下，打開手袋摸出公寓鑰匙遞給她，一面問：「妳不是不理他了嗎？」

珊蜜喬笑了起來：「不是，這是另一個。下次再告訴妳。」

巧璘坐在回父母家的巴士裡；長長一個車廂，窗外是黑黑冷冷間有一些燈火的山城。巴士在出城之前每站都停，次第上來幾個白的黑的黃的人。巧璘每次坐這路巴士都要想起中學時候的欣欣二十二路；學校「加堂」完畢，黑裡駛向那彼時還留有阡陌的信義路。

巧璘的父親徐老先生開了車在下車站等她，因為從下了巴士到山上的住宅區還另有幾分鐘的車程。老先生看到女兒很高興，慈愛地問：「餓了吧？」

巧璘忽然想到欣欣二十二路的問題，就說：「我每次坐這個巴士就想到欣欣二十二路。——爸，你記不記得欣欣二十二路？——我就想不知道為什麼哦，這個巴士和欣欣客運長得也不一樣，坐的人也不一樣，除了都是公共汽車實在沒有什麼地方一樣。我怎麼一上車就想到欣欣二十二路呢？——可是我剛才想到，你每次來接我，我以前在學校裡補完習，你也是到車站接我。爸，你說，人是不是很奇怪呢？就這樣我明明是現在這個樣子，可是坐在那巴士上的時候，我就覺得這十幾年好像沒有經過。每次都是這樣，你說怪不怪？」

徐老先生年輕的時候是飛將軍，什麼沒有開過?!可七十多歲開起這輛美國大房車來卻實在不能用二心，對女兒的人生哲學問題連唯唯諾諾亦無，只運足目力望穿老花眼鏡，將十分鐘的路用二十分鐘來完成。

等車子平安泊在家門口，徐老先生鬆的那一口氣簡直有影有形。他一面領頭進門，一面問巧璘：「妳記不記得婁伯伯？」

「哪個婁伯伯？」巧璘皺眉問道，心裡暗叫一聲糟糕，這種事久不久一次，每次都從一個八輩子沒見過的伯伯媽媽起頭。

「婁伯伯婁媽媽呀。」是屋裡迎出來的徐太太接了白。徐太太小先生上十歲，從前養尊處優不見老，這幾年到美國來算是落了難，尤其巧璘都隔個一兩星期看見一次，有時簡直覺得媽媽是一單位一單位地老下去。

「她不記得嘍！小，還好小嘛。」徐老先生笑道。

巧璘看見他們又為了這種事情高興，心裡直不痛快，就向她母親打岔道：「妳沒去打牌呀？」

「他呀——」徐太太指住丈夫提高聲音道：「他不肯送我去呀。」

「張媽媽不是考到駕照了嗎？不是說以後都她管接送嗎？」巧璘邊說邊走向起居間，卻看到她大哥的兩個小孩趴在地上看電視。

跟著進來的徐太太在她身後用一種誇張的聲調宣布道：「姑姑回來啦。」

兩個孩子看她一眼，洋裡洋氣地「嗨」了一聲，眼睛迅速地望回螢光幕。

巧璘不滿地道：「怎麼又在這裡？」

徐太太壓低嗓門怕得罪了誰似地說：「他們爸爸媽媽有個應酬。」

徐老先生正好走近，大聲道：「所以呀，妳媽媽去打牌我就要一個人伺候他們晚飯了。」

巧璘走進廚房裡，彷彿是來找東西吃的卻又不該是，酒吧裡吃的一堆炸乳酪、洋醬烤雞翅還在胃裡作怪呢。她的眼睛才掃往冰箱，那邊徐太太立刻機警地道：「餓了吧？——有湯，下碗麵好不好？」

巧璘搖搖頭，正想退出廚房，卻一眼對正面前殷殷相望著自己的兩老，只得解釋道：

「我不餓。」
「不餓？」徐老先生說：「不餓下碗粉絲吧！」
「下碗粉絲哦？」徐太太小心地徵求女兒意見，又加註曰：「粉絲一包只有一點點。」
巧璘不忍再違拗，就勉強地道：「粉絲好了。」
屋裡的氣氛忽然因為巧璘同意吃碗粉絲而活潑起來。徐太太一面張羅，一面高高興興地和女兒說著些閒話：「這個牛肉湯下碗粉絲很好的。妳天天在外面都是亂吃，吃得這麼瘦。你們現在都要瘦呀，其實我跟妳講，太瘦不好，尤其妳這種三十多歲，一瘦就容易有皺紋。可是也要注意不能胖，年紀一大，胖就胖個肚子。」
巧璘坐在餐椅上把玩手上一雙筷子，聽見她母親的高論心裡有點吃驚。雖然這是她親愛的沒有隱祕的家庭，可是每個禮拜在外邊那個客氣卻言不及義，生疏卻又你甜心我蜜糖的世界裡待五天，回家來的頭一個晚上她總要經歷一次小小的文化震撼；比如說，把她的年齡這樣地拿來作忠告。
徐太太把粉絲端過來就自動入座，徐老先生也端了自己的茶移樽而來。他們愛憐地看著這個小女兒，父親問：「好吃啊？」母親卻說起一件大事：「婁伯伯他們明天請我們飲茶。」
「台北、香港、紐約、金山，」婁伯伯是個胖體型又有說有笑的人，正在炫耀他的見多識廣，「那，我要承認，紐約的中國餐館的菜那是做得沒話說，可是說到飲茶呢，金山，我要說那還是要在金山。」

眾賓客自然諾諾。兼以大家都是走南闖北經過江湖的人，就立刻能各舉出數例以張其說。談到熱鬧處，他們這說官話的一桌竟有壓過旁邊說廣東話那桌的聲勢了。

巧璘和男主角坐了個正對面。她從他頭上悠悠望過去，壁上紅紙毛筆正楷幾個大字：「上午十一時前結帳免茶錢。」

一直他們兩個年輕的都沒怎麼參加談話。桌上總共三對老夫婦加他們；她，他，她爸媽，他爸媽，還有大家的朋友婁家二老。

巧璘心裡一點不怨怪人家。她知道自己的風度好些實在是因為訓練有素；從小她就跟著父母到處應酬，吃喜酒，吃壽酒，喊某伯伯某媽媽。小時候的印象太深了，以至於到了現在的三十多歲，只要是和「大人」同去的場合，她就馬上時光倒流，又成了當年的小學生中學生。

人家想是這一方面的訓練不夠；看來斯斯文文一個人，那臉上卻直透著一派難掩的沒奈何，緊閉的雙唇像是公告眾人他那兒默運著個忍字訣。巧璘簡直要同情起他來：就為了和她年歲相當，就該要他來喝這杯茶？

婁伯伯控制時間，早茶如期結束，可是歡會才要開始：一行人再都去婁家打牌。男主角忽然很客氣的表示有非早退不可的理由，那邊家中大人顯然措手不及立即眉緊嘴癟慌做一團。

巧璘至此也不免覺得這男人有點兒太不漂亮，可是看見那群羞憤交加的老人，心又軟了下來。此時男人的父親正極不滿意地責備兒子道：「你這個孩子這麼不懂事！你把車子開走了教我們走路？」那母親也趕緊道：「只有一個車子來的呀，你開走了教我們走路？」

巧璘心裡嘆口氣，開口道：「你到哪裡？我送你去吧，反正我不打牌。——爸爸媽媽你們同婁伯伯他們走，你把地址告訴我，晚上我來接你們。」

她幾句話掃除了全部危機；她自己有幾分仗義的瀟灑，那幾個老人則有點兒感激有點兒欣羡鼓勵更有點兒時代不同了的感慨。

男人還沒搭腔，婁伯伯爽朗地笑道：「就這麼好，就麻煩巧璘一次，好好好。我們再站在這裡不行了，人家要趕我們了。」

在徐老先生的大車裡，兩人齊心望前路，誰也沒看誰。還是巧璘打破沉寂道：「你不要太緊張，他們也沒什麼事做，每天就是打打牌、喝喝茶——」

「他們怎麼不打打球、跑跑步呢？」男人搶白道。旋即自己笑了。

巧璘也笑了。忽然間「他們」、「我們」的情勢一分，知道巧璘能有「不要太緊張」的共識，那人極明顯地輕鬆了下來，原來也能說能笑。先頭見面介紹時誰也沒留心，這時兩人重新交換名字，巧璘才知道相了半天親的人叫林振祖。

一個週末就這樣過去了。徐家二老事後雖也批評林家小子的小器與盛讚女兒的大方，卻也認定了自己的女兒此番一定是對對方頗為有意。等完了一個星期天沒有動靜，徐家二老暗忖人家果真是流水無情，自己的女兒受此羞辱，便俱皆忿忿。徐太太尤其激烈，竟然在送女兒回城時發驚人之語，道：「這個林家的兒子真奇怪，三十多四十歲了也不結婚也不交女朋友，說不定是有問題，也說不定是個『給』！」

巧璘聽得失笑道：「妳沒見過同性戀的男人哪？一看就知道了。——我跟姓林的才見過一次，他來找我才是有問題呢。我差不多忘記他長什麼樣子了。」

徐太太當然認為女兒是嘴硬而已，就淒淒切切地把個形單影隻的女兒送回城裡去了。

巧璘的公寓在城裡的好地方，鬆成淺藍粉白的維多利亞式建築算是仿古風，三層樓六戶人家，一個小坡隔斷了塵囂。

珊蜜喬將這一房兩廳收拾得很乾淨，桌上留了花和謝謝她的卡片。巧璘讀了卡片，順手放進廚房櫃的抽屜裡，那兒先已經有了另三張了。這幾年灣區房價房租都漲得嚇人，珊蜜喬這樣剛出道的女孩子只能和人合租個套房，新交了男朋友連請回去坐坐的地方也沒有。巧璘一向有點俠義心腸，沒想到這種地方去派上了用場。

巧璘自己想想可笑，一面把花換了個地方，看看，又換個地方。從小到大，她的每一件事都有太多人參加意見，只有這裡，真正是她自己的天地。她在這公寓裡很費了一點心思，雖然沒花太多錢，卻也舒適美觀兼備；她一向認為自己有點室內設計的天分，可惜一來美國，父母先寄望她學醫，不成，學工學電腦，又不成，勉勉強強念了個經濟聊慰親心。畢業以後倒也順利在這家投資公司就業。她性子長，從小職員幹起，多年媳婦熬成婆，現在也管著一點事幾個人。她買這小房子很跟家裡人嘔了一些氣；她不情願住在郊區每天花三小時通勤，就為「腳踩自己的地」與五年十年後可能有可能沒有的增值。這幾年城裡房子暴漲，不知道辦公室裡多少人羨慕她在黃金地段有這麼個窩。可是她的花還得出借公寓才有人送！她拉開落地窗簾，這坡上的小樓望出去很遠。她一個人看了兩三分鐘的夜景，決定淋浴就寢，早早結束了她的星期天。

「妳的週末怎麼樣？」珊蜜喬講完自己約會的所有細節後，終於回問巧璘。

「像平常一樣。」巧璘說：「不過星期六我父母介紹了個男的給我。」

「怎麼樣？」聽眾很熱心。

巧璘笑道：「他不是我那杯茶。」

珊蜜喬為她惋惜地一喟，又安慰她說是下次要找她一起出去約會云云。正說著，巧璘桌上電話響了，珊蜜喬乃打個手勢而退。

電話居然是那一起喝過茶的林振祖打來的。

他記得她說過在哪兒做事，找到這樣出名的公司裡一點不難。他約了她吃中飯；沒有經過「他們大人」，這忽然像個約會起來。

巧璘在洗手間大鏡子裡面照見自己：真是太瘦了，可恨的是雖然這樣瘦，小肚子卻又有一點凸起。她知道自己從來也不是個美女：頭髮太乾，臉太長，牙齒又不整齊。她吸緊小腹，繼續瞪著鏡中人；看久一點，習慣了，就會覺得整個人也還過得去。無論怎麼說，她這許多年的歷練，她皮爾卡登的套裝，也不是隨便一個小女孩比得上的。巧璘對自己挑挑眉毛，連妝也不補，去了。

振祖選的地方很好，雖然是中午卻很幽雅安靜。他先為星期六再度致歉，又謝謝她解圍。他說：「從來沒碰見像妳這麼見過世面的人。」巧璘想人家大概是讚她大方，聽說振祖很小就到了美國，中文也許不大好。

兩個人邊吃邊談，很是融洽友善。餐後他一直陪她走回辦公室，恰好給艾瑪、珊蜜喬一干人碰見，不免捉空兒跑到她辦公室去問長問短：

「他可不英俊嗎？」她們探巧璘口氣。因為對東方人的美醜沒什麼把握。

巧璘想想，眼睛和嘴都太小，鼻子還算挺直漂亮，髮已經撤退，露出崢嶸頭角；可是男人嘛，便道：「還好。」

「妳有沒有注意到他穿的衣服鞋子！他一定很有錢。」珊蜜喬說。她進城以後學得很快。

「他幹什麼的？」艾瑪問。

「他是個會計師，好像做得不錯，好幾個地方有他們的辦公室。」巧璘跟他們講著講著，心裡覺得這個林振祖漸漸變得比個普通朋友有些不同起來。

再以後，振祖在城裡的時候都來找著巧璘吃中飯。振祖穿著考究，舉止斯文，對於股票和稅法都很有見解。可兩個人談得最多的卻是台北舊事。他是早期的小留學生，十三歲就到了美國念寄宿學校，說起話來卻還是口口聲聲「我們×興」；活了半輩子，只有小學那一段忘不了。巧璘到美國晚點，高三沒念完，昨天晚上都還夢見模擬考寫卷子寫不完。

他們一起吃飯聊天，因為背景一致，情結一致，很是投機。有一次談到父母，兩人的感慨發到巧璘幾乎誤了下午的班。

振祖說：「我最怕回家，我跟我爸爸媽媽根本沒話講，可是我又覺得他們很可憐，不回去看看他們好像很不應該。他們花了那麼多力氣在小孩子身上，好像人家說好心有好報，他們也應該有點好報才對。可是我最怕聽他們說，我為你做了多少多少，你連這麼一點也辦不到。」

巧璘忙不迭地點頭道：「呀呀呀，我也是我也是。像我每個禮拜都回去，可是回去幹什麼呢？我媽照樣去打牌，打回來就對住我嘆氣，對我永遠不滿意，覺得我還沒結婚是她的奇恥大辱。她也不管我一個人是不是高興，我想不想結婚？」

振祖笑起來，道：「她們怎麼都一樣？我媽才激動，她說我不結婚她死不瞑目。」

巧璘也笑了，抬起眼睛看他。四目才交，振祖的目光便飛快地逃走了。巧璘無意識地跟著他望出窗外；是那麼一個熙來攘往、無人與她相干的聯合廣場。她在心裡輕輕嘆口氣：在美國，在舊金山這樣一個大城裡，有個人能一起吃個中飯談談天，哪怕僅只於吃飯與談天，也好不容易了；她想，要懂得珍惜啊。

「他害羞！」珊蜜喬說：「妳也害羞，中國人比較害羞。」

「採取行動！」艾瑪說：「他不採取下一步行動，妳來！」

巧璘好笑道：「強暴他嘛？——老實說，我們談是談得來，可是不來電。他是個好朋友，可是也就是這麼多了。」

可是，可是日子也實在是太寂寞單調了一些。這麼多年了，巧璘連個可以放在心裡想想編個夢的對象也沒有。現在這忽隱忽現的林振祖，因為是個好人，因為是個可以講講話的人，更因為是個家裡會認可的男人，她就不知不覺地想得多一點起來。可是不是愛，巧璘知道。

她愛過一次。十年前，一個不能一起織夢的人，教給了她愛情的全部。

她的大哥電告當時還在台灣的父母親：妹妹和個南美人同居了！徐太太在電話中哭斷肝腸：造孽！是做父母造了孽的報應！是做父母的沒把女兒照顧好！

那是個注定的悲劇：她愛吉瓦尼也愛她的父母，吉瓦尼愛她也愛自己一點年少荒唐的夢。他要回去了，用他在美國學的回老家去對付這個霸權！徐家兩夫婦趕了來。巧璘哥哥嫂嫂們說：那種比台灣還落後的地方！徐先生——那時候還不能叫老先生——罵：共產黨！徐太太哭哭啼啼：都是我們上輩子造了孽，女兒才會愛上外國人！

吉瓦尼走了以後，她哭了很久很久，因為不能也不會做別的什麼事。父母親從台灣搬了來，付了首款買棟房子和她一起住了一陣子。兄妹們分攤著分期付款，嫂嫂們看得遠，預見兩老身後產權問題，發表了一些意見。她趁機搬了出來，首次罔顧所有的忠告買了城裡一間公寓獨居，做起一個星期五天的美式成年人。在還沒聽說什麼疱疹愛滋的那頭兩年，也有幾個晚上，她讓一個也許有那麼點拉丁血統的男人從酒吧或派對裡送她回家，她總是說，不要告訴我你的名字，讓我就叫你吉瓦尼。

「林振祖，」巧璘悄悄對自己說：「這個叫林，振，祖。是一個中國人，有正當職業的中國人，我們家知道他們家底細的中國人。」一百分，或者給予九十分吧，那倒扣的十分是她的愛情，三十五歲未婚女人的愛情；又或者該把這十分給加回去，為了一個紅瓦白牆綠草地與真正黃皮膚孩子的夢?!

然而巧璘卻常常不知道自己想的人究竟在世界哪裡？振祖在個國際性的會計事務所裡做事，灣區不過是世界各地的辦公室之一。

那天早上，她正準備出門上班，竟接到振祖從香港打來的電話。

「今天是我生日。」振祖說。

「哦，生日快樂。」巧璘先是吃驚，繼又抱歉：「對不起，我不知道你生日。」

「謝謝妳。」振祖的聲音清晰卻低，聽起來有點感傷：「等下過了十二點我就三十九歲了。」

「男人最好的年齡，」她用英文說：「而且你看起來年輕多了。」

「謝謝妳。」振祖說，恢復了他的幽默感：「我不喜歡三十九歲，因為沒有人會相信你是真的三十九歲，人家一定想你是四十多了，還說三十九歲。」

巧璘輕笑道：「對，就像我的二十九歲。」

振祖笑了。一會又說：「謝謝妳，我很高興有妳做我的朋友。」

她走下坡去搭街車。想到有一世界的人，而他從香港打電話給她，心裡彷彿有點什麼死了許久的東西動了一動。

振祖回到灣區再找她時，她婉拒了又一次午飯的邀請而大方地提出週末晚上在她的地方為他補過生日的建議。振祖明顯地猶疑了一下，同意了。

他帶了花、香檳和從香港買給她的禮物來到她的公寓。巧璘真的很高興，她搬進這兒八、九年了，第一次有男人像電影裡那樣帶著恰當的禮物來拜訪。

她本來可以喝一點的，卻也許這香檳太醉人，她變得話多起來：「我哥哥他們說我笨，一樣的錢在郊區可以買獨棟房子了。可是我要個獨棟房子做什麼？——現在證明地點好，公寓一樣會漲價。」

「對，買房地產的三大要訣就是，地段，地段，地段。」振祖說，好像在和他的客戶談投資。

巧璘有點失望；她精心布置的燭光餐檯，他帶來的花與酒，拉開的窗簾外是星光與遠處的燈火。可是屋裡少了點什麼。——究竟少了點什麼呢？

她掠掠頭髮，說：「珊蜜喬，你知道珊蜜喬？她有時候週末向我借地方。我今天說，不行，我有朋友來。她好失望，問我是男朋友嗎？」她說了笑，近乎挑逗地睨著振祖，道：

「她們都以為我是修女。」
振祖微微笑著，道：「珊蜜喬？金頭髮的那個？」
巧璘拿起杯子，說：「我們到客廳坐吧。」
她蜷進長沙發的一端，振祖卻走去看那正燃著火的壁爐。巧璘說：「假的。」那壁爐不過是燈光、色紙與電熱風罷了。
振祖笑道：「滿可愛的。」順勢落座在爐旁的單人靠背椅上，遙遙對巧璘舉舉杯道：「妳這地方真舒服。」
巧璘聳聳肩，有些不耐煩起來。多年來，為了她自己的那一點過去，她根本自絕於中國男人，在她眼裡，中國男人全是計較小器的。就算是家裡安排的相親，人家不追究她的歷史，二十五歲以後就常常挑剔她的年紀了。她有一次對艾瑪發牢騷：他們都要找一個二十五歲以下的處女，最好什麼事都不懂，可是有分工作還會燒中國菜。——那是她總結幾個她哥哥給她介紹過的中國工程師。這個林振祖卻好像是個例外，起頭雖然也很無禮；一如其他那些一經打量便即刻決定不要在她身上浪費時間的男人；可是慢慢地他走近一點，慢慢地他又走近一點：她感覺到他做朋友的誠意，卻猜不透他的心思。她舉杯回敬，一面瞇眼望穿那杯中淺淺金色的液體：他整個人更遠更小了，他身邊壁爐裡竄高竄低的是紫色藍色的人工火焰，電熱風嘶嘶在中助威。她忽然覺得這是她最後的一擲。
巧璘仰頭飲盡杯中香檳，紅著兩眼，發橫地說：「有時候你是可咒的多禮！」她講英文。可能因為少小離家，用中文根本不懂調情。

振祖的眼睛裡閃過一星異芒。他緩緩站起身坐到巧璘的身旁，攬過她的肩頭。她闔起眼迎上去，他的脣卻輕輕擦過她的面頰，溜走了。

巧璘第一次和振祖離得這麼近，聞到他身上一種清潔的香味，她沒有頭昏心悸，反而清醒過來。她心中很慚愧，弄不懂他的意思，又不敢推開他抬頭。僵了一會，她忽然興起滿腔委屈，喝下去的酒倏地化成了淚，再也難忍，就在他臂彎裡哭出聲來：「對，對不起，我，我實在沒有經驗和一個中國男人在一起。我不應該叫你來。我平常都很誠實，我真的不知道怎麼會這樣。如，如果你看不起我，那，我，我也不會怪——」

振祖輕拍她的背，說：「不要。不是妳，是我。」

她自管在那兒亂著，實在沒聽懂振祖在說什麼，只他拍著她背的手卻發揮了安撫作用，讓她漸漸鎮定了下來。巧璘並非沒有經歷過人事，先且莫論愛與不愛，和振祖相擁只是清心寡欲到令她自己吃驚。她模模糊糊地若有所悟，卻又無暇細想，只輕輕一掙示意振祖放開她。

振祖手一鬆，溫柔地吻了吻她的額角，像親吻一個朋友。她聽見他在她耳畔用英文低語：「我可以假裝，可是我不願意騙妳。」

她不由自主地打了個淚噤，坐直了望他，振祖改口說國語：「我把妳當成我的朋友。」

巧璘想起她媽媽說振祖的話，呆呆看著這人，半天說：「你是——，你本來要假裝了來騙我的？」

振祖沒說話，低下頭彷彿是默認的意思。巧璘看見他一雙潔白修長的手，指甲上塗了透明指甲油。她一直認為只是個「雅痞」的講究。

振祖忽然嘆口氣，道：「我不是故意的。其實我第一次找妳出來吃飯，只是剛好在附近，就找妳向妳道個歉。可是妳講起妳和妳父母的情形，我就覺得妳一定會懂得我的問題。我不能讓他們知道我的事情，我媽媽知道了會去自殺的。我想，妳一定也有妳自己的祕密生活，那是不能給他們知道的。我幾次想同妳說，我們可以為他們結個婚，可是大家還是可以依照自己的方式生活下去。可是後來我又真的很喜歡妳，像喜歡一個朋友那樣的喜歡妳。」

振祖痛苦地以掌撫臉，繼續說：「我想了好久，我想也許我能改變，也許我能永遠不要告訴妳，我會真的愛上妳，我們可以真的結婚。一個中國人在這個圈子裡找一個固定的愛侶並不容易。我怕死，我怕老，一個人寂寞地老去——」

「不要說了。」巧璘打斷他。她想起他對她說過的奇奇怪怪的話，頹然道：「我還沒有那麼沒見過世面！」

振祖站起來，說：「對不起。我只是想告訴妳我真的不願意欺騙妳。」

巧璘勉強擠出個苦笑，道：「謝謝你告訴我。我實在一點也沒看出來。」

振祖有點酸酸地道：「我們也不是臉上刻了字的。」

巧璘一聽，想到原來因為有個「他們」，振祖才和她成了「我們」，現在她自己是個「你們」了。她心裡很難過，為了挽回一點剩餘的驕傲——泰半也是實情——，她故作輕鬆地道：「還好我還沒有愛上你。」

振祖點點頭，想說什麼又沒開口。

巧璘見狀便道：「我不會告訴我的父母。」

振祖的眼眶一紅，道：「我真的非常非常抱歉，有時候我真是恨自己——」

「請不要再說了。」巧璘輕輕地阻止他：「我也不好。你是誠心誠意想和我做朋友，我卻帶了個計算機來算你。我也不知道我怎麼會變成這樣？是給我爸媽逼的，還是我自己發了急呢？」

振祖嘆口氣，拿過自己的風衣，說：「我走了。」

巧璘送到門口，沉吟了一會，喊住已經走開的振祖：「振祖。」

他在街燈下回頭，青青白白的光罩住他的身子。巧璘啟齒艱難地道：「振祖，希望我們還是朋友。」

他牽牽嘴角，有點兒淒涼地道：「如果妳願意的話。」

她點頭。他又扯扯嘴角，轉身走了。

他的車泊在坡下，她在高處一直望得見他踽踽而行的背影；淚就那樣無來由地靜靜滾落。

月夜皎潔，滿天都是星子，是一個難得沒有起霧的秋夜。

一九八七年二月《聯合文學》

小花

申請研究生宿舍排隊沒排上，學校給汪洋一紙通知，讓他住到離校十英里外的大學公寓裡去。學校在洛杉磯這種商業化的大都會裡，即使是州立，還是懂得生意眼；像汪洋報到的這個公寓就屬校產，有套房、一房一廳、兩房一廳各種格局，不論大小，一個臥房塞進三張床，走的人得負責找下一任填空，否則有空檔就由還住在那兒的學生替空鋪位付房錢。基於這個原因，汪洋搬進公寓時，那一房一廳中先住著的兩個洋學生對他很表歡迎。大家互相問候問候，調查調查背景，知道都是研究生，就一齊鬆了一口氣。

留著小鬍子的傑夫念經濟系，說：「這裡什麼都好，就是那些大學部的吵死人受不了。現在還差幾天開學，很多房間還空著，等開了學都到齊了，更有得鬧了。」

丹尼斯是法學院新生，大學時候念的是工程，畢業做了一年工程師，繳完稅全部資產就是一輛尾款未清的小車，想想「錢」途，毅然改行，又回學校來過，鄭重提出他最關切的問題：「洋，你有沒有車？」

汪洋說：「還沒有，我正打算買一輛。不過聽說這公寓除了週末，都有校車到學校，用不著的話，暫時不買也說不定。」

丹尼斯正色道：「是這樣，一個單位只分得一個地下停車位。我和傑夫都有車，本來應該一人輪停一天，可是我的車新，傑夫幫我個忙，讓我停一、三、五和星期天。如果你有了車，我們再重新商量分配。」

汪洋說：「沒問題，等我找到車再說。」

傑夫馬上接口道：「你要不要買我的車？跑得很好，算便宜給你。」

後來汪洋才知道，傑夫以前幹過買賣舊車的掮客。且不說傑夫會不會誆室友，反正還好汪洋沒有傻哩呱嘰地椅子沒坐熱就買下一輛車。

雖然很多人都說洛杉磯不比台北、紐約有滿街的計程車和公車，所以沒有車等於沒有腳。可是要到了熱鬧地方，有了車找地方停車也是大麻煩。公寓裡輪著停在車庫裡，馬路邊巷子裡冒險停停都還只是小不便，校區裡的停車問題簡直是件大事。工學院廁所牆上有人出一題曰：「你人生的最終夢想為何？」有人答世界和平，有人答性與愛，有人答考試及格，有人答校園停車證。

汪洋就是因為小花來求一張校園停車證而和她混熟了的。

小花並不真就叫小花。也是過了好久好久，汪洋才弄清楚，小花，泰瑞莎・楊，本來學名叫楊麗嬌。

「太土了，」小花說，大眼睛翻了個白眼，「我上國中以後人家看我頭髮有削過好像花花的，人家都叫我小花。到美國以後交的朋友要不然也只知道泰瑞莎，沒有人知道我的本名。」

汪洋有幸預聞小女生的機密，覺得很有意思，就打趣道：「那妳應該叫楊麗花嘛，人家叫妳小花。叫楊麗嬌應該叫阿嬌。」

小花面色一沉，長長的睫毛刷的落下，倏地換了張臉似的；那垂眉斂目嚴肅的樣子一如汪洋初次在吳佩琪「家」見到她。是開學後三星期。美國這些大學生會鬧真是名不虛傳，救火車嗚嗚地跑來又空跑去已經司空見慣，通常是有人惡作劇或者什麼東西燒起煙觸動警報系統。汪洋為假警報跑出過房間一次就學乖了，卻不禁心想，下次真有火警或許都不知道要跑了呢。

汪洋的兩個室友，一個極用功以圖書館為家，另一個有女朋友。週末校車休工，汪洋動不了也無處可去，就一個人在屋裡做點洗衣寫信的雜事，完了就念念書，兼與左鄰右舍的各種噪音對抗，考驗自己的定力。

在他們這公寓裡開派對真是再簡單不過，只要在電梯、穿堂到處貼貼「某時某室開派對」，屆時寶貝們就三三兩兩拎著六罐裝啤酒自己來了。主人照例提供震耳欲聾的音樂與幾包炸薯片盡東道。

汪洋倒並不在乎入境問俗去參加一次兩次，可是看見他那兩位室友都對這種小孩子的玩意兒嗤之以鼻，並且口口聲聲「他們那些大學部的」，就也只好放出研究生的身分來動心忍性一番。

那天是個規模盛大的派對，幾「家」聯合舉辦，衛生紙捲兒當綵帶從三樓溜溜地拋到游泳池裡，樓板上碰碰碰盡是人跑來跑去。招貼上說是「期中考前狂歡」；因為學季制，第四星期起陸陸續續都開始考試了。

汪洋扔下書嘆氣，心想這還只是期中考前狂歡，完了還有期中考後狂歡，完了還有期末考前狂歡……，這一路狂歡下去，他也不用念書啦！要麼搬出去，要麼買輛車好隨時開溜。正在氣悶，一個女孩子打電話來找「汪‧洋」。

「我就是。」汪洋說。

「你是中國人嗎？」女孩子問。

汪洋說是。女孩咭咭笑了，又問：「你台灣來的嗎？」汪洋又說是。還沒待他問回去，那邊又叫又笑的一堆女孩子嘰喳聲，好像有許多人聽講這同一支電話，先頭那女孩說話快如機關槍，排眾發言道：「我叫佩琪，我們這邊有些人都是台灣來的。我們現在在開一個派對，你要不要過來參加？」

汪洋反正念不下書，就說：「好呀，要不要我帶什麼東西？」

佩琪叫著說：「不要不要。我們什麼都有，還有瓜子、牛肉乾，你來就好了。」

汪洋把電話聽筒拿開點，免得給她尖叫得耳朵難受，問了房號，在冰箱中清出一點水果便去赴會了。

都是「他們大學部的」，還都是大一小女生，喜歡叫又喜歡笑，人雖然只有六、七個，叫來叫去再配上點音樂也就頗熱鬧了。

「我們剛剛去他們的派對，一點也不好玩。喝得醉醺醺的又跑到廁所裡去抽大麻。」佩琪給汪洋做動機簡報，「我們就回來了。我一想，為什麼我們不自己來開呢？我就拿我們公寓的住戶名冊，一家家看到像中國姓就打電話去問，就問到你了。」

圓面孔的張敏莉補充道：「我們找到兩個韓國人，一個越南人。中國人除了我們這些，你，還有一個姓鄭還是什麼不知道的不在家，還有一個姓劉等下會來。」

汪洋是家中三個兒子的老大，初次和這樣一群嘰嘰喳喳的小女生相處，很覺有趣，便問起身家來：「妳們原來就互相認識嗎？」

女孩子們又笑了一陣，七嘴八舌地搶著答話。她們來自加州各縣，到了此地才認識，只有敏莉和佩琪是同一所高中的，不過以前也不熟。她們說了些地名，汪洋新來乍到不甚了了，介紹到小花，佩琪說：「泰瑞莎，我們叫她小花，我們一起上英文認識的。她不住我們公寓，她家在亨廷頓灘，她自己開車上學，不過她今天住我家，我們這個週末要去圖書館寫報告。」

汪洋聽說倒是微微詫異，因為碰巧他們家有個以前的鄰居也住那一區，本來他奉命要去拜會拜會，電話打去，對方說：「太遠了，等長週末或你放了假再過去接你來玩兩天，或者你買了車隨時歡迎你來玩。」汪洋氣得把地圖翻出來算里程，四十多英里，折合公里有六、七十，乖乖，台北到新竹了。這樣要別人接送也是太說不過去，汪洋為自己的小人之心抱歉起來，再不敢怨人。

「亨廷頓灘，」汪洋說：「我知道，哇，很遠哪，每天開嗎？」

小花嗔怪似地瞪他一眼，聳聳肩，鼻子一皺，好像說：「那是我的事！」旋走開去，大馬金刀地往沙發上一跌，兩隻只著了襪的腳架上茶几，從此下半場就多是面無表情地望著自己襪後跟上一個點綴著的粉紅小絨球。

那天晚上除了碰小花一個釘子以外，汪洋倒是玩得很開心，也跟這些女孩子做了朋友。姓劉的研究生到會不多留就走，可能因為很快就發現了跟這些十七、八歲的小丫頭一淘，於婚姻學業皆無幫助，便只和汪洋略略寒暄抱怨一番並抓了一把瓜子即退。

敏莉等佩琪一關上門，便心直口快地評論道：「他懶得跟我們囉嗦。」是已經把汪洋當成自己一夥了。

女孩子們不久改口叫汪大哥，因為汪洋不用英文名字，中國人光叫個單名字「洋」，彷彿親熱過頭；叫汪洋，現在她們拿他當私人補習老師，直呼其名似乎不敬，也不知從誰開始，他成了她們的汪大哥。

汪洋的室友對他喜歡尖叫的女弟子們不表歡迎，汪洋這義務家教只好機動應召。常常都是在佩琪那兒，因為她的同房老是不在家。這些女孩子都還用功，她們一起讀書做功課，有疑難就互相切磋或向汪洋請教。那種數理化對汪洋這電機高材生不能算回事，便也樂得自己時間勻得開時去點撥一二。小花不住大學公寓，只有一次考試前留宿佩琪處拿微積分問題請教過，汪洋發現這面貌娟秀卻似乎脾氣古怪了一點兒的女孩子居然程度高於同儕許多，後來才知道她在台北有名女中念完了高二上，當然比那些一路在美國念中小學的寶貝們強。

「我才不要來，好不容易才考進去。」小花熟了以後講給汪洋聽，「他們就跟我說高三有多苦多苦，每天模擬考，一天只能睡六小時，什麼什麼。」

什麼也沒嚇著她，只是楊冠雄同蔡美兩夫婦決定趕上潮流把兒子明鴻送去美國念書，小花是大姊，責無旁貸，蔡美既然不能用高三嚇走女兒，只好跟她說實話：「妳是大姊，我跟妳講，明鴻若超過十四歲就不能出國了，伊成績壞，私中進不去，念國中以後考高中考不上，還有什麼前途？我要幫助妳爸爸做生意，不能親身帶伊去。妳是大姊，而且那邊又有妳阿叔、阿嬸可照顧，若妳同伊去，我也好放心在家幫妳爸爸。」

小花低頭斂足只不作聲，蔡美拖過女兒的手，哽咽著聲音道：「麗嬌我知妳是不愛去，那妳也想下妳媽媽，想下妳小弟。媽媽若無相信妳，是要去相信什麼人？妳小弟若是讀國中去做太保，那是要怎麼辦？」

小花的淚珠兒從長長的睫下滾落，為了弟弟，她的命運被決定了。她想起自己姊弟們在鄉下大厝和祖母一起度過的童年：媽媽要幫爸爸在台北做生意，她和妹妹麗珠還有幾個堂房姊妹，很早就從男人先吃飯這一類日常生活裡給教會了在家庭中地位的差異；一個嬸嬸生下第四個女兒後痛哭一天一夜的景象是如此恐怖難忘；她的祖母在堂屋大聲地斥罵：「號我還未死嗎？」

她忽然問蔡美：「那麗珠呢？」

麗珠身為第二個女兒，從小就非常憂鬱，翻開家庭相簿，那小女孩僅有的幾張照片卻是一張張的愁容，彷彿一早知道被生為又一個女兒是終生無法愆贖的罪過。入了學，她又沒有麗嬌在學業上的聰敏來贏得家人的喜愛，雖然明鴻更是調皮懶散，麗珠卻又沒有相同的理由可以被包容。楊冠雄的建材生意越做越發，一家在台北團圓後，蔡美感於男丁不旺，再鼓勇而生，卻又得一女。雖與期望不符，然而人已經有了錢又經過見過，門外又沒有老太太發表意見，兼以中年得女也打算到此為止了，就還是很歡喜。小女兒請命名專家算了大吉大利的筆劃，文雅響亮的取名叫詩蕊；與姊姊們的不同，是一個都市裡的名字，可以直接用進一本愛情小說。

小花考進女中時，詩蕊還是幼稚園大班，又彈鋼琴又跳芭蕾，還要補習智力測驗考私立小學。蔡美還是忙，可是專門僱一個歐巴桑把詩蕊送這兒送那兒。小花也很喜歡這個有和她一樣眼睛的小妹妹，她逗她玩，照城裡人習慣喊她蕊蕊。可是比她小一歲的麗珠，她喊「妹妹」，麗珠是她在鄉下大厝裡、田埂上牽著拖著保護不讓堂兄弟欺負的「妹妹」。

「阿那麗珠呢？」小花又問。小時候年節父母帶了禮物回去，她總一手揪著自己的一份，又問。

蔡美倒沒想到大女兒此時有此一問。對麗珠她不是沒有安排；麗珠讀書差，國中畢業後沒有通過高中聯考，最理想的本來是送去讀三年制商職，學點珠算簿記，畢業後到出嫁前還能給家裡幫幫忙。可是如今他們身家不同，女兒念商職不夠面子，便送了去讀五年制商專，多花兩年學費，以後找婆家可說大專程度，算是父母對得起她。本來這樣安排入情入理，怎麼吃大女兒一問，蔡美卻好像覺得有點難以交代，竟期期艾艾地道：「麗珠哦，那麗珠我是還未決定哪。伊現在才專一，是講學校也不是多好也是一個五專哪。伊愛去不去哦，那主要也是愛看伊自己。妳也知，伊是不夠多歡喜讀冊——」

「明鴻更不喜歡！」小花搶白道。

蔡美本來心中尚有一絲愧意，小花這樣明指她偏心，卻讓她惱羞成怒了，便語氣頓轉強硬地道：「麗珠我還要想下。開那麼多錢，妳想講去美國讀冊是那麼樣簡單？」

豈止不簡單，根本就麻煩之至。事情定規後，小花、明鴻下學期就沒回學校上課，聽從旅行社的建議，開始四處觀光與補習英文。

「這些阿凸仔真正夠空穀粒，」旅行社的陳先生給他們解說聲東擊西的奧妙，「你若直接要去美國，若第一次簽不准，那以後就不准予你再講也不准了。所以呢，這第一次最重要，我們要給他一次就准！」

所以先去菲律賓玩玩，再去日本玩玩——去日本前先遊菲律賓是因為「四腳仔學阿凸仔」，日本也非常謹慎地簽證。

「那美國仔看你常常在出國旅遊就不嫌疑，」陳先生用一種聰明人的姿態說：「那伊就不嫌疑你會跑去不轉來。」

謝謝旅行社的妙計，蔡美同一兒一女順利拿到半年美國旅遊簽證，雖然花了許多金錢與精神，可是憧憬未來，光想想「楊明鴻贏得美國西屋獎為華裔爭光」這一類的報紙標題，就值得一切辛勞了。當晚楊冠雄同蔡美撥冗帶全家出去為取得簽證慶祝。

「麗珠不去，」明鴻來報，「伊在哭。」

「這個孩子！」蔡美嗔道：「就是古怪。」

楊冠雄對大女兒道：「妳去給伊叫一聲。」

「妹妹，」小花到三樓麗珠的房門口，喚她，「一起出去吃飯。」

麗珠不作聲，卻抬起淚眼來望住她；麗珠長得像父親，小眼睛肉鼻子，方方的一張臉。只一眼，小花就全懂了，她過去把比她還高半個頭的妹妹拉起來，穩穩地承諾道：「沒關係，要去美國大家一起去。」

小花贏了，是運氣加一點心機：

「你們若是沒給伊試一下，人是不會講麗珠功課不好，人會講你們偏心。」小花也激也請，「反正旅行社也講十多歲這種想簽觀光簽證很難准。你們給伊試一下，會開多少？——一百塊！連辦護照加上去又多少？——想講我們家也不是沒錢開！伊若可以去試一下，也會死心了，人也不會講是你們做父母的偏心，要怪那是美國人不要簽證給伊去。」

蔡美聽得不禁點頭道：「也有理，這樣麗珠也不能怪我們做父母的偏心。」她忘了二女兒沒份的菲律賓與日本之旅。想一想，慷慨激昂地她應承道：「好，給伊辦護照，給伊去簽證，若簽准，你們三個做夥一起去！」她找補似地望向丈夫，問：「那你講呢？」

冠雄這幾年意氣風發，財源茂盛，外面的世界能得意，家中事便懶得操心，由蔡美全權作主。聽問卻道：「好呀，我們家也不是沒夠錢開。」原來大女兒講到他心坎兒裡去了。

美國外交機構發簽證本來是件例行公事，除了幾條大原則，比如共產黨和罪犯不歡迎，有移民意圖的不發短期簽證等等，其他種種拐彎兒抹角的「規矩」全是因地制宜發展出來的。不過既無明文規定，櫃檯先生小姐們自由心證的比重就占得大了一點。像麗珠就是占了長相忠厚口齒羞怯的便宜，答了幾個是和不是，前後三分鐘便簽妥完事了。輪到不高興的是蔡美，她覺得上了旅行社的大當，浪費時間浪費錢，像一個傻瓜似的旅行了這裡又那裡。

那年夏天，蔡美帶著三個大的飛抵南加州洛杉磯，落腳在冠雄小弟名雄亨廷頓灘的家中。楊名雄是五兄弟中的老么，因為四個哥哥趕上台灣經濟轉型，做生意都發了財，名雄乃被培植成了一個留美的讀書人。他的「成就」，哥哥們個個有過貢獻，蔡美深明斯理，並不覺得打擾了誰，便賓至如歸地住下，一面玩玩逛逛，一面也計算計算久安之計。名雄的太太卻著了急：親戚小住無妨，留下三個半大孩子在家裡事情就大了。大人們幾次坐下來談的結果是，蔡美替孩子們在亨廷頓灘買一棟房子，既是投資孩子又能安居，叔叔嬸嬸也能就近照顧，小花已經十七歲可以上駕駛學校，並且買一輛車給她。

話好說，事難辦。買車買房子都不是小事。蔡美帶著三個孩子，人生地不熟，語言又不通，既住在名雄家裡，當然事事都麻煩名雄夫婦。名雄和太太是在外面結的婚，太太沒有身受過哥哥嫂嫂們的好處，對這些個事和這麼位理直氣壯的嫂子早就不耐煩了。

「阿嫂，我跟妳講，」名雄太太說：「是講哪真正要買厝，一天、一禮拜也是買有，要不，一年、二年也是買無。」

小花上了一個月駕駛課，越裔教練按照祖國老規矩辦事，收了點額外的贄敬，簽發了張一百小時的證明。小花憑證考照，一次通過。

一星期後房子買定，離叔叔家六英里，不算太近，因為要遷就最好的中學學區。蔡美和孩子們沒有信用向銀行貸款，又不放心用名雄夫婦的名字，打了兩個越洋電話，台灣豪客付現金買物業的新聞又一次上了免費的社區房地產小報。

搬進那十三年舊的新屋時，孩子們早都開學了，語言當然都還是半通不通，反正已經送了進去，各憑本事與造化了。蔡美心懸台北的家與生意，便匆匆採辦一點簡單家具，留下生活費，把房子和弟妹交給小花，邊泣邊說：「現在媽媽要來轉去，美國這的都靠妳了。妳自小就最乖最聰明，替媽媽顧好明鴻和麗珠。妳阿叔人是不壞，不過伊都要聽伊某的，妳阿嬸做人那妳也知是不夠多好，妳若有待知，打電話去妳阿叔辦公室講就好。錢我還會再寄來，省點開，這開美金不是台票……」媽媽經念不完，可是那邊也有夫有子有生意。於是母子、女四人痛哭一番，最後蔡美流淚結論道：「媽媽這樣做也都是為了你們的前途好。」

「好什麼？」汪洋搖頭道：「搞不懂，妳這麼小，帶著弟弟妹妹還要弄這麼一個老房子。——對，為什麼妳們三個小孩要買那麼大個房子，租不行嗎？」

「投資呀。」小花皺皺鼻子，俏皮地說：「我是生意人的女兒，我說買房子好。」

「那買間公寓好了，買什麼房子！」汪洋還是不以為然，「你們三個小孩子，累不累？一下聽妳說修籬笆，一下聽妳說要剪草。」

小花不高興了，嫌汪洋多事，皺眉道：「又不要你剪！我叔叔說買房子才保值，漲價才漲得多，懂不懂？懂不懂！」

汪洋的父母一公一教，高高興興養大三個孩子罷了，還真不懂生財之道；就學她平常的樣子聳聳肩。這小花，汪洋已經覺得有點難纏了；時好時壞，時冷時熱，變臉更是來得個快；天真可愛的時候像個孩子，老練世故起來，汪洋深深自嘆弗如。他懶得再講了，這兩天他也不是好開心；本來他是問心無愧的，偏偏前天碰到以前大學公寓那個姓劉的小子風言風語：「不簡單，好嘛，人卡兩得。我老土，不知道這邊都是流行找大學部的。」

他本來可以告訴那小子，第一，他只把小花當妹妹，第二，小花沒有「卡」。可是第一是他自己的私事，第二是小花的私事，都不關姓劉的屁事，告訴他幹什麼！

「喂，」小花可不喊汪洋什麼汪大哥，她看他不說話了，倒也還不想惹他生氣，就找點話講講，「你們威尼斯公寓那個姓劉的，你上次說他從大氣轉到你們電機系，他在追吳佩琪。」

汪洋不耐煩地哼了一聲表示聽見。

「他很老了耶，吳佩琪說他至少二十八歲。」小花很有興味地說：「張敏莉說他是在追佩琪的綠卡。」

汪洋真的不高興了，嗔道：「妳們小孩子管人家那麼多閒事！」

小花被得罪了，劈哩啪啦把文具同書一收，站起來硬繃繃地說聲去上課，碰門走出了他的辦公室。

汪洋把書移正；原來很大的書桌，被小花分去了一半地盤，他縮在一隅。他伸伸腿，自己跟自己搖搖頭；也不知道從什麼時候開始，他的辦公室也變成了她的。似乎自從那天她來敲門找他弄張停車證起，這小花就跟他沒個完了。

汪洋又想起姓劉的閃閃爍爍的神色可氣。他自問對小花並無非分之想；可能是家裡老大當慣了，總喜歡照顧弱小；也許不為自己，為了她好，也要避點形跡了。可是怎麼同她說呢？只有小花能不睬他，他拿小花可沒辦法。像上次他才拿到研究助理獎學金，才剛剛搬進分配到的辦公室，她就已經消息靈通地不請自來了。「你們研究助理可以申請教職員停車證，」小花開門見山道明來意，「他們現在給我的只能停在退伍軍人醫院那邊，停完車還要等半小時一班的交通車進來，太不方便了。你反正不開車，申請一張給我，我出錢。」

汪洋那時候已經搬離大學公寓，分到辦公室這些新變化也沒有特意去知會那幫舊芳鄰，不免佩服小花神通廣大能掌握他的行蹤，就答非所問：「咦，妳怎麼找到我的？我看吳佩琪都還不知道我的辦公室呢。」

「咦，你的事都要吳佩琪知道我才能知道嗎？」小花學他語氣，帶點尖酸地反問道。

汪洋自恃和佩琪較熟，卻也懶得與這種女生的小心眼計較！便道：「我自己還沒申請過停車證呢，誰知道要怎麼辦？」

小花書包裡抽出張表來，說：「填這個，填好我帶你去辦。」一面遞了枝筆過去。

汪洋有點驚異於她的咄咄逼人；本來覺得沒什麼卻有點兒不甘受人擺布，就半拿喬半也確為日後張本道：「我現在住匹扣路，巴士只開到十點鐘，也許我很快自己也要買車了。」

小花眉頭一挑，道：「沒問題，到時候辦張遺失就好了，才五塊，我出錢。」

汪洋聽她說話不知怎麼有點刺耳，可是實在是無法拒絕的舉手之勞，只得內心不太情願地幫了她這個忙。

此後小花卻回報似的常常搖個電話到他辦公室問他要不要搭便車；洛杉磯的巴士服務令人不敢恭維，汪洋一時還沒有車，確實能用得著這個好處，兩人竟致同進同出了。後來到了考期，圖書館占位子不容易，小花就索性與他合用起他的辦公室來了。

換把鎖嗎？汪洋想，太嚴重了點吧。當初把對號密碼告訴她也真太輕率了一點。現在可好，她要來就來，要走就走；說是個女朋友嗎，他做歪夢也做不到她頭上，說不是個女朋友嗎，挨挨蹭蹭地用一張桌子讀書，還給人家講閒話。他嘆口氣，用手一拍前額，告訴自己，讀書讀書，想那麼多幹什麼！

書一翻，看見一張印了幾隻小白兔的書籤；是小花的「芳澤」。她給他每本書裡夾上這麼一張怪東西，自己的鉛筆盒兒、書本書包，更五顏六色的貼滿了這一類畫了小狗小貓的貼紙；還有她那個支票，汪洋頭次看見簡直不相信能用了兌錢；挑了個花樣全是大眼睛的小矮人。

他拿起書籤瞧瞧，下面中文印了兩句似通非通的話，什麼友誼的芬芳是花朵的芬芳，和兔子好像扯不上關係。汪洋兩個手指一彈，把書籤射飛了開去。巴巴地從台灣帶這種東西來！他想，根本還是個孩子嘛，家裡大人怎麼放心把他們這樣子丟在美國呢？

他扯開一張新的計算紙收心讀書。舊的揉進字紙簍裡還可以看見上面有他自己鬼畫符似的各種「蔡美楊」、「蔡美楊」簽名式。那是昨天小花拿了封信來找他代家長簽字，他先練了一練的陳跡。

「什麼東西？」汪洋開玩笑道：「字不能隨便簽，被妳賣掉了怎麼辦？」

「又不是簽你自己的名字。」小花說：「我需要一個不同的筆跡，我弟弟這個老師教過我，她很厲害！沒辦法。」

原來是要代蔡美簽一張因故不克出席母姊會的證明。汪洋在紙上練練，讓小花揀了一個，一面畫符一面說：「幹嘛偽造文書，為什麼不找妳嬸嬸去參加？」

「為什麼要找她？」小花總是愛用問題答問題。

「是妳嬸嬸嘛。」汪洋說。

小花抿抿嘴，是懶得再講的神情。過了一會兒，卻說：「我媽說她最壞。苦死了我們也不會去找她。」

蔡美自己卻並不知道大人們一點嫌隙，幾句怨言，竟然讓孩子們永誌不忘；尤其是個心高氣傲的小花，等媽媽一走，十七歲的她便在個異國做起家長來。三姊弟中她原本最聰明，程度也最好，很快學校功課就跟上了。因為英文總還是差點，又得兼任司機、管家、保母帶煮飯，並沒有時間去交什麼朋友。她的日子就在家、路上與學校之間寂寞地忙過去。明鴻打了幾架以後倒交上幾個不打不相識的朋友；兩個跟他差不多背景寄居在親戚家的孩子和一個住過台灣會說國語的越華，於是四個黃小孩校裡校外同進退，倒也不怕外侮。

麗珠卻成了最令人擔心的一個。她變得更安靜沉默，在學校裡不跟人說話不參加活動，老師簡直不知道她懂話不懂。學校屢次通知家長去談話，信都給小花扔到垃圾桶裡；因為既不願找叔叔嬸嬸自己又不夠代表。學期結束時學校再度來信約談家長，請家長考慮讓麗珠接受特殊輔導和心理治療。

「妹妹，」小花找著麗珠講，「妳是怎樣？功課趕不上我可以教妳，他們這裡好簡單。」

麗珠搖搖頭，眼睛望著小花卻茫茫無神，一會自講自應地道：「我如果回去，媽媽一定會打死我。」

「為什麼要回去？」小花驚異地道：「花了這麼多錢才到美國來念書，妳為什麼說要回去？」

「媽媽一定會打死我。」麗珠自顧自地說。緩緩轉過臉望向窗外。

小花跟著她望過去；院子沒人整理，樹籬缺少修剪，張牙舞爪地亂長一氣。小花想到屋主自治會已經來過兩次通知要他們剪樹。

「媽媽一定會一定會打死我！」麗珠忽然憤怒地叫起來，「她最討厭我，她根本不想要我，如果不是她要生明鴻她才不會生我。我如果回去她一定會打死我，她本來就不想給我和你們一起來……」

小花為麗珠那又生氣又癡迷的神色懾住，麗珠那越來越意義含糊卻尖銳的聲音也教她害怕。她搖妹妹的手膀子，企圖蓋過她似地大聲喊：「妹妹妹妹，麗珠楊麗珠，妳不要這樣子好不好？」

明鴻恰好此時闖來，一見並不分辨，立刻對他二姊罵道：「瘋子瘋子妳給我閉嘴！」

小花喝斥弟弟道：「你不要亂叫！」

麗珠忽地哇一聲哭出來，小花就勢抱住她，兩姊妹一蹲一跪在地上哭作一團。那弟弟因為正值青春期賀爾蒙分泌的影響，對什麼事全不耐煩，看見竟不能同情卻生出滿腔無名怒火。他嘩地一聲掃下桌上幾個隔夜未收的飯碗，用力踢了大門一腳，用英文罵著髒話出去了。兩個淚人兒聽到引擎發動，才知道他順手還偷走了在廚房櫃檯上的車鑰匙。那時候明鴻到美國還不滿一年，並沒有足齡去考駕照。

蔡美原來預定忙完農曆年後再飛到加州去看孩子，可是她的簽證過期了又得重新再簽。為了麗珠的未勞而獲證明了交關旅行社的不誠實，蔡美和對方生了閒氣，沒有諮詢什麼簽證專家，她便逕行赴「會」。協會裡櫃檯小姐三言兩語問出了她赴美看孩子又自置有產業，旁邊一個大老美當場就拒發蔡美觀光簽證。

這邊去不了，那邊回不來。母女在電話上哭哭啼啼。

蔡美說：「我們再另想辦法，現在找的這家旅行社，是辦業務考察，看會通過不？你們在那裡要乖，媽媽若能得到簽證，隨來。」

小花咬牙應承道：「媽媽妳放心，明鴻麗珠都真乖，我們都真好。妳放心，叫爸爸也放心。」

小花在學校裡找到麗珠的老師，說明家中除了自己，沒有其他大人通英文，請老師有事與她商量，她可居中傳譯。老師也無二法，只好把小花當數。小花後來拿去家長簽名同意書，將麗珠降至九年級，並且在校接受心理輔導。

小花能獨力處理弟妹的問題，自己的煩惱卻無人分憂。她沒有閨友，又不親老師，眼看做決定的日子一天天近了，終於打電話到辦公室找著叔叔請教。名雄乃堅邀她帶弟妹週末過來好好吃個飯談談。

名雄這一年來對姪兒女們不無疏於照顧的歉疚，只是雖然住得不遠，他們小輩既難請得動，他也沒有時間常常就去看看。小花這次破天荒為前途向他求教，他做叔叔的一定要盡心代為籌謀。

「加州的公立大學分三種系統，」名雄替姪女兒夾過一塊焢肉；今天他請太太好好整治了一桌子家鄉菜，聊表他做長輩的看顧之意；一面說：「焢肉哦；少許肥肉而已；是說你們不來，你阿叔也沒得吃，來，吃多點——是說這加州的大學分三種系統：加州大學、加州州立大學，還有社區學院。那是說加州大學，柏克萊是最好最有名，洛杉磯分校是說不差也很出名——」

「我要進加州理工學院，社區學院才不是真的大學！」名雄十二歲的大兒子用英文插口道。他的媽媽聽到兒子的大志，抿著嘴微笑了。

「加州理工學院！」十歲的小兒子先做鄙夷貌，旋得意地道：「我以後進麻省理工學院。」

名雄太太禁不住笑道：「還是在加州讀，離家比較近，史坦福不是上好嗎？」

「我和學校輔導員談過，他建議我申請柏克萊和洛杉磯分校。」小花打斷嬸嬸，逕自和叔叔討論，「我的學力測驗分數很好，成績也是班上前面百分之二十，他認為我可以申請柏克萊。」

大家都靜了下來。一會兒名雄說：「我替妳詳細想過，柏克萊是不可能的，妳若去了舊金山，這邊是要怎麼辦？加州州大的長堤分校也不是很差，妳若前兩年先念社區學院，後兩年轉去州大長堤分校拿學位，這樣書也念好了，弟妹也顧到了，錢又省，實在是最好的辦法。」

小花用筷子一指兩個堂弟，尖聲道：「他們呢？他們以後也進社區學院比較省嗎？」

名雄太太立即臉上變色，雖被丈夫即時制止，未至於同小孩子一般見識而口出不遜，當晚卻已注定是個不歡而散之局了。

小花返家苦苦再想，幾乎一夜哭到天明；她如果留在台北，焉知台大無份？她想自己從今以後再無面目見昔日師友：永別了，柏克萊永別了，台大永別了！她流著淚翻出洛杉磯分校的簡介，仔細研讀。這個學校倒是夠大也夠出名，北加州既拱手讓了柏克萊，手冊裡卻也自詡為南加第一。她又找地圖出來認位置，想想得在平日沒上去過的高速公路上開一個多小時心中不免有點發毛。可是在台灣教出來的好學生往往是生死事小榮譽事大，小花這個毛病又還更加嚴重一點。想來想去：洛杉磯分校她要進不去，她也不用念大學啦，給弟弟妹妹當一輩子傭人吧。她想著想著，在哭溼的枕上沉沉睡去。

第一次到大學報到，高速公路上開得飛快的前車貼後車還要兼顧自己和別人的換線超車。小花開高速公路的經驗不足；行至途中，為了閃避右線硬擠進來的一輛車，方向盤往左打狠了一點，開始在高速下轉的幅度太大，車子竟然蛇行了幾公尺。天幸那時候這擠死人的「黃金海岸線」居然有個空檔給她表演這驚險鏡頭，便沒有演成慘案，只受到後面旁邊的人車對她大鳴喇叭指罵一番的小羞辱。小花既不能停下來哭泣休息，只得硬起頭皮抖抖索索地開完旅程。泊車後她縮在車中戰慄飲泣了一刻鐘才能直起腰出來辦事。以後她天天兩趟在這條路上飛車搏命！開得極熟了都還是討厭開上高速公路。人家看她輕輕鬆鬆，瀟瀟灑灑，真猜不到她對高速公路開車的痛恨。她也因此頂討厭人家提她住得遠，好像給人揭發了她的隱痛。

「開那麼遠，妳真不怕跑！」汪洋說。事隔一年，他早忘了頭次見面就說小花住得遠，得罪了人的事。

認識了那麼久，汪洋還是第一次到小花家裡。實在遠，她沒邀過，他也沒要求過訪。這次來了純是碰巧；他一直在找車子，看來看去不合意，這天從買賣舊車的小報上看到有個車子條件實在相當，電話打去得了幾個答案全都滿意，只是地方在長堤；離學校很遠卻在小花回家的中途。他問小花要搭個便車，說鐵定這次了，買了車自己開回來。誰知希望抱得這樣大，卻讓人捷足先登了。汪洋不敢叫小花再往回送，自願花幾個鐘頭坐巴士轉來轉去轉回家，小花卻邀他一同去家，明天可以再「便車」他回府。汪洋想想不失為可行之計就跟著來了。

房子不小，四房兩廳，卻空空落落。客廳中唯一的一樣家具是一條長沙發，上面蓋著條花床單不知道是擋灰塵還是遮破敗。電視、冰箱、床、飯桌倒都齊全，可是說是個家倒更像個寄宿舍。房子老舊，現任屋主又沒有重新裝修，汪洋不知是不是因為那褐不褐黑不黑地毯引起的心理作用，一進屋就覺得一股子悶悶的味兒不大對勁；想想自己頭次來好像該帶點東西或至少講兩句好話，卻嘴笨得說不出什麼。

小花的心情倒很好，人家說她住得遠她也沒發氣。她帶汪洋滿屋逛一圈，踅回一間房，指著地上重疊落起沒有支架的兩個床墊對他說：「你今天晚上睡這裡，這是我媽媽的房間。」

汪洋說：「等下妳還出不出去？出去的話我就去買枝牙刷，不出去的話也無所謂。」

小花說：「好哇好哇，我們等下我弟弟妹妹接回來可以去麥當勞吃晚飯，還可以去看場電影，我知道一家只要兩塊錢。」

晚飯後，明鴻、麗珠託辭不能同去電影院，姊弟用一種近乎曖昧的戲謔相互調侃著，送兩個看戲的出了門。

「他們真討厭！」小花啐道。

「嗯？」汪洋看見小花亮晶晶的眼睛望著他，竟猛然怔忡了一下。

「我是說我弟弟和我妹妹。」小花微笑著。大眼睛一眨，是夜空中的兩顆星。

「哦哦，」汪洋回過神來，字斟字酌地道：「你們，好像——很友愛——」他旋為自己電視劇裡一樣的口白笑出聲來：「很友愛?!——算了算了，我也不知道我自己在講什麼。」

他還不知道自己在看什麼呢。電影是一個美國式，慾與靈並重的愛情故事；他身旁依依偎偎的也有一朵小花。汪洋固然是一個正直的人，卻也不至於到不懂在黑黑的戲院裡對表示了意思的女孩子獻獻殷勤。他坐得很端正，一邊臂膀所觸卻盡是那少女柔柔滑滑的肌膚。他真是好好的想了想：學業，年齡，友誼，感情，甚至小花的脾氣都想到了。他終於決定讓身旁傳來的那溫柔無聲卻堅持有恆的邀請訊息落空。

「坐好。」汪洋手肘輕輕一拱，用做哥哥的口氣下令道。本來嘛；汪洋說了心情一鬆，想到小花比他最小的弟弟還小好幾歲。

當晚汪洋入睡前有一剎那想到鎖不鎖門的問題，卻因為這個想法的不夠光明隨即拋了開去。他果然一個好覺到天亮；小花是何等自重自愛的人，不會辜負他的信任。

然而她那天晚上沒有去吵擾他，第二天完成送他回家的任務，就再也不去吵擾他了。

汪洋的辦公室還是那把對號鎖，可是小花似乎忘了那個號碼兒，再也不去用那個辦公室了。

學季制總是過得快，放假前汪洋打電話給小花，說到停車證的事：「搞了半天我還是買了傑夫的車；傑夫，我以前威尼斯公寓的室友，他搞舊車的嘛。不過他這次這個車還不錯，而且他算我便宜，兩千塊我也沒什麼可以挑剔的——是這樣，停車證，我是說下學期我還是可以幫妳申請，我自己已經找到人了——」

「我已經找好了。」小花淡淡地說：「謝謝。」

「哦，」汪洋聽出她聲音裡刻意的生疏；他不是那麼現實的人，心裡有點惆悵了，嘴裡說：「沒關係，妳隨時要再來找我好了。」

「好吧。」小花彷彿要道再會了。

「小花。」汪洋攔住她。這個小女孩驕傲得超出他的想像；他想要她知道他絕對無意傷害她卻是如此難以表白。

「小花，」他誠心誠意地道：「我知道妳在生我的氣。可是我買了車，妳還是可以來用我的辦公室，像我系裡同事他們都知道我有個妹妹會來用我辦公室。」

小花極之不耐地應了一聲，彷彿匆匆便要道再會。

「小花，」汪洋再攔住她，幾乎是混亂地道：「小花，妳還是可以來找我，大家好朋友嘛，一樣的。妳隨時打電話給我都可以──」

「好，再，見。」小花像吐石頭一樣地從牙縫中蹦出幾個字。汪洋一面收錢一面為自己的婆婆媽媽有點難為情，完全沒有想到那端的小花已經淚流滿面了。

離開台北的家以後小花哭過許多許多回，卻從沒有這樣暢快地大哭過。可是真要分辨這場脾氣的起因倒不容易：因為被汪洋所拒而傷害了她的驕傲？因為少女心事無人可訴的孤寂和壓抑？因為還該在父母翼下受呵護卻給逼出來扶持弟妹自撐門戶的壓力與不平？

都有都有。汪洋這個負心阿勿靈不過是導火線罷了。她關起房門捶胸頓足，潑天撒地的跟自己大哭大鬧。她彷彿聽見麗珠在敲門喊她，她卻不應，只顧大叫大哭，把書摔了一地，再用腳去踢。她恨！她恨！恨爸爸恨媽媽恨麗珠恨明鴻恨叔叔恨嬸嬸恨自己恨汪洋，恨這個世界！

「小花小花，」麗珠擂門聲音漸急，她喊著，「阿姊阿姊，開門一下！明鴻從妳皮包拿去鎖匙，自己開車出去！」

明鴻明鴻明鴻。憑什麼？楊明鴻你憑什麼害我跟你到這裡來做你的傭人？可恨可恨可恨！小花對著門大叫：「給伊去死好啦！」

她後來，也許後來的一生都是，一直悔恨自己當時說了那麼句斷頭氣話。

明鴻的車在黃昏時刻從沿海公路的懸崖上翻下去。車裡三個人，兩死一重傷；越華那孩子當天遭父親禁足並且趕走來相邀的三個朋友得以逃過此劫。驗屍的結果說是酒後駕車，有一個書包裡還搜出大麻煙。

小花跟著叔叔去認屍。看守拉出不鏽鋼大抽屜，打開上了拉鍊的塑膠袋；明鴻像裹在包袱中熟睡的嬰孩，一臉心平氣和無怨無尤。名雄點頭認是，看守遞過單子畫押，一面待拉上拉鍊，小花忽然制止道：「請慢點。」

她再看看弟弟，那靜靜覆下和她自己的一樣的長長的睫毛在眼簾下投射出一個小小的陰影；是那個老是說「我要告阿媽」的討厭鬼嗎？喝酒和大麻，酒和大麻？她完全沒有辦法想像明鴻喝酒和吸大麻的行為。她知道的明鴻是懶是調皮，可是醉酒駕車和吸大麻？她的淚順著腮幫子滑落。

「我也為妳難過。」看守禮貌地說，一面拉上拉鍊。叭！小花的淚落在半透明的塑膠袋上……。

卻沒有人能比蔡美更難過：她辛苦辦下來的簽證竟然趕上派用場來領兒子的骨灰。她的頭髮在一星期之內一半花白了。

「明鴻呢？」出了關卡，蔡美劈頭對著迎上來而面帶悲戚的幾個接機人問道。

名雄夫婦錯愕而又憐憫地喊她：「阿嫂——」

「在家。」小花眼眶一熱，卻說：「明鴻在家。麗珠去學校。」

飯桌挪靠了牆，供著一個暫時的靈堂；也有白燭、香爐與一張小照片。名雄夫婦講了好些安慰的話卻終於不能不回去了。蔡美獨自坐在那鋪著被單的長沙發上，神色木木然；她的心已經被悲傷抽空了。

小花跪在母親跟前哭自己的不是，她是如此悔愧於自己的疏忽。她一面怨詈自己，一面不自知地也等著母親伸過來慰藉的手。這兩年，她負了太多太多不該負的責任，她也受夠了。

蔡美空茫茫的眼睛卻一直望著幾呎外照片後面那黃澄澄胖花瓶似的銅質骨灰罐，彷彿她的心也隨著化成了灰，連憤怒或慈愛也沒得剩下。她忘了面前哀哀泣訴的大女兒，她不知道女兒在等著一個永遠堅強的母親伸手過去。

小花越哭越灰心，竟想到麗珠說媽媽是因為要生明鴻才生了麗珠，那麼媽媽不也是因為要等明鴻才生了她楊麗嬌嘛？那，那明鴻死了她們姊妹活著都對父母沒意義了嗎？她生氣了，重重地搖她媽媽的膝蓋，哭叫道：「媽媽媽媽，妳不當不睬我！妳要叫我同明鴻湊齊死妳才歡喜嗎？」

地一掌蔡美刷了小花一個嘴巴，嗚嗚地先自掩面痛哭起來。

小花撫著熱辣辣的臉，淚還是汩汩流，心卻漸漸靜了。她忽然什麼都清楚了：沒有人，

沒有人，除了自己，沒有人可以依靠了。從上飛機到美國的那一天起她就沒有人可以依靠了。他們都靠她，弟弟妹妹甚至於爸爸媽媽，還有自己，都靠她一個人了；只是她本來不知道，以為換了一個地方也還是上學放學拚成績，現在知道了，弟弟卻已經死了。

她想說：「媽媽原諒我，我不是故意的。」可是電話響了，她用袖子胡亂擦擦臉，去接聽。是麗珠的心理輔導員打來的，說麗珠很不穩定，她建議送麗珠去醫院，學校輔導員自承無能為力了。

明鴻出事以來，沒有人有閒情去管麗珠的情緒。她本來就不太惹人注意，這會兒也不過是更加靜默無聲而已。死者已矣，生者還是要上班上學過日子；姊妹在叔叔家住了幾天回去了。出事的車已全毀，調查原因期間，保險公司租了輛車給小花，麗珠在蔡美來的那天早上忽然開了緘閉多日的金口表示亦想去上學。小花不解她不同著去接媽媽，然而麗珠異常堅決，小花問不出原因就只好送她去了。卻不想麗珠竟在學校胡鬧；是在家中這樣多事的時候，小花不由氣往上沖。

「我不懂，」小花說：「她到底要怎麼樣？」

「她似乎，有一個很大的——恐懼，」洋輔導員講話有一種專業性的溫柔與遲緩，一個字一個字深怕別人聽漏了似地說著，「妳知道，她以前是，很沮喪，很，很憂鬱，我們可以這麼說。事實上，我們好像，從來沒有真正了解她的問題。現在，我幾乎可以肯定，是恐懼，我想，那是一種恐懼……」

此情此景，小花為這腔調兒心裡頭暴躁起來，脫口便道：「那麼呢？妳要我現在去接她回家嗎？」

「我想，那就是問題了。」仍然是那不疾且徐，無抑揚有頓挫的聲音，「我不以為，她會，甚至我們可以說，她願意，回家。不，不，我沒有說，她這麼說，可是妳也可以說她是這個意思，她沒有直接說出來，可是我覺得，只是一種感覺，她好像認為家裡會有人對她不利……」

客客氣氣囉囉嗦嗦「好像」「覺得」「認為」的廢話說了許多，總結就是麗珠不願意回家就對了。小花放下聽筒，看看那猶自在近乎歇斯底里情緒中的母親，深吸一口氣，噓回那又一次時時湧起的鼻酸，盡量用最平靜的聲音對蔡美說：「我叫阿叔阿嬸伊來這裡陪妳，我去學校接麗珠，我若回來較晚，會打電話給阿叔講。」

小花開始打電話到這裡那裡。她的肩頭很重，她不堪負荷地簡直想化成一灘泥趴到地上去。可是母親像個無助孩子一樣的坐在一旁哭泣，妹妹可能瘋了，弟弟已經燒成灰了。她電話打來打去，一時中文一時英文，把事情一樣一樣的辦著……。

最後一件是到大學去辦她自己的休學手續。

她在行政大樓碰見汪洋。汪洋丟下一個顯然由他帶著在辦事兒的新來女生走向她。

「吳佩琪說妳沒有來考期末考，我打了好幾次電話都沒人接，」汪洋很關心地說：「我不記得妳家怎麼走，上次是妳開車，不然我都去了。」

小花有點感動，一眼瞥見那數尺開外研究所新生模樣的大女孩心腸頓時又硬了，垂下眼睛道：「我弟弟死了，出車禍。」

汪洋瞪著眼睛說不出話來，半天才囁囁嚅嚅地道：「什麼時候？唉，怎麼可能嘛……」

小花眼皮一抬，大眼睛裡亮晶晶的已經蓄了淚花。面前這個個子高高好心腸的人，一度在她心裡與她那麼近，她告訴他好多好多自己的事，同他一起去看電影，他以為她對每個人都這樣的嗎？——做他的妹妹？弟弟妹妹是有福氣的人做的，她是別人不負責任的大姊。她憋住那口氣，道：「就是考試前一個禮拜，你打電話給我那天晚上。」

「唉，唉。」汪洋嘆著氣，不曉得該再說什麼。看見小花要走了，卻又急忙問道：「那妳期末考能不能補考？」

「我今天來辦休學。」小花從容地用根指頭拭去一顆不小心溢出了眼眶的淚珠；流完了，她很確定是最後一滴淚。「我要先辦休學才能重新申請柏克萊；這學期就算了，下學期我進了柏克萊多修一點課也可以補過來。」

「妳轉學去柏克萊那妳妹妹呢，妳們家房子呢？」汪洋出於關切地多事道。

「房子賣掉還不容易。」小花聳聳肩，是她那種不想談了的神氣，「我妹妹跟我媽媽回台灣去了。」

麗珠沒有心理醫療保險，即使真的肯送去醫院也是太貴了。再說國人對憂鬱症這一類不會大打出手的精神病常常不以為意，蔡美自己傷心尚且顧不過來，實在無暇再去體恤女兒。

可憐那麗珠就被迫上了飛機，她最激烈的反應不過是垂首無語，拒絕講話，這種靜悄悄的抗議就連小花都要懷疑那些美國心理輔導員小題大作了。可她還是盡責地把警告節譯給母親。

「一定要帶她去看醫生，」小花說：「伊若更加不講話更加壞。伊若想不開，自殺也有可能。」

輔導員說的是「要預防做出激烈的行為」，小花簡單地以「自殺」概括之，希望母親能正視此事的嚴重性。

「伊要自殺？我更想要自殺哩！」

蔡美卻氣咻咻，旋即又哀哀哭起來：「要死大家都來去死好啊啦——啊——啊——」

小花陪著淌眼淚，一面想，也許媽媽也應該去看醫生，可是沒敢講出來。

「那這樣妳媽媽和妳妹妹回去了哦，那妳——」汪洋重複著小花的話，其實是想問她什麼時候離開洛杉磯，卻又不知道自己問了是要替她辦歡送還是什麼意思，正猶疑的一秒間，小花截過話去道：「我換了學生簽證，暫時也不能回去，我還是繼續把書念完再說。」

她說了抬起頭看汪洋，汪洋也看著她。灰撲撲行政大樓裡匆匆走動的盡是趁著剛放假來辦事的學生，可是時間在兩人凝視的那一瞬間停了下來。

汪洋忽然覺得小花這幾個禮拜好像經歷了很多很多他一輩子也不會知道的事情，那風霜明明白白地寫在她年輕的臉上是多麼令人憐惜；而小花，卻在心裡說，別了別了，她的祕密再也無人與共，她在此時此地和人永訣了。

「喂。」她前所未有地輕聲喚他，好像在叫一個兩人之間親暱的名字。一會卻說：「你的朋友等得著急了。我要走的時候再跟你聯絡。」

汪洋擰過頭去看自己同伴，小花卻連再見也沒說便走開了。

先頭被撇下了好一會的女孩走過來，迎著似乎神色依舊悵然的汪洋，好脾氣卻又有所企盼地含笑問道：「朋友？」

汪洋點點頭，驚異地聽見自己說：「大學部的。」然而他又旋即察覺這種分類的有意撇清與對小花不住，便找補似地道：「好朋友，很好的一個小女孩。」

他看一眼身旁的人，仍是那樣一張含蓄矜持卻透露著期待的笑臉，他輕呼一口氣，無可奈何地繼續補下去：「唉，真可憐，剛剛聽她說她弟弟……」

他推開玻璃門讓女伴先行。外面南加州著名的陽光照滿一校園，行政大樓旁邊不遠的花圃有花匠在翻種時新花卉；可能只為了學校哪裡有筆預算要在七月中以前花完這樣一個蠢理由，原來長得很好的，黃的粉的紫的各色小花給從土裡挖出來棄擲了一地。汪洋有女偕行，並肩繞過如茵草地。走遠了，風吹過還能聽見他在補：「……叫她小花……爸爸媽媽台灣做生意……一個小女孩帶著……弟弟妹妹都……買好大的房……」

那些離了土的小花兒小草兒，在聖佛南度谷地吹來的焚風中漸漸委頓了。

一九八七年二月六日〈聯合副刊〉

青青庭草

「……然後八十五號一直走，看到第九十九，九十九號出口出去……」張晴老手執話筒仔細指示方向。室內暗暗地只開了他座前一盞落地燈，他坐直了講電話，光影落到後面去，白髮鬆鬆地被光映成了銀色的網，臉卻因為背亮而黯淡了。「然後你呢，看到養老院，下一條路叫Scottsdale Drive向左轉，Scottsdale，哪我拼給你：S，C，O……」張晴老講帶一點南方口音的漂亮官話；慢條斯理，尾音輕輕地往上飄。

「沒關係，年紀大了平常也都睡得晚。沒關係沒關係，你們來，你舅媽不在，家裡亂一點就是了。——好好，待會兒見。」

張晴老放下電話，旁邊茶几上抽回書，正想靠回去續讀，隔壁看電視的家庭間裡一個高昂的女聲喊話道：「爹地，誰打電話呀？」是個童音，還有點大舌頭，嗚哩哇啦地喊不太清楚。

「表弟！」張晴老象徵性地伸直脖子對門提高音量道：「我上次跟你講啦，今天要來的那個表弟。」

「表弟呀！」孩子的聲音尖叫著複誦了一句，好像還有下文的樣子，然而亦就此打住。

室內沉寂下來，家庭間裡傳來只隱約可聞的人聲，是女孩子開著電視。張晴老這才拾起書與眼鏡，待靠回去，遲疑一下，還是將書摺開，站起來去將廚房及前廊的燈關了。

他們是儉省的，原先開著許多燈是預計客人要到了，哪裡知道一批糊塗訪客途中失了他早先寄去的自繪地圖，又延誤至這晚上快十點了才到亞特蘭大打電話來問路。算算這下還有四十分鐘的車程，當然是把燈熄了上算。平常晚上，太太在不在，他們一家都只最多開兩處燈。

張晴老戴上老花眼鏡，心思回到他的雜誌上：「華府區的中國人」，他這看了第好幾遍了，總有個感覺這寫文章的該是個熟人，可是字裡行間推敲，卻也不敢斷定究竟是誰。

畢竟是離開華盛頓久了，人和事都隔閡了。張晴老有點時不我予的感慨，然而無論如何，面對這樣一個題目，在華盛頓過了半輩子的張晴老還是極有意見的。

「你看看這篇文章。」因為自己感興趣，前數日曾薦給來訪的兒子讀，「他說什麼華府的中國人一代不如一代，靠著父母有錢有勢，這個我是不同意的。進賢，你說呢？」

張進賢點點頭。他素來習慣點頭。眼下正看到文章裡說中國人早些年鼓勵子女們學理工，現在則要求子女攻醫，中國人喜歡進研究機構，勤奮努力而永不當主管。進賢是長子，近四十歲的人，正是任職大公司研究部門的化工博士，現下最大願望之一是他自己的兒子能念醫科。六年前，公司裡裁員，主管找了他張博士談談，要麼給三個月時間另覓高就，要麼自願調往南部的新實驗室，張博士對後一個提案點點頭，就這樣從美國首府來到了這花生州。彼時張晴老夫婦退休有年，雖然手上有房子收租，撐住華盛頓的高價生活也要嘆艱難；還有一層重要因素是華盛頓熟人太多，社交不能免，排場不能弱，遑論出去打工；於是隨子南遷。然而兒子上有岳父母下有妻小，也不能迎養，幸好張晴老外交官下來不是沒有根底的人，用不到靠誰，父子在同一區內買下兩棟庭院，相去不過數哩，既不相擾又還可以走動照看。

年紀大了就是這樣：坐在那裡看看電視讀讀書，迷迷糊糊地就會瞇過去一會兒，真是好好上了床睡卻又是睡不著的時候多。張晴老這會兒自覺又是醒著的又是睡著了；照在眼簾上的是自家起居室裡的燈，擱在腹部的手還握著那份《明報月刊》，怎麼此身渺渺又回到弱冠時候在天津？

驚醒他的是門鈴，還有女孩子在家庭間裡尖聲叫喚：「他們來了，爹地，他們來了。」

張晴老趕忙定定神起身去應門，一路過去把順手的燈全開了。

客人是三男兩女，全都二十來歲，或牛仔褲或短褲，或球鞋或膠拖鞋，破破爛爛一身，都不是好人家的打扮。此刻坐進了燈火映出輝煌的張家客廳裡也都顯得幾分不自在。

「張伯伯的客廳好漂亮哦，這麼講究的家具我們連坐都要不敢坐了。」一個短小伶俐的女孩子笑著說。

張晴老受這恭維也笑了，「這套椅子全部是手工的。你看，這個茶几邊上刻的是八仙過海。那邊每張椅子也都刻了故事的。」

幾個年輕孩子聽說，全湊近去細看，一面嘴裡讚嘆。張晴老叫住自己外甥，指著牆上一幅著清代官服的人像道：「國豐，你還沒有看見過吧，這就是你外祖父，我的父親。」

余國豐原伏在地上看桌緣，聞言只好又爬起去看外祖父。他對這位舅舅也認識不深，彼此上次在台灣相見，他還挺著鼻涕，去年剛到美國念書，奉母命先拜上過書信，後通過電話，這次貿貿然領了朋友前來求宿，原也曾掙扎考慮過一番，後來省錢的一念戰勝一切，硬著頭皮試問一聲，卻得到張晴老熱烈回響，還殷殷寄上地圖一紙，怕來客郊區不好認路。雖說親郎舅，平素少問候也見生分；余國豐深覺帶來的兩袋水果難抵留宿人情，心中忐忑，就也不太曉得怎麼講話行事，只一切諾諾，算是盡晚輩禮數。同行的既是客帶來的客，越發小心，一隻隻俱成呆頭鵝。幸好先前發過話的叫王維莉的女孩子還算機靈，有時也能捉眼神，捕話風。

「余國豐，你外祖父還做官呀？」王維莉也走向那有真人高的捲軸前。

余國豐不記得聽母親說過這回事。原來余太太自己在家中最幼，民國以後許多年才生，前清的事不甚了了，上十多歲嫁了，做姑娘家的時候也甚平凡，沒什麼事蹟可供遙想當年，娘家的事倒是鮮少提起。

張晴老見國豐對別人問起外祖父並無反應，就自己向王維莉道：「我父親滿清末年的時候捐過一個官，我小時候還看他穿過官服。這幅畫呢，是後來請人家照照片畫的。」

幾個人面對人像又讚了幾句，王維莉提出關於補服和品級的問題，小小滿足了張晴老的「人之患」。

張晴老一高興，難免又延他們看廳中其他陳設的古玩字畫。他自豪地道：「我這屋裡啊，沒有一樣是假的哦。」

一個男生咋舌道：「這麼多貴重的東西放在家裡不是太危險了。」

張晴老道：「我都保了險，而且我們家裡都盡量保持有人在，像我太太這次去台灣，去了一個多月，我就沒有出過門。我兒子他們住很近嘛，要什麼打個電話他就拿過來了。」

兩個女孩子裡矮個兒的王維莉是比較能交際的，另一個瘦高身材容長臉的方海玲卻累了就是累了；從阿肯薩斯過來十多個小時車程，雖然輪不到女生開車，坐也把人坐累了。張晴老再邀眾人去裡間看一幅貴重的石濤真蹟，方海玲就不客氣地沒有跟過去。

她攤在椅子裡；精工細雕的椅子只有觀賞，哪怕襯了厚厚的錦緞墊子還是怎麼也坐不舒服。她看見茶几底下有中文報，拿了一份還沒翻開，身後一個尖細怪異的女童聲音幾乎是喊叫地道：「你們幾個人呀？」

方海玲嚇了一跳，轉頭看見門旁站一個女孩子，穿一件白底紅色大圓點稚氣的連身裙，臉卻老相，還癡癡笑望著她。

「嗨！」海玲和人家打招呼，接著答話道：「我們六個人。」

「妳叫什麼名字妳叫什麼名字？」女孩子走近一點，忽然又提出新問題，這次連聲音也變了，不再是那種尖細的童音，卻是一字一喘又說得非常急促。

海玲看出對方有點兒不對勁，可是人家顯然也是主人家的，就盡量平等看待道：「我叫方海玲，妳——」

「英文名字妳有沒有英文名字？」女孩子打斷她。一面走到她身旁坐下，還是癡癡地微笑著，頭髮剪了個齊耳的清湯掛麵，腳上一雙絆了帶子的黑色平底鞋，聲音不太好聽，人倒是還和氣。

「沒有，就叫海玲。」海玲被問得莫名其妙，卻也只好人家問什麼答什麼。

女孩子失望地皺起眉頭。一眼瞥見海玲手上的中文報，便又高聲叫道：「妳看這個呀！」

「是啊。妳看不看？」海玲好聲好氣地問道。

「我看不懂，我爹地看，我只看得懂英文。」女孩說著，茶几下面翻出一張英文報來大聲念了一段。

張晴老帶著一行人從裡間出來，王維莉走在領頭，女孩子看見她馬上丟了報紙焦急地問道：「妳有沒有英文名字有沒有英文名字？」

王維莉有點驚駭地點頭道：「Vicki。」

「Vicki還是Vicky？」女孩子一本正經地偏著頭問她拼法。

「Vicki。」王維莉道。

女孩子滿意地對她點點頭，顧自走了。眾人有些不知所措，卻都好修養地假裝漠視此事。張晴老皺眉低聲解釋道：「我這個女兒腦筋不太好，念書念壞了。不過她每天自己看電視，也不會打擾別人。」

說起這個女兒，卻真是張晴老的一樁傷心事。原先也是不負父母教養的好孩子，書念得比哥哥還好，人也長得清秀脫俗，只這婚事上頭始終不順利。細究起來，這事可以怪上張晴老；在美國長大的孩子，教講中文也就不忘本了，張晴老還要教她看門第，門第這樣東西，在華盛頓特區不但中國人講得厲害，美國人也是特別講究的。張晴老這女兒幾次戀愛都這門第上摔了跟頭：不是她看人家不起，就是人家看她的歷史門第不算數。病是她學校出來做了好幾年事，近三十才突然發作的，醫師卻說病根是十幾歲時候就種下了。那時候張家小姐還是初戀，一戀就戀上了個美國參議員的姪子；一天約會，乘興而去卻嚎啕而返，揪著張晴老用英文大嚷大叫，語無倫次地哭喊道：「喬治要上法學院……爹地，我為什麼不是白的？……哦哦哦，他說我不是白的……」

後來發病，居然胡說的是十年前歇斯底里的那番話，真教老夫婦倆又傷心又吃驚。張小姐是「文瘋」，有時候喊喊叫叫倒從來不動手打人，張晴老不忍心留她一個人在醫院裡，領了回去，兩年下來也習慣了家裡有這麼個人，只還不喜歡跟人主動提起。

國豐來前只聽說有個「生病的表姊」，卻不知生的什麼病，不但未向同伴們報備，連自己也在受驚之列，當下有些尷尬。然而客人們亦不願多問別人家務事，遂趕緊轉移話題；王維莉坐在海玲身邊，看見中文報，就此搭話道：「張伯伯訂中文報？」

「我這《聯合日報》是人家送的，我自己是不訂的，」張晴老哂笑道：「人家送了嘛，隨便看看。我看英文報，什麼消息都有了嘛。」

「《聯合日報》啊？」一個楞小子耳不聰，胡亂奉承道：「難得張伯伯離開那麼久了，還是很關心國內的情形。」

張晴老搖頭笑道：「我這是紐約的《聯合日報》，台灣的報紙我不看，沒什麼意思。」

看台灣報紙的後生小輩不敢再發言，張晴老卻自己說起來：「台灣這很多報紙用的名詞都是不對的呀，像這個農曆，怎麼可以叫做農曆呢？——陽曆才是農曆啊。」

幾句話把五個本來就累得只想找個地方躺下睡一覺的小傢伙弄得更迷糊了，他們臉上不解的神情讓張晴老大為滿意，乃繼續他的陽曆農曆論：「這個陽曆多久一閏？——四年？對不對？四年只差一天，今天小暑，明年小暑還是今天，最多差一天；今天大寒，明年大寒還是今天，最多也只差一天。農民耕種要看節氣呀，那就看陽曆嘛，每年用那一本就可以了，每年都是同一天嘛。所以我說呀，把陰曆叫農曆根本就錯了，陽曆才是農曆呀。」

幾個人面面相覷，靜默數秒，終於還是王維莉發言道：「張伯伯對這個很有研究。」

「研究是沒什麼研究，不過我的看法是對的，什麼時候有空了，我要寫篇文章叫台灣或香港的報紙給它登出來。」張晴老一面說話，一面給自己的計畫點頭嘉許，忘記了前幾年才被他不看的台灣報紙退過稿。

「還有，」張晴老除了曆法外還有許多驚人高見，退居南方，來客不易，一定要傾囊相告：「我有時候看到台灣報紙上說這個……」

對聲稱不看的，沒有什麼意思的報紙能發生這許多感想，實在是教這幾個聽眾再怎麼也料不到的。國豐看見同伴一張張倦容滿布的臉，不免代主人難為情起來，幾次鼓勇想請退，卻都是話到舌尖。

「爹地——十一點了——十一點了——」女孩子忽然在鄰室大喊起來。

「知道啦，妳去睡吧。」張晴老也向那邊叫道，一邊回過臉略為歉然地道：「她一到十一點要睡覺就會大叫大叫的，她腦筋不太好。」

余國豐逮住機會，忙道：「很晚了，舅舅也要去睡了吧？」

「我沒關係，」張晴老一擺手，表示談興仍健，這才上半夜呢，「難得機會，多聊聊。我這個女孩子時間到就會去睡覺，她這個病還好不煩人的。」

於是再度開講，從張晴老自己當年風光談起，不知怎麼轉向了民國人物褒貶。然而老人家提起的那些時人名對小輩們卻真正是在講古，一點不能引發興趣，一個男生湊趣，並舉了幾個名字如遜運璿、林洋港上去，張晴老究竟是「不看」台灣報紙的，也是對答不上。主客談天，各說各話。

幾個故事講下來，早期那個張晴老有份卻因見機抽身以致艱苦無份的國民政府此時顯然成了個反面。一個小子自覺聽出端倪，乃試探性質地問道：「那麼共產黨那邊呢？你有什麼看法？」

張晴老面容一整，嚴肅答道：「那共產黨是太壞了，絕對不能相信共產黨。我沒有參加過共產黨，不能隨便說，不過我跟你們年輕人講，共產黨的話不要相信哦。」

久未吭聲的王海玲應是倦極，以致頭腦不清失了主客禮數，卻忽然接腔道：「是啊，張伯伯說國民黨不好還可以在這裡住這麼漂亮的房子，說共產黨不好的都給殺光啦，一個也沒放出來說他們壞話。」

主客皆靜默下來，氣氛一時難免尷尬。不愧老外交官，張晴老笑笑，風度絕佳地道：「自己人隨便聊聊，一下聊這麼晚了你看。你們明天去國家公園還要開六七個小時哦，是不是要休息啦？」

眾人早已哈欠連天，聞言莫不稱善於是互道晚安，男女分室就寢。

次日一大早，大家收拾了，悄悄議定先不驚動主人，出去開一陣子停下來吃早餐，再來電話告擾道謝。不意才出門卻看見主人穿著了唐衫布鞋在草坪上練太極拳，只好硬著頭皮前去打招呼：

「舅舅我們是想——」

「張伯伯好早哦。」王維莉截過國豐招口供似的話頭，愛嬌地道：「我們還想偷偷溜走不要吵你呢——」

「等下再打電話回來說一聲。」國豐補充道。

張晴老點頭微笑道：「沒關係沒關係。人老了睡得少，我一向早起。」

一個男生想是對夜裡的疲勞談話猶有餘悸，冒冒失失地忙著告辭：「張伯伯你忙，我們不打擾了。」

張晴老本無意留客用早飯，就順口道：「你們今天還有好長一段路要開呢。我早上也是忙；要趁太陽還沒有完全上來以前把草剪剪。」

眾人紛紛道謝，登車發動引擎而去。張晴老在自家前院目送，不開車的幾個人回頭向主人揮手致意，看見白髮的古稀老人一身鴿灰衫褲在晨曦中佇立。圍繞著那維多利亞鄉村別墅型洋房的是好大好大一片剪不完的青青草地。

一九八一年十月四日〈聯合副刊〉

終身大事

這樁事說起來是他自己做的主。決定以前，他特為此回了趟台灣，他的媽、姊、妹才看了照片，聽過簡報就很有意見：

「眼睛好像張不開。」

「身高差太多了，還不到你肩膀。」

「認識時間太短，互相缺少了解。」

「學歷不相配。」

他本一貫做人原則，對這些反面意見一面聽一面點頭稱是，再又自省數日更深深覺是，毅然寫了一封信去絕交。信很難寫，先談台北天氣，又論市場物價，迂迴許久，到了正文卻只得一句：「我們將來不太可能在一起，我只把你當自己的妹妹一樣看待。」寫完自唸一遍，信末又附筆：「妳要的耳環、襪子及毛衣都已經買好了。希望妳看到了會喜歡。我的飛機是華航〇〇六，台北時間二月二十四日下午四點二十起飛，位子已經O・K。妳去機場前，要打電話去華航櫃檯問到達時間，一般來說，行李過關大概要一個小時……。」附筆很長，絮絮叨叨說了許多家常。那顯示決心的一句藏在長信裡面，不頭不尾；看的雖然沒有錯過，定定神，撇撇嘴，就放它過去了。

他帶的東西太多；劉媽媽託的茶葉，錢姊姊要的襯衫，夯不郎當，塞滿了兩大箱外帶隨身三個手提包。海關課了三十塊錢稅就也放他過去了。機場裡巧不巧碰到個認識的中國同學也趕了回台灣過年來，夥著給同學接機的人這才能作一氣把他的大包小包弄出來到廊下等車來接。

「誰來接你呀？」同學問。人家來接機的同伴去開車，留下他和那同學看顧自己的行李。

他伸長脖子，極目遠眺，嘴裡含含糊糊地道：「一個小妹妹。」

同學沒聽清楚，問道：「你妹妹呀？」

「不是我妹妹。」他轉臉向同學笑道，一個單酒窩深深地凹進去在他五官清俊的臉上，「剛認識不久，一個小妹妹。」

事關羅曼史，那同學倏地精神起來，打趣道：「不簡單哪，毛意勤，亂會保密的。」

「沒有啦，一個小妹妹。」意勤輕柔地笑了，臉上紅了一紅。還是伸長了脖子張望。那同學正比了個開場白的手勢又要問話，意勤忽道：「來了來了。」

同學聞說忙也伸長脖子望，一面口中慌道：「在哪裡？在哪裡？」

遠處其實只有一個人走過來，可是問的人從她頭上望過去了，還儘在那兒續往遠處望。

方蓉穿了時興的粗布衫裙，寬袍大袖益發顯得她嬌小。衣服是暗色的綠，她又著一雙黃綠色平底鞋。小腿恍惚露在裙外，可是也許會被誤認為只露了腳踝。她額前齊齊一排劉海，頂上向後梳了一支辮，旁邊直直的髮散落下來及肩。

她走近站定，仰望兩人。那同學顯然有點驚異於她的矮小；毛意勤做介紹時，那人聽到自己名字，傻笑起來，連點了幾個頭。方蓉是嚴肅認真一型，沒事並不喜歡笑，就只櫻唇微啟，心裡打了個招呼了事。正好意勤俯身來問：「車呢？」

「停在那邊。」方蓉指向停車場一隅。

意勤站直了向同學道：「那你幫我看一下，我陪她過去把車開過來。」

同學忙道：「你去你的，我幫你看。」

說話間方蓉早已側身過去，作勢等意勤並肩即行。要過馬路，方蓉手腕纏上了意勤的肘。意勤想起身後同學，縮手卻已不及。

現在不怕是更多的人在背後看，還統統都是鄭而重之下帖子邀了來看的。她的手還是老位置，為了遷就她，意勤佝僂著；身子傾過去，脖頸彎了回來，站成一個歪歪斜斜的S型。

台上的人問她願不願意，她說願意。又問他願不願意，他也願意。台上的人說好，現在宣布你們二人結為夫妻，新郎可以吻新娘了。

他側轉身低頭迎著她透過一層紗望來的眼睛。每次他吻她，都是為了她這樣定定地望著他。

認識她的頭一天就吻了她。在美國待了兩年，雖說是勤學苦幹地連女朋友都沒有交過一個，電視電影倒還也看得不少；這好萊塢理當對毛意勤的性教育——如果不扯那麼遠，至少是對異性的態度——是要負責任的。

那天也是心情太好，也是心情不好。意勤到移民局辦完了畢業實習手續出來。忽然一下覺得茫茫然；多年的苦讀，小學、中學、大學、留學，就此告一段落，真是完結得何等寂寞！他做勢深吸一口洛杉磯城中區的濁氣，決定自個兒上中國城去慶祝一下。真到了地頭，心裡卻不僅是茫然，還簡直有幾分淒涼了。他開車轉了幾個圈，既不曉得自己想吃什麼，更不曉得該上哪家館子。折騰了好一會兒，他把車停在個加油站的公共電話前：想來想去還是得找個同伴才能拿定主意。

有一個大學同學念南加大算是住得近。他拿出隨身帶的通訊小冊子，依號碼打過去，卻是錄音機接聽。這是他沒有預期到的對方新裝備，有點措詞不及，留言信號過了好幾秒後，他才抽冷子似地發了話：

「嗯，我是毛意勤。嗯，我沒什麼事啦。嗯，剛好到China Town，想打個電話給你。你知道我找到事了嘛，嗯，請你們吃飯啦。——哦。我剛搬家。我可能上班前回去一趟，回台灣啦。我暫時住我堂姊那裡，電話是——」

三十秒時間到，機器嫌他話長，切斷了。這又是他始料未及，想想該把話說完才行，就又到褲袋裡摸零錢。就這一迴腰一低頭才看到身後一個東方女子正在等他這支電話。他趕緊閃開一邊，朝人家歉意地一笑表示「妳請先」。女孩子也回他一笑，忽然用國語說：「我很快。」

雖然是在中國城，他還是驚異了。就特為多打量了她一下：是一個個子小小的長髮女郎；是那樣瘦小到如果不是臉上濃濃地化著妝，真會教人以為是個小孩的人。基於禮貌，他走開幾步，好讓人家說話。他漫無目的游目四顧，可怎麼老覺得身後有眼睛望著他。卻正在他要按捺不住去查究竟的時候，女孩子走向他來。

「我好了。」她說：「該你了。」

「我可以不要打了。」意勤聽到自己的話也嚇一跳，僵僵地笑起來，「我朋友不在。跟機器講話我就會很緊張。」

「我也會。」女孩子微笑道。他忽然發現她的臉長得很清秀，小巧的五官按在一張方中帶圓的臉上。如果不把粉擦得那麼白，十足一個清純小女孩模樣。

「我只是想找個人一起吃飯。」意勤說：「不是週末，朋友都不在家。」

女孩子抿著嘴笑了，一會說：「我正好要去吃飯。」

他後來就一直記得兩個人上過的那唯一一次小館。是吃牛肉麵，叫了一碟泡菜。他還要點凍蹄等等，一一被她否決。幸好無論吃的是什麼玩意兒，至少他不是影隻形單地慶賀自己的畢業與就業，一個素昧平生的女子與他共度這樣對他意義非凡的黃昏；他有點兒開心，又有點兒惆悵，餘的就是不解；不解她，不解自己，也不解世事。

她說她叫方蓉。她問他的名字、籍貫、出生年月日、幾年來美、目前狀況、家庭情形……意勤一一答了。間或他說：「妳呢？」方蓉就也介紹了自己。

一頓飯吃下來，倒也有講有笑。意勤拿起餐巾擦手，一面讚道：「真好吃。」方蓉說：「沒什麼。下次請你吃我做的，你才知道好吃。」她拿過帳單看，像是打算分錢。意勤慌忙攔道：「吃了這麼一點。我請客。」

方蓉沒有堅持，只說：「謝謝。下次我請你。」等意勤拿過找錢放下兩塊小費，方蓉卻從桌上奪回一張紙鈔，塞進意勤口袋，道：「一塊錢夠了。」

意勤一向隨和，加之又替自己省了一元，笑笑也就過去了。這樣的萍水相逢，又在個熙熙攘攘的中國城裡；雖然吃了個極早的晚飯，冬日裡卻也暮色沉沉了；再怎麼說，彷彿都該道再會了。

意勤因而發問：「妳的車呢？」

「我到China Town從來不開車的。停車太麻煩。」方蓉說：「我坐巴士回去。」

當然意勤要送。她住東邊，也是個中國人聚集的所在。她和另一個中國女孩合租個一房一廳的小公寓。公寓是汽車旅館改建，車子直接泊到她們房門口。

時間還早，天卻晚了。她的室友還沒回來，她那一扇窗是個黑洞洞。樓上人家在打麻將，嘩啦嘩啦，像台北。意勤望著前方，兩個人坐在熄了火的車子裡聽人家家裡洗麻將牌。

半天半天，意勤終於鼓勇側過頭去看她。他想他自己知道該做什麼；人家那樣定定的仰望著他，是個看過電影的男人就應該知道怎麼辦。這裡是美國，此地更是好萊塢所在的大都會，他在她家門口，還不用問：「你的地方還是我的？」那吻，因為感情還不及培養，兩個人都有些心不在焉，可是那窗所撩起的遐思，卻讓意勤連呼吸都急促起來。

掀起那層紗，他俯身在她的頰上一吻。觀眾不依地譁然起來。然而已經禮成。莫名其妙的司儀忽然想起台灣規矩；大聲叫新人向觀眾鞠躬，謝謝大家。雖然是預演所無，迫於情勢，新郎新娘只好鞠躬如儀。眾人見新鮮有趣，不免鼓譟外帶鼓掌還禮，場面頓見熱鬧。司儀受到鼓勵，就緊接宣布各個方向受鞠躬禮的人。台上為他們成婚的人原不是牧師，是新郎學校裡的指導教授。本來也沒有人要他學做牧師，可是美國人不懂證婚，既然此二人不去教堂結婚，而租了個禮堂要他來講話，他無師可法，乃將尋常牧師為人證婚的讀經一段省去，改為請教來的中俗介紹結婚人生平，末了加上美俗的問人家願不願意。這時新人奉命向他鞠躬，他趕緊日式還禮，觀眾乃嘻嘻哈哈笑作一團。

司儀中英文宣布：「新郎新娘向新郎的家長一鞠躬。」

意勤偕方蓉再度轉身，毛太太從第一排位子上嚴肅地站起來，慎重地一點頭為之答禮，並不苟言笑。意勤不敢逼視，眼睛忙向下看，望著他媽媽的鞋尖。

毛太太的鞋變不出花樣來，真正的十年如一日，十雙如一雙；不尖不方不圓的頭，外加一個酒杯跟。

「我不能說反對，我反對也沒有用。」毛太太是教員，春風化雨三十多年，向兒子訓話是割雞用牛刀：「只能說，我既不贊成也不反對。」

毛太太離座踱兩步，意勤的眼睛還是守著媽媽的鞋尖。

「現在時代不同，沒有什麼媒妁之言父母之命，我們講什麼，你們是聽不進去的，所以我也沒有什麼好說的。」毛太太重新落座，喝一口意勤堂姊毛意靜泡來的茶，更向意靜道：「這個茶就是我帶來的那兩罐嗎？——人家說冠軍茶冠軍茶，好幾千塊一斤，我喝了好像也差不多。給我喝真是糟蹋了。」

意靜也是瘦長個子，孩兒面，和意勤長得如親姊弟一般，聞言因道：「我聽我朋友剛從台灣回來說，現在都還有什麼泡茶比賽。人家喝茶哪像我們這樣，很多花樣的呢。像什麼老人茶什麼。」

意勤聽見話題岔開，心中一鬆，不想危機就這樣消弭；早些時在機場，他媽媽對方蓉冷冷淡淡，才到意靜家又藉口要休息遣他送「方小姐」回去。在車上方蓉眼睛就紅了，一直預言毛太太對這親事要如何抨擊阻撓，弄得意勤也心中惶惶，卻不想危機就這樣消弭！

「我喝茶和我處理事情一樣，都是越簡單越好，絕不搞什麼花樣。」毛太太每日朝會導師訓話，每週班會導師訓話，早將訓話技術練至化境，她想怎麼講就能怎麼講，焉有邊開話題說不回來的事？為子不知母，意勤那口氣實在鬆得太早。「像你這位方小姐，我就覺得她真是把簡單的事情複雜化。」

意勤把才抬起的眼睛又垂下去。

「既然你們一定要馬上結婚，又在美國結婚，我覺得在教堂結婚蠻好是不是？結婚嘛，儀式嘛，我們家也不是教徒，這也是一種入境問俗的做法。我年紀大了的人還有這種觀念，為什麼你那個方小姐年紀輕輕，腦筋這麼不開通呢？」毛太太望望兒子的頸項，又轉臉望向意靜。

意靜就也發表意見：「我就說我和方蓉講過了，在美國請酒席真是划不來，客人都是送禮物的，成本收不回來的。而且意勤剛剛開始做事，沒有什麼積蓄。不過方蓉說她父母親是佛教徒，要教他們到教堂去參加婚禮她覺得不太好——」

「說起來她是很體貼父母。」毛太太聲音漸高，「為什麼人家有那樣的女兒，我會有這樣的兒子呢？——意勤，你呢？你一直說方小姐希望怎麼樣怎麼樣，你呢？我倒是很想聽聽你的意見。」

意勤慢慢抬頭，正想找幾句什麼話擋擋，電話鈴解救了他。

意靜接聽，交給意勤，是方蓉打來。

意勤由哈囉始而後一路嗯嗯到再會。放下電話留神到那娘兒倆都在等他交代，就胡亂說道：「是方蓉打來的。」

「我們知道。」毛太太有點不耐，乃不再假裝民主，單刀直入地問道：「她又是什麼事？」

意勤嚅嚅囁囁地道：「她說媽等下起來，要我不要跟媽為我們的事情吵。」意勤沒扯謊，只是稍微更正了內容。方蓉其實說的是：「你媽一定會罵我的，她以前沒看過我就反對，今天早上她又對我不理不睬，她還不知道會把我罵成什麼樣子。不過我已經決定了，不管怎麼樣你都不要跟她吵，我相信她以後一定會喜歡我。而且就算她不喜歡我，我嫁的是你，你愛我就夠了，對不對？」

毛太太聽見並不領情，只冷笑道：「你倒是很聽話。」頓一頓，嘆口氣，沉痛地又說：「你就這樣給人家牽著鼻子走。」

意勤又垂下頭去，忽然心裡一酸，眼淚叭嗒叭嗒流下來。一大滴落在自己手背上；涼涼的溼溼的，是他二十七歲男人的委屈。

意靜先看到，慌忙示予毛太太。毛太太又急又怒，十幾年沒有摟過抱過的兒子，此刻只能隔著幾步望著他為另一個女人傷心。她氣急地也立時紅了眼眶，怒道：「我並沒有反對你們哪，你們要怎麼樣我還管得了嗎？」毛太太說著，聲音裡頭已經帶了淚。意勤聽見，再也難忍，由無聲飲泣進而抽抽嗒嗒。兩母子就一站一坐，遙遙各放悲聲。

意靜這邊勸勸那邊勸勸。

意靜要意勤道歉；意勤說媽媽對不起；毛太太說不必道歉，我並不反對你們，我只是傷心……（接不下去，實在傷心）；意勤說我沒有說你反對，只是我自己要瘋了（沒有人聽懂，可有人生氣了）；毛太太說你就這樣為一個女孩子發瘋？你值得嗎？你對得起父母嗎

（氣得又哭起來）？意靜趕緊要意勤再度致歉。意勤說媽媽對不起，我不該惹妳生氣，反正都是我的錯，妳罵我好了。毛太太說我為什麼要罵你呢？你也不必向我道歉，我這趟算白來了，婚禮我也不要參加算了。意靜說小弟，你看你媽氣得什麼樣子！意勤說媽媽對不起……

三個人一直說來說去，說了很久。後來意靜先生李建華下班回來，毛太太已經因為疲勞、傷心及時差回房睡了。原先安排的出去吃飯只好取消，改成到義大利餅店叫個披薩送來。

建華開一罐啤酒遞給意勤，說：「怎麼一下飛機就開始吵？我等了一整天想去吃頓中國菜，這下又沒吃成。」

意勤說：「對不起。下次再請你。」

建華覺無趣，聳聳肩，自開一罐啤酒吃餅。

意靜說：「小弟，不是我要說。你們還沒結婚，你這個方蓉也太厲害了一點，害你媽生氣。也就是你呀，什麼都要聽人家的。你們認識才多久嘛，說結婚就結婚，一點基礎也沒有。」

意勤苦著臉道：「對不起。」

建華聽得不耐煩，大聲道：「講什麼嘛你們在講什麼嘛！一點都沒道理。」他轉向他太太：「是妳要結婚還是他要結婚？——天天就妳在那裡囉囉嗦嗦。」

「你吃你的，不知道少說話！」意靜不示弱。

意勤慌得站起來陪不是：「對不起，害你們吵架。」

夫妻相望一眼，立時同心恨起這道歉蟲來，就都不言語了。意勤感到孤立，心中酸楚，拿起啤酒打個招呼，自己走到院子裡。

城裡的空氣汙染還沒有到這住宅區來，星星都看得見，望去像黑絲絨襯底的鑽石。意勤仰望天空，拿啤酒罐在臉上冰冰，臉頰霎時溼了一片。

這些時日他是份外的容易感傷，什麼男兒有淚不輕彈，實在是沒什麼道理的話；有時候還有個緣故，有時候連個緣故也沒有，心裡的酸就會漫到鼻腔，再到眼裡化做淚流下來。人長大了，傷心再不是「王小毛打我」那樣有確實出處可考的事。意勤也恨自己的懦弱，也想懂得自己的心情；可是仔細追溯，卻只記得第一次為了這些兒女私情弄得哭哭啼啼，是年初他為兩人的事回台灣之後又來，方蓉從機場接了他到她住處吃飯。

那時候兩人相識一共四十五天，間中扣去他回台灣的三星期，毛家太太小姐們評曰：認識太淺。其實不算過苛。然而男女之間的感情與關係發展到了某一程度，卻是只能前進回不得頭了。

方蓉的單臥房公寓廳、房都很小，廚房更只是進門左首一點方寸之地，卻還硬擺下一張小餐桌。所幸她的室友平常多住在男朋友那兒，倒給方蓉許多方便。方蓉賢慧能幹，又素性節儉，最不喜歡上館子吃飯。自從第一次吃過牛肉麵後，意勤都是和她同上市場裡買了材料回來家做。意勤久違這種家庭風味，原來很是心醉；方蓉手腳伶俐，向來不要他幫忙，他就站在流理台這邊看她做，有時候講講話，內容也不外是魚香茄子該放多少大蒜之類。這一次，意勤卻有些異樣，是在台北的三週檢討心情之延續；他遠遠坐在客廳一角，沉靜地看著陽光照進屋裡，光影裡浮著的灰塵。

如果結了婚，一開始買不起房子，也是要租間這樣的公寓吧。意勤胡思亂想著。不會的，只能把她當成小妹妹，意勤天真地提醒自己；信上都已經寫了的。

「你來一下。」方蓉喊他。他們之間不大相互稱呼，可是因為在一起的時候從沒有旁人，所以也不成個問題了。

意勤應聲而起。方蓉將背轉向他，說：「替我綁一下。」原來是她的圍裙鬆了，而雙手又是溼的。意勤彎下腰替她重新結好。方蓉一回頭，兩人就勢親了個嘴，動作流利純熟。

她回到她的位置上去，繼續洗洗切切，想起來問道：「台北很冷啊。」

「嗯。」他有點發傻，楞了一下又說：「下雨。一直下雨下不停。」

人就是這種習慣的奴隸吧。離開了台北兩年；下飛機睡一大覺醒來，就覺得從來沒有離開過似的。再又跑來了，在方蓉的小客廳裡，那陽光給旁邊後起的房子擋到了，照那樣一線進來；光裡像輕煙一樣細細的灰塵；她在灶邊將一簸箕菜倒進鍋裡，有聲有勢地篷起一陣油煙。他就這樣子又來了，好像昨天都還在這兒似的。

他在那兒自管發楞，廚房天花板上那靈光過度的自動火警系統卻鳴叫起來。說時遲那時快，方蓉一面搶過掃帚站上椅子用把的一頭去敲打那鈴，意勤不待吩咐，一個箭步就竄至門口去打開大門通風。這洋警報每次都被中國炒菜的油煙混淆，這一套應變功夫簡直像擦桌子擺碗筷一樣的成了飯前例行公事。

方蓉從椅子上跳下來，說：「這東西真討厭。」

她每次都這樣講，從椅子上下來一定這樣講！意勤忽然暴躁起來：為什麼她什麼事都是那樣順理成章？他痛苦反省過她知不知道？

「妳收到我的信了嗎？」意勤寒聲問道。

方蓉熄火、盛菜，動作流利非常。她將鍋和杓移至水槽，一面道：「吃飯。——沒收到我怎麼去接你?!」

意勤伸手把檯上的菜移到小方桌上。方蓉解下圍裙，冰箱裡端出一盤自製燻雞，道：「我這次做的比上次做的還好。來，你盛飯。——我把湯端過來就好了。」

她忙，也支使著他忙；忙在這樣的家常裡，完全不能有病酒悲秋。意勤簡直忘記了他蓄勢的憤怒，合作而近乎馴良地擺起碗筷來。

然而那不滿仍然是存在的；意勤差不多是刻意地維護著那在心底閃爍的、微弱的小小怒火之苗。就在方蓉第二度提出馬桶水箱漏水的問題時，意勤忽然脫口打斷她：「妳說妳收到我的信了？」

方蓉點頭，默默地收拾起餐後碗碟。意勤幫手，又問：「那妳看到我寫的？」

方蓉開了水喉又關上，眼淚簌簌地流下面龐，道：「我不想提，你還一直問。」她說著逃進浴室，留下那來攤牌的男人呆立在小廚房裡正中央。

意勤的腦子卡住了，勉強集中腦力，也作不成決定：也許就這樣走出去了的好？——不行，幫她帶來的耳環什麼雜叭鼓冬還在車箱中的行李裡，更何況剛剛才吃完人家一頓晚飯，不正式告別非禮也。

洗手間裡傳來沖水聲，喊喊咔咔與老舊水箱搏鬥聲，再就方蓉開門出來到外間，臉上猶留有淚痕。

「對不起。」意勤趨向前去。方蓉嚶嚀一聲倒入他的懷中，他的胸迎著她的淚；意勤心亂如麻，口中只說：「對不起，對不起……」說得自己也含羞帶愧，真個是對世人不起，心裡難過。

「是你媽媽對不對？」方蓉哭著問。

意勤點頭，自己那一份活動的心思一併賴到媽媽頭上去。反正毛太太庭訓甚嚴，中學時候不必去說，意勤直到上了大學，甚至研究所，也沒正式交過女朋友。他媽媽總是說：念書要緊，書念好了還怕沒有女朋友！這次他書念完了又遇見方蓉而有婚姻的意思，帶了照片回去卻不敢完全說明，然而即使只表示了做朋友，亦未獲認可。

「她說我什麼？——她根本還沒看到我！」方蓉哽咽道。

「沒有，她沒有說什麼。」意勤想到家人給他的種種意見：太矮、不配、認識不夠……，「我自己也覺得——也覺得——我們——我們不適合——」意勤邊說邊攬緊懷中的溫柔，因為忽然覺悟到說了這話會連這也將失去；一念及此，眼睛也花了，再也說不下去。

就這樣，黃昏時刻陋室中一對相擁而泣的年輕人，再怎麼不是苦命鴛鴦也像上了幾分。畢竟時代是變了；持打鴛鴦棒的人最後自掏腰包買機票前來觀禮。這在毛太太實在是大打擊大失敗，所以雖然還是滿箱子的辦了禮物，臉上卻笑不開，私心甚至盼望前一秒鐘有變卦都好。這樣一位受了委屈的準婆婆，是隨時要發作一下的；那種撒嬌性的發作其實並沒有破壞力，這可憐的母親只是想在此刻得到多一點的同情與注意罷了。

然而那要做新郎的兒子也還等著有人給他一點同情與關懷呢。愛？愛總是有的吧；方蓉託之以終身，當然是愛他的。可是同情呢？同情要到哪裡去找？

方蓉對婚禮的熱衷自然大過他，因為有熱心支持就少煩惱。她不像他一樣是留學生攻學位、謀差事、辦居留那種「正途出身」，她是簽證過期的商務考察人士，在號稱「小台北」的華人洋場裡做一點類似公關的小事。朋友很多，還要講台北婚禮的排場。好幾個飯店她都有熟人；比較酒席菜單、擬訂客人名單，她忙和得起勁。她問意勤要請誰。意勤執筆在手想了良久：自己的朋友湊不上一桌。

「畢了業就各自找到事走了，留在南加州的好像只有我。」意勤有點惆悵，「大學同學反而還有兩個。還有老師也可以請。也許我媽媽也要請幾個人吧。——我以前有個室友，叫派瑞堅尼斯，我們還不錯，也許可以請他吧。不過好久沒聯絡了，他也快畢業了吧？」

想起派瑞，就想起才相識不久，他有一次問：「你是處男嗎？」意勤那時剛來一個月，和派瑞講話是英語會話練習，還不知道那個字，請為拼之，查了字典臉就紅了。

每次派瑞的女友從舊金山下來，意勤就把臥室讓給他們，自己去睡客廳；後來想起來很詫異，那時候怎麼可能那麼用功，在客廳孜孜矻矻至倦極去睡，簡直連胡思亂想都沒有過。也就為了這點，以及其他派瑞能從這中國室友占得的許多便宜，兩人一直融洽地相處至意勤畢業退租。

搬出去那天，破天荒派瑞請意勤在學校餐廳吃飯，還告訴他：「我原以為你是同性戀，一度想搬走呢。」又問：「你還是處男嗎？」

他真希望派瑞再問他一次，再有人問他，也不至於面紅耳赤地答不上話來了。他有時候懷疑自己是不是心理有毛病：為什麼一件以前從不是緊要的事，忽然變得這樣重要？

他這問題太大了，不是補物理或補托福該上哪家補習班的事，媽媽幫不上忙了。有時候他好羨慕洋人；頭一次珊蒂擁他道再會，那真是嚇得他臉紅心跳，然而純粹是害羞，又覺得親切，斷然沒有非份之想。洋人隨時隨地親人朋友都能擁吻。要的，有時候是真正想要一雙臂膀或者伸出自己的臂膀給別人。意勤有時候想不明白：他一個這樣親愛的媽媽，指引了他全部人生的媽媽，從什麼時候起，他們之間就再也不能為對方張開雙臂了呢？

意靜問他：「小弟，你和方蓉認識沒多久？你真的那麼愛她嗎？」

意勤垂下頭，沒有回答。他自己也不知道答案的問題怎麼答呢？哪麼愛呢？究竟要那麼愛呢？——每個人不都在走一樣的路嗎？考試、升學、就業、成家。他遇見了方蓉，就好像他一上完了中學知道往後跟著要上大學，上了大學知道往後要考托福留學。遇見了一個女人，又在恰當的時候。他並不討厭她，甚至也還喜歡她，重要的是，他要伸出臂膀的時候，她迎了上來。

意靜嘆息：「小弟，你太單純了。」

意勤搖搖頭，不能同意。他知道自己的家人歧視她；他們看他是個寶，不曉得他這種沒有經驗的碩士工程師一毛錢一打，上工的第一天就學會擔心裁員；他們看方蓉，樣樣配不上，甚至那樣明顯地擺出當心這個找丈夫的女冒險家的姿態。母親一再提醒他，方蓉和他同年，社會經驗又豐富，擔心這個兒子會被妖怪連皮帶骨地吞下去。可是意勤想他自己知道自己在幹什麼：在這個外國叢林裡拚搏，他要回去了某處有一個女人。是啊，一個女人，不是一個妻。可是如果他對她為人妻的期望說了「不」，他知道方蓉掉頭就會走，而他損失不起這個；不光是為了初領風月而不捨，更要緊是怕，怕他錯過了方蓉以後要面對的「未知」。

那麼，這不是一件你情我願的事嗎？那又為了什麼心中總有怨意？——這，就意勤自己也說不上來了。

也許，是因為內交外攻吧。從決定結婚起，每一件事每一個主意，無論是誰的，都能成為爭執的焦點，而意勤又是兩邊抱怨的對象。

「你媽說我鋪張。人一輩子只結一次婚，而且我的朋友又多，太簡單了不行的。——你看你，好像結婚是我一個人的事。」方蓉如泣如訴。雖然怨著，對未婚夫她是寬恕與溫柔的；她一個一個仔細地替他扣上襯衣鈕扣，「在美國是在美國，我們中國人還是中國人。我真不知道你媽媽為什麼這麼討厭我，不過你愛我就夠了。」

「我要早點回去。」意勤說：「媽媽在等我。」

方蓉送他到門口，踮起腳來吻他，細聲細氣地說：「為了你我什麼都能忍，你愛我就夠了。」

意勤鼻子一酸，又有感觸。走下樓時望見方蓉衣衫單薄依然佇立在門口，忽然想問她愛不愛他，卻只揮揮手示意她進去，就走了。

後來？——後來婚禮既沒有在教堂也沒有在飯店舉行。他們租了一個民眾服務社的禮堂，飯店裡叫了菜來開自助餐會，算是兩邊都讓了步。意勤也總算未負所望地斡旋了一下：新娘禮服在毛太太那裡報的是租來，實際上花了四百美元方蓉自己挑樣子訂製的。這以前，意勤從來沒有事情瞞過媽媽。他，就這樣完成了終身大事。開始了他的新生活。

春山記

雲湧在山凹裡像一條條白色的天河，源頭在天外的雲海，黑色的山峰是海中的蓬萊。那天河綿綿柔柔的流下，流到那望得清楚的杉林上頭，化成了曉霧迷離，是杉尖上的白紗，造就了一林的新嫁娘；再流再流，到了人世，遇見了這一片果園的蘋果花，甘心留下，只做白瓣紅蕊上一顆顆帶香的清露，靜靜候那朝陽。

許是天陰，太陽晚了，天明卻不待，這山裡的世界已經大亮了。胡金棠坐廊下一張破籐椅上，茫茫望著眼前竹架子撐開來的一株株花樹。他在這兒坐了很久，從滿天星星坐起，坐到月歸星隱，天地大放光明。在山上的人都不大知道時間的，尤其像他，到這山裡來二十多年，雖說孤家寡人一定是月長日長，可是歲月在汗水裡流逝；只見原始森林裡闢出道路，亂石荒草堆裡栽下果苗，卻也能不知不覺的過了。胡金棠知道自己是個沒腦子的粗人，從來不做冥想，他每次下山看朋友，也說：「到我那去住幾天，山上沒別的，風景真好！」然而他自己看見的風景是一包包雞糞肥料，與雞糞養出來，能賣好價錢的碩大蘋果；美麗的山嵐恐怕只是他害痛風的原由罷了。

像這樣天不亮就起來呆坐，實在是他胡金棠生平第一遭，說是正里八經的在想著什麼心事吧，卻也並沒有；雖然事是有一件的，本來也是要好好想想的，可是坐著坐著他倒忘了。他舉起右手，用力摩挲自己半邊臉；那還是參加築路工程隊時候，爆破的山石砸在腦袋瓜上，命撿了回來，臉也歪了，本來不俊的人更從此成了個怪相，醫生要他沒事了常常自己按摩按摩，他遵命，天長地久下來，不知是終於看慣了鏡中的自己，還是按摩奏了效，好像也就下右半邊臉有點嘴歪眼斜，看著不那麼嚇死人了。

順坡下百多公尺，花樹間隙裡看得見另一戶人家鬆了黑色瀝青的鐵皮屋頂。哐啷一聲，清清楚楚聽見有人開了那邊的門，又咕嚕咕嚕漱口，呸好大的一聲把水噴出去。一隻大白狗驀地從胡金棠屋後奔出，對著山下汪汪地大叫起來，一時之間，四下裡犬吠聲大作，彷彿山裡一下子添了千軍萬馬，這才真正地結束了這山間早晨連蟲聲也無的寂靜。

「長毛！」胡金棠惡狠狠地喝止自己的狗。那狗其實只是雜種土狗出身，可是養在山上的氣候裡，把自己調教成一隻傑出的高山狗，除了一身長毛帶給牠類牧羊犬的神氣外表，胡金棠的傾心相待，也啟發了牠的聰明。牠一聽主人喝斥，立刻噤聲，搖搖尾巴，走了過來。

胡金棠伸手撫牠，粗糙黧黑的大手，異樣溫柔地滑動在雪白的長毛堆裡：「畜生你叫什麼叫？今天我來噴農藥好不好？」他和牠打商量。抬頭望望沒有太陽的天，又道：「媽拉個巴子要下雨我們今天就不噴藥。」

那狗回頭舔舔他的手，挨他腿邊坐下，沒有表示異議。

胡金棠道：「去弄點吃的吧。」一面站起來。他是個高個子，五十大幾的人了，長年勞動並沒有提早他的衰老，如果略去他受過傷又滿布風霜的臉，風濕不發作時，那挺直的胸脯腰腿，真看了是一條錚錚的漢子。他穿一件深灰色襯衣，一條呢料舊軍褲，外罩一件這山上果農們人人都穿的藏青色棉夾克。狗緊跟著站起來，繞他腳邊打轉。

他開步走，兩手習慣性的往夾克口袋裡一插，左手嘁嘁嚓嚓壓到一張紙，他順手抽出來，那是一張淡藍色的航空郵簡，密密麻麻寫滿了娟秀的字跡，胡金棠能認得的很有限，他不大識字，只部隊識字班裡學過幾天。然而這外國信卻帶了心事給他，教他這幾十年只管死做死吃死睡的粗人，也要天不亮就爬了坐起。

他把信抖抖，對長毛嘖道：「這不是跟我開玩笑！」搖搖頭，他走進廚房，把信隨手往碗櫥上一扔，推開灶前的木窗，取棍架好，讓天光照亮他零亂的廚房。一隻雞立刻從外面不請自來，開始在長毛身邊的垃圾堆裡做檢查工作。

胡金棠從冰箱取出兩個饅頭兩枚雞蛋，做油煎饅頭當早飯。他熟手熟腳很快弄好了，走出屋外關煤氣，看見一個人從上面山坡走下來，長毛親熱的迎過去，那人跟胡金棠打招呼：「早，什麼時候下山啊？」

「你今天回台中啊？」胡金棠笑道：「這麼捨不得老婆還上來幹什麼？你那一甲三分地包給人家算了。」

「唉，在山下我又閒不慣嘛！這次上來十天了。」那人走近了，看清楚是個四十出頭的榮民，比胡金棠矮些胖些，生得一張娃娃臉，一副笑面團團的模樣，很教人覺親切。他是少校教官下來的，比胡金堂這些老丘八多添幾分書生味道，他叫趙仲倫。

趙仲倫一步步走下坡來，他也穿一件長大的藍夾克，拎一個旅行袋，衣角隨他步子一頓一搖，嘴裡不停：「在山上還好，地裡頭的事情做做，晚上一覺睡到天亮。在山下那個車子聲音吵死人，白天沒事睡多了晚上又睡不著，小孩子去上學，老婆還可以做做家事，我幹嘛？」

「吃過早飯沒有？」胡金棠問。

「我到老梁那裡買兩個麵包吃吃。」趙仲倫說。老梁在公路邊開雜貨店，他那鋪子是他們這一帶果農信件、電話的聯絡中心。

「到我這裡吃，我剛做了油煎饅頭。」胡金棠殷殷邀客，趙仲倫欣然答應了。

兩個男人在飯桌邊坐下，早飯很豐盛，有裹了蛋的油煎饅頭，新熱過的紅燒肉，和胡金棠自己做的泡菜。

「來一杯吧。」胡金棠三餐都佐一點酒。

「早上不喝。」趙仲倫謝了。「昨天聽張德清說你乾女兒來信要給你作媒呀，你什麼時候下山呢？」

「這個事！」胡金棠把嘴裡咬了一口的饅頭扔碗裡，站起來道：「我拿信給你看。」昨天他在雜貨店裡取信碰到張德清，先央他念給他聽過。

趙仲倫細細的把信讀過一遍，很高興也對他說：「這樣好啊，你還有什麼三心二意的呢？她都幫你已經求動啦，你個老小子還害什麼臊？麗娟我看過的嘛，很清秀一個女孩子。你很久沒上她們家去過啦？」

胡金棠點頭：「還是兩年前麗娟出國的時候見過的。」

「這個女孩子還滿有孝心的，」趙仲倫分析給他聽，「你一個孤家寡人，她一走她媽媽也是一個人，你又一直對她們那麼照顧那麼好，老胡啊，你這是好心有好報！」

「唉——」胡金棠重重嘆口氣，「我就是怕人家這樣想。我接濟她們母女七、八年了，雖然說是同鄉，本來也都不認識的，是人家說麗娟這個女孩子會念書，死了老子，眼看這個書也念不下去了，我一個人，要那麼多錢幹什麼？就幫著一點，後來她要認義父，就認啦，也不是我自己想做的。」

「她留學你也幫了忙。」趙仲倫說。

「是啊，她會念書嘛。」胡金棠說起那乾女兒小小有點得意，「她也不看不起我這個老粗，以前她放了假都帶同學上我這兒來。」

趙仲倫嗯嗯點頭，表示記得，靜默了幾秒，又忍不住要說：「你自己對這件事怎麼打算嘛？」

「你念書的，你看——」胡金棠猶疑了，沒說完。

「你管人家怎麼想！你自己問心無愧就好，你原來也不圖她們報答對不對！」趙仲倫也並不確定胡金棠究竟在猶疑什麼，他只管發表自己的意見：「她自己女兒做的媒，這還有什麼問題？人家信上說她媽媽都答應了，你怎麼這麼婆婆媽媽？打鐵要趁熱，我看你乾脆今天跟我一起下山，到我家住一宿，明天一早我陪你上台北走一趟！」

胡金棠很感激老趙的熱心，可是他那決心還是很難下：「這樣妥嗎？——還是你先幫我寫封信看看人家的意思，不要搞得大老遠去碰一鼻子灰，說不定人家嫌我一個老粗又長得醜。」

「嘿！嘿！」趙仲倫叫起來，「老胡，我們認識七、八年，現在才曉得你這麼，這麼——」他講不出來，索性翻開郵簡，指點給胡金棠：「你看，寫得清清楚楚：媽媽已經同意了，現在就看胡伯伯願不願意替我照顧媽媽。我很慚愧，因為我的自私，把媽媽一個人留下，她又不肯到美國來，葛偉誠的工作又不能丟下，如果胡伯伯能跟媽媽在一起，我這個不孝的女兒就多少能解除一些心裡的歉疚了。事實上，我念大學的時候，就希望你們兩位老人家能在一起，可是面對著胡伯伯您像明月一樣的高風亮節，我一直沒辦法說出口。從媽媽給我的信裡，我知道您兩年來都沒有去過家裡，這件事我跟媽媽談過很多次，她說您是我們的大恩人——」

「我就是不喜歡聽這一句！」胡金棠打斷唸信唸得正起勁的老趙。

「呀呀呀，」老趙發出不以為然的聲音，「你要人家一個女人怎麼講？你不要說，我沒有見過這個秦太太，我還滿佩服她的，比你個老小子敢做敢當。怎麼，你反過來嫌她年紀大呀？」他用激將法。

胡金棠猛一仰脖子，用誇張的動作解決了他那杯底一小口酒，「老趙，我不騙你，我不是不想找個人，年紀不要緊，正正經經的最重要。」

「那對呀，秦麗娟這個媽還有什麼不好？」趙仲倫說著把胡金棠跟前碗筷一收，「跟我一起下山，我陪你去，咱們正式跟她提親。」

他們趕上十一點多那班車到梨山，買了下午一點半的車票去台中，中飯就在梨山賓館用，當然是胡金棠堅持要做的東。

「老何，何男田！」胡金棠到處跟人打招呼，梨山一帶混了二十多年，他真是個地頭蛇了。這回從餐廳出來，他招呼的是個黑黑的矮胖子，穿一件繡著梨山賓館字樣的藍夾克，執一把大剪，看起來是園丁。

那人衝他咧嘴一笑，黑臉上盪開深深淺淺一臉笑紋，竟是那樣溫柔慈祥。

「你那隻八哥呢？」胡金棠問。

何男田笑容更深，大剪朝天一指，他們順著望過去，果然看翠綠的葉叢間，棲著一隻墨羽八哥，牠那細細的頸項稍一顧盼，頸部一圈豔黃就隨著在綠葉間流轉；牠那喙更美，是橘紅，到了尖上又淡成了黃。

「他這鳥好玩，」胡金棠告訴趙仲倫，「兩千塊錢台中買的。」

「會講話嗎？」趙仲倫問。又對樹上大叫：「哈囉，哈囉！」

何男田大約是個極不愛說話的人，自端著一臉笑，不聲不響地走進暖房，取來一台手提錄音機，拎著喚他的八哥兒：「鳥來，鳥來！」

那鳥聞聲飛下來，站在錄音機的提手上，任由何男田提著走了。

「這鳥倒聽話！」趙仲倫有幾分詫異地笑道。

「牠喜歡聽唱歌。」前面的鳥主人忽然回頭對趙仲倫說。

他們目送這一人一鳥走進暖房，旋又聽見那小小八角亭似的暖房裡傳出震耳欲聾的流行曲，隔著大玻璃，可以看見何男田正在給鳥餵食，他把餅乾咬細了再吐出來拈著給鳥吃，那鳥漏接，他也作勢要打，可是只舉舉手又放下。

「我說，」胡金棠有些感慨地道，「這老何跟他這八哥兒，我跟我那長毛，也捉了個對。」

趙仲倫一時有些對答不上，支支吾吾地嘟噥道：「這個，這個，你這個，不太一樣……。──走吧，時間差不多啦！」

一直到坐上了台北車站前攔的計程車，胡金棠還有點兒迷糊糊的，自嘲地笑罵著：「媽的個，真就這麼跑了來？」尾音揚上去，算對自己掛了個問號。

「應該請你老婆一起來，女人家好講話。」胡金棠歇一會又說：「她也不能不帶小孩。唉，我一個人的事，還找你們一家子的麻煩。」趙家嫂子對此事也極力攛掇了一番，是她逼著兩位男士去新理的頭，連備什麼禮都要先經她批准。

趙仲倫始終保持微笑做傾聽狀，地頭近了，他彷彿也有點緊張，雙手緊緊抱住自己膝上兩盒台中車站買的梨山水果；不讓胡金棠拿著禮物，是怕弄縐這位男主角筆挺的西裝褲。

「媽的個，小夥子一樣搞了個油頭！」胡金棠遙望前座後照鏡，嘴裡喃喃地詛咒起來：「又不是沒看過我這熊樣子，八十老娘擦白粉……」

「台北就是這個車子多我受不了！」趙仲倫忽然發言，打了胡金棠的岔。

「空氣更壞！」司機也有高見，「因為是盆地的緣故，廢氣都不能散。」他是有感而發，因為這時停下來等過紅燈，一輛插隊摩托車的排氣管正噗噗噗地在他鼻子下面製造毒氣。

「要叫我住台北我是絕對不幹！」胡金棠堅決地下了結論。

「如果人家願意，你在山上好好蓋棟房子住家還真不錯，」趙仲倫獻策道：「我是小孩子要上學沒辦法，只好山底下也弄個家。欸，你苗圃那塊地怎麼樣？他們那邊蓋好多漂亮房子，我們一〇五K恐怕不准蓋正式房子，只能蓋鐵皮的。」

「苗圃那邊地方大，我一個人不行，請工人也難得管，我現在包給人家很好，我還是喜歡我們一〇五K。」胡金棠說。

「你那邊包給人家多少錢。」趙仲倫問。

「今年是一百四十萬，上次人家要包你那一甲三分出多少？」

「八十萬。」

「你這才第二年收嘛，自己做辛苦，落到荷包裡也實在些。」

兩個男人講起自己辛勞的代價，漸漸如魚得水，自由自在起來，雖然並未忘記此行任務重大，可是嘴裡談論著群山中富饒的果園，心裡就有了仗恃；至少胡金棠是如此，他沒有上過一天學堂，然而他的地教給了他信心，因為它從來沒有騙過他，只要他要，地永遠等著他，歡迎他。

秦家住在眷村裡，小小矮矮的平房併一個小院落，事先打過電話聯絡，紅門虛掩著等待貴客，兩位男士沒有貿貿然進去，還是在門口按了鈴。秦太太急急趕出來，鄰居一個太太居然比她更快，先站過來招呼了：「秦太太，妳有客人！」

眾人禮讓入內，鄰居太太既不進來又不走開，只好任那大門半開著，好教那些好事的大人、孩子可以隔著不足十步長的小院子張望一下。奉茶坐定，胡金棠的位子不好，正巧當門，雖是又隔了層紗門，外頭不時探出一個小腦袋，還是要分他的心。

「趙先生您二位自己陪客，我後面兩個小菜，炒了就吃飯。您第一次來，真是怠慢！」秦太太五十上下，收拾得頭臉齊整，身材略略一點發福，穿一件藍底白花布袋裝，燙著短頭髮，進退有節，舉止得宜，這會兒告個罪，後面忙去了。

胡金棠望著趙仲倫傻笑，趙仲倫忙不迭地點頭，表示讚賞，終於也忍不住附過去咬耳朵：「風度好！」

「人家念過中學的。」胡金棠也壓著聲音道：「菜才燒得好咧，可不比你們家小嫂子差！」

飯就開在客廳裡，秦太太心細，備有上好大麯，兩位男士限了量，還是吃喝得極舒服。三人聊得也算投機，話題只兜著果園和麗娟轉。吃到一半，秦太太忽然發現大門還開著，便道：「你看我糊塗，門到現在還沒關！」就起身出去關了門進來。

「妳們這裡的鄰居討厭得很，麗娟就說她們討厭，」胡金棠兩杯黃湯下肚，漸漸露出豪邁的本性，直話直說，「我看了也討厭。來兩個客有什麼好看！」

「我們山上就不一樣了，」趙仲倫說：「關心和看熱鬧是不一樣的。也有啦，也有那種那種——三姑六婆！東家長西家短，不過我家裡的絕對不會！」

「秦大嫂也沒有這些——」胡金棠的褒獎只說了一半，大概被菜噎到了。

「大嫂有沒有到我們山上去過？」趙仲倫問。

「去過，好久以前麗娟陪我去過，還住梨山賓館。」秦太太笑，「麗娟以前是常常去，差不多放了假一定去。」

「麗娟不在，大嫂也出去走動走動，」趙仲倫道：「我家裡有時跟我住山上，大嫂去了很方便的。」

「麗娟寫信也是這麼說。可是我一個人吶就哪裡都懶得去。」秦太太說。

「麗娟前兩天也給老胡寫了封信。」趙仲倫伺機導話入正題，胡金棠瞪眼想攔，已是不及措手。

「那孩子信一向也還寫得勤快。」秦太太欣慰地道：「給我寫信也是胡伯伯長胡伯伯短的。」

「麗娟有孝心，」趙仲倫聽言觀色，覺得不妨就此進言，「她還說希望兩位長輩在一起，彼此有個照應，免得她人在美國還要心牽兩頭。」

胡金棠敏感的察覺秦太太有幾分不自在起來，他是一輩子也沒這樣仔細過，立刻就打哈哈道：「小孩子講話——」

「欸！」趙仲倫打斷他，「是麗娟懂事。」

秦太太垂著眼睛夾一筷子菜；這幾秒鐘的沉靜，簡直要叫胡金棠這個粗人血脈賁張，他差不多恨起趙仲倫的莽撞。

「來，喝酒！」胡金棠幾近粗魯地右手揮筷，左手舉杯，也不知是邀誰。可是雖然他望著趙仲倫，還是覺得女主人眼風從他面上輕滑而過，他這素來不經心的人不曉得怎麼犯了多心病，一時之間居然氣惱就偏是半張砸歪了的右臉向著她！

大家都喝了一點，秦太太聽他吆喝也咂了一小口的舉動，使他略略安了心，自己暗忖：這事也別再提了，一輩子也沒做過這種想，沒的丟人！

他只剩一件為難；他要怎麼把這層意思表達給趙仲倫呢？他小眼睛看了趙仲倫，那兒正塞了一嘴獅子頭過酒，吞下去後誰知道會放出什麼屁來。

「胡伯伯，」秦太太跟著麗娟稱呼他的，「趙先生，我敬你們。我不會喝酒，意思意思。」

兩個男人爽快的乾了杯，趙仲倫拿上瓶子要為秦太太添酒，教攔住了，只得跟胡金棠和自己杯裡斟滿。

「趙先生，」秦太太喊明了趙仲倫講話，「你和胡伯伯老朋友，我把你當自己人，沒什樣招待，飯一定要吃飽。」

趙仲倫忙客氣一大番，盛讚秦太太廚藝，胡金棠卻為話裡一句自己人的因果飄飄然，已熄的心又漸活絡起來，卻沒想到飯吃得近尾聲，怎麼來上這麼幾句話。

「我這菜要是做得還合口味，那天要您一家人賞光，」秦太太道：「胡伯伯就是喜歡吃我做的紅燒牛肉，每次麗娟一定要我燒。」

「肉就是要大塊吃，」胡金棠終於也敢發言，「什麼肉絲炒什麼什麼，我就不喜歡。」

「老胡的手藝也不錯，」趙仲倫說：「比我強，我一個人在山上就老上他那兒打牙祭，妳別看他一個人，他吃可不含糊。」

大家笑。秦太太緩緩地說：「一個人弄吃的也麻煩，多的多了，少的少了。不怕趙先生笑，趙先生自己人，我才說。麗娟說的那件事，也跟我講過好幾次，趙先生您知道，胡伯伯是我們家大恩人，如果我們母女能夠報答，洗衣服燒飯的事，我只怕胡伯伯不要我做。」

這位趙先生還正點頭稱善，想著說句什麼體面話，那邊胡伯伯已經用一種極不悅耳的聲音道：「沒什麼報答不報答的！」

「大嫂，妳曉得老胡的脾氣，」趙仲倫慌著解釋，「他幫妳們母女的忙，也不是這一天兩天，一年兩年，妳曉得他，就是這個樣子——」

「我是看麗娟那個小孩子會念書——」

「對對，老胡就是疼麗娟——」

「我要是指望別人報答我就不是人——」

「老胡！」趙仲倫生氣了，這個草包屢屢打斷他的話，又出言不遜，很教他不好收場了，「你聽我講完好不好？誰不知道你沒有指望人家秦太太報答你？今天我們來，是成全麗娟一片孝心，大人在一起，她做女兒的在外國也安心，你和大嫂兩個人彼此有個照應，我們做朋友的也高興，好好一件事，人家大嫂子都通情達理，你犯的那門子小家氣！」

胡金棠被那當過教官的一頓鬍子刮下來，也沒啥話說了，只好顧自喝酒，可是心頭憋了一口窩囊氣，卻不是一下子消散得了的，想他胡金棠放下了槍桿拿鋤頭，大塊吃肉大碗喝酒，好不痛快的人生，卻坐到這裡小杯小盞受別人的孬氣！

秦太太不知是酒上了臉怎樣，一臉通紅。可是女人是事到了臨頭，只要拿定決心，就能勇氣百倍，做她想做的事，說她想說的話：「我一直都跟麗娟講，妳胡伯伯是世上難得的好人，你要好好讀書，長大了孝順妳胡伯伯。」

「老胡是個君子，老胡是個真君子。」趙仲倫附和道。

然而那真君子卻不耐已極，杯子一放，開言道：「我是個粗人，一條腸子通到底，有什麼說什麼，想什麼做什麼。大嫂妳念過書，老趙從前是學校教官，我講話你們要笑就笑，我也不怕。我賣力氣山上開了幾甲地，賣了點錢，大財不敢想，幾百萬隨時拿得出來，早幾年要討個老婆，妳不要看我醜，也還是有人要，可是我這個人粗是粗，醜是醜，我還就這麼點臭脾氣，看了我錢份上的，我不要，苦了她也苦了我，我這錢寧可拿出去做好事，我自己大字不認幾個，會念書的小孩我都喜歡，麗娟認了乾老子，我把她當自己女兒疼，她今天講這個事，我想都沒想過，大嫂子，我們認識這麼久，我一直佩服妳，妳一人撐著這家靠幾個撫恤，自己又做手工，我拿來的要不是學費，妳都原樣退給我，可是我佩服妳，就更沒存過壞心，我要存過要妳們報答的心，我就天打雷劈——」

「老胡！」「胡伯伯！」兩個人都攔他。

他講得太壞太壞，又激動，聲音越來越大，連趙仲倫都下意識地去望那大門是不是關得很好了。秦太太更可憐，一個女人家，只差沒教他凶得哭起來。

飯局就這樣亂七八糟的結束，總算還是三個大人，飯局後也還吃水果喝茶，即使氣氛有點僵，臨行還是相送，還是告辭，全了拜訪的禮節。

出門甫上計程車，趙仲倫就忍不住又說胡金棠：「你這個人，講話只顧自己痛快，虧得人家知書達禮好涵養！……」

胡金棠也自知差勁，雖然仍對那報恩的說法很火大，卻不說什麼，由趙仲倫去數落，實在煩了，抽冷子一句：「我就聽不慣什麼報答不報答！」

「嘿！嘿！」趙仲倫發出怪聲，不以為然地道：「你要她一個女人怎麼講？我問你，你要她怎麼講？老胡啊，你不是二十郎當小伙子追女朋友呀，你是要找個正正經經好品行的女人老來伴哪。你倒是給我說說看，你不許人家這麼說那麼說，你要她怎麼說？哦，你要臉，怕人家說你施恩望報，就不許人家要臉，要逼得人家說是心甘情願跟定了你。」

一番話說得兩個人都再開不了口，一個是有點兒氣自己扶了個阿斗，又悔說話怕是太重；另一個是慚愧，卻有點兒惱羞成怒了。

上了中興號，兩個人都打了個大瞌睡，胡金棠甚至極難得的作了個夢，夢裡倒是沒別人，可想不通他跟長毛兩個幹嘛要修屋？

第二天一早，胡金棠趕第一班公路局回梨山，車過東勢，那山裡空氣清新的甜味兒就越來越濃，整齊的行道樹間植著一篷篷紅葉莧，像平地冒出一朵朵紅色的大花球。車子走上山路，一車的人睡去了七八，這本來是他們橫貫公路常客的本事；不管你山路怎樣曲折，一樣大睡到站。胡金棠多年訓練，也是坐車就睡，這回卻怪；他只管瞪眼瞧那窗外，好像是個新客。

窗外很美，大甲溪乾涸的河灘，越發襯托了周圍青山的英姿雄發，那一脈綠沿著那一脈也許是鵝卵石的灰白，彷彿走向無止境的遼遠，河床中央僅存的一線溪，映不著山的綠，卻是真正的春水。前面過來一座紅欄杆的吊橋，頓時把山水點成了風景。

實在不知道胡金棠看不看見這些，二十多年前那塊石頭砸重一點，他也就是那橋畔小亭中碑上的一個名字了。只見他舉起右手又開始按摩自己的臉，他不是個腦筋好的人，卻從來並不服誰的氣；趙仲倫剛上山那時候，還不是事事承他的指教，要不是他教趙仲倫在果樹間種菜，那年趙家就差點過不了關。然而昨天晚上趙家小嫂子一番話卻說得他好不難為情，女人家的事就有這麼麻煩！他片片段段的想起一些：「……老胡，你不要老說你自己丟了臉，人家秦大嫂這個臉才丟得大！我是女人我知道，想不開去死都做得出。你丟什麼人呢？聽你這麼講，就是連話也沒讓人講清楚嘛，她還客客氣氣把你們送出來，換了我，一掃把全轟出去！這個老趙也不會辦事，我看他在家裡講得也還是人話，怎麼這樣飯桌上就講……老胡，我是直腸子，講話你不要生氣，你最不應該就是在人家秦大嫂跟前提你的錢，你真是看輕了人家……」

他摩挲著右頰的手越來越使勁，一張老面皮都教他揉得發了紅，他忽然覺得自己是個渾球，專程下山做了一件蠢事！他活了五十多歲的人，打出娘胎開始，就沒有一次讓一件事情在心裡這樣過來過去，反覆追憶，可是最教他難安的還是他竟然想來想去想到了末尾還是只能束手。

車近梨山，路旁林相已改，那竹架撐起的一樹樹白色、粉色的梨花、蘋果花，才是他最有把握的東西。他遠眺著那谷中漫漫的花樹，忽然得了靈感，他要在梨山車站打個電話，請趙嫂子幫他寫封信，也不說多了，只說自己胡亂講話要對不起……。他在心中盤算著有那些話要講，一面伸手，把半掩的車窗一推到底，梨山的春風頓時多情的撲上面來，胡金棠一點也不心煩了。

一九七九年九月二十九、三十日〈人間副刊〉

鬧夢

當知道他回到台北的消息後，她的夢裡又有了他。可是三年不見，作夢都失去了藍本，像倫婷這樣謹慎的人，即使是一場夢，亦要有憑有據，於是老夢見和他打電話，又總是在堪堪要約著見著的時候醒來。然而這夢裡見不著的遺憾發生在生活裡，就變成了痛苦的負擔。如果再碰上林美娜偏要找了她講：「喂，妳知不知道洪偉頌回來了？——他有沒有去找妳？——什麼，這傢伙！看我去罵他。他那天打電話給我，我就把妳的電話給他了，教他去找妳，我以為他已經打過電話給妳了。好啦好啦，沒關係啦，他一定會去找妳的，——對對，我知道沒什麼，不過大家反正也是朋友一場嘛！」這一類的熱心就在她的痛苦裡再摻進一點更難忍的屈辱。

她像那隻被拘在瓶中扔到深海的妖怪，心情漸漸從企盼轉成了怨憤，他回來後的每一天都是她的一千年。她恨他的沉得住氣，她不相信他踏上這塊土地後會想不到她，她不相信天天來她跟前報信兒的那些人在他那邊會不提起她，可是她是空城前的司馬懿，那種種好的壞的愛的恨的情緒都投向了沒有回響的寂靜；也許他正高踞城樓笑看著她，她卻果然再沒有一點前進的勇氣。

接到他電話，已經是他回來後的第九天了，電話直接搖到她辦公室找她。

「喂，我是。」那邊找范小姐。

「范倫婷，我洪偉頌呀。」聲音帶著笑，卻很不慎重。

「啊——」她輕呼了一聲，竟然一絲也藏不起自己的喜悅、興奮和緊張，她差點兒叫出他們很親密時候，她一直叫的偉偉的名字，她學他們家鄉話發音，叫成VV。

「怎麼？還好吧？好久不見。」他輕佻而流利地道著開場白，也許因為這八九天中練習過許多遍，跟每個人打電話都要這麼說。

「好久不見，好久不見。」她笑，心裡卻難過了起來，他從前給她電話都說：寶寶，我是妳的VV。像這樣指名道姓，是真的疏遠了。

「你好？」

「好。」

她的手抖得厲害，電話聽筒壓在右耳上，這隻耳朵年前生大病發燒有點燒壞了，總不靈光，自己的聲音都聽起來遼遠，手顫顫，話筒換個邊，又差點滑落。

他那邊又說起一些什麼，那帶笑的聲音裡沒有感情，她一句也聽不進去，心裡閃過千萬句預習過的話，不曉得柔情的尖刻的感傷的憤怒的，到底應該用上哪一套。她心一橫，決定說實話，她二十七了，不是當年的十八，跟他躲貓貓似的玩著愛情遊戲。

「VV，」她喊他，打斷了他的話，低低的往下說，因為辦公室裡的耳朵太多，不能不輕聲，「跟你說這電話，我很緊張，手一直抖，心跳得好快。」

一個親密的名字多少喚近了一點三年時間的距離，他彆著，沒有叫她，可是也收起了那種愉快而客氣的腔調，用她熟悉的，有點不耐的聲音濁濁地道：「跟妳說話，我也很緊張。」

「VV，你回來的第二天我就知道你回來了，我一直以為你馬上就會來找我，」她自嘲地輕笑道：「我還以為你會一到桃園機場就來電話給我，我很早就聽說你暑假要回來。」

他乾笑了兩聲。

他的避不作答，小小的刺了她一下，她更坦白地說：「這幾天我一直等你電話，你到現在才打來。」

他大概聽出她話裡的嗔怪，立刻警戒起來：「我很忙。我回來以後一直忙到現在，太多事情要辦，每天忙到晚上十二點以後才回家，而且妳白天都上班，我到哪裡去找妳？」

她當然知道他胡說，他現在不就在辦公室裡找到她了嗎?可是不能在電話裡就吵起來，交往這麼多年，他這一句虧都不肯吃的毛病，她領教得太多了，要跟他算這個帳還不是時候。然而她亦不是心胸如何寬大的人，忍了一忍，還是有話說：「林美娜說她一直要你來找我，說你回來第二天就打電話給她了。」

他沉默。她害怕起來，笑著亂以他語：「不講這個，不講這個了——」

「妳呀，」他咬著牙果然有點生氣了，「就是這樣子。——好啦，不講這個。妳什麼時候有空，見個面吧。」

「我有點怕見你耶，」她撒嬌地說，心裡被自己的聲音哄得甜蜜起來，「我不曉得該怎麼辦哪，我好緊張嘛。」

他卻不為所動：「那就妳下班約個地方見吧。妳說約哪裡，台北現在對我是個陌生的城市了。」

台北對他陌生了，他對她也陌生了。

他坐她對面，穿一件式樣奇怪的紅色T恤，頭髮披了一個女娃似的前劉海，長得蓋住了眉，面團團，人白了也胖了，本來清俊的五官被多出來的脂肪擠在一起，坐矮了像個蠢孩子。

「怎麼還沒有結婚？」才坐停當，他就問。

她聳聳肩，用食指按一下眼角，她臨下班向同事借了藍眼膏塗一圈，不習慣化妝，總覺得擦到眼睛裡去了。

「為了我？」他小心地吃著豆腐，往椅背上一靠，拉遠因為這話拉近的距離；咧開的嘴裡一顆蛀去半邊的黑牙，也是她沒見過的。

「不是，」倫婷老老實實地說：「一直碰不到什麼好人。」

「哦——」拉長的尾音裡透露出不信，「該結婚了啦。」

倫婷忽然不耐了起來；她為這個約會已經慌亂了一整天，公事辦錯一大堆，明天她將要為這些過錯付出種種代價，她誠懇地，原宥了他一切地想和他敘敘別後，他卻用無禮而幼稚的挑釁來回報她。

她按捺著起身就走的衝動，正好侍者端上她的菜，她把一條紅黃格子餐巾提遮在胸前，假裝專心地等待那灼熱鐵盤裡油花四濺騷動的停止，不再說話。

「哼，我們好像沒什麼可說的了。」他突然冷笑道。

她凌厲地瞪過去，他無畏地迎著她的目光，手裡也提著餐巾。他們像兩個執盾的戰士，不能相讓。

「你就不能好好講一句話？一定要吵架？」她生氣了。

「咦，我是關心妳啊，雖然妳把我甩了，我還是很關心妳啊，妳知道我這個人一向這樣，實話實說。」他滿不在乎地把餐巾往膝上一鋪，開始用餐，「吃啊吃啊，美國的西餐可沒有台北的好吃。」

她吃不下，沒出息的只想痛哭；一個離得這樣遠的人舉著刀叉訴說對她的關心？她倒真是想向他傾訴一番，雖然她急於挽回的應是歲月而不是情感。

「吃啊，妳節食啊？」他粗魯地一揮右手的餐刀，催她。

「我吃不下。」她索性把盤子一推，頹然地把頭別過一邊。

他似乎終於承認了她的感傷，靜默了下來。她沒看他，只傾聽著他的刀叉偶爾擊在盤上的聲音。呢喃著情話的西洋歌曲從他們身邊柔柔流過，與誰都不相干。

「范倫婷——」

「你饒了我好不好？」她截住他的粗聲叫喚，「我們誰也沒有甩誰，你明明知道。你對我好一點行不行？」

「我這個人就是這個樣子，」他還是一點不讓，「我從前就是這個樣子，妳也沒覺得有什麼不好。」

她沒回嘴，左手支額，眼淚一顆顆的沿著腮幫往下流；這淚誠然發作得有些師出無名，卻悲痛得很，一開口就會變成號啕，以致不能不忍聲等著他損下去。

她等著，他卻不作聲了。她放下手，淚眼望他，他居然也停止大嚼凝視著她。半晌，他說：「怎麼辦？」

他說得溫柔而低，這才是她夢裡的聲音，心中一陣牽痛，又要淚下，趕快開皮包找手帕；餐廳裡不能太驚世。

「怎麼辦？」他又說，聲音高了一點，「我還是愛妳。」

她簡直以為自己聽錯了，忙抬頭看他，他卻正好叉了一大塊魚往嘴裡塞，看見她看，雙眉一挑，作了一個「如何？」的表情。

她慌道：「我也是。」說了又悔，只因偉頌那個樣子實在不算莊重。

他果然輕浮地笑起來，包著一嘴魚肉，不清不楚地道：「怎麼辦？哈！我們是緣盡情未了。」

「緣並沒有了呀！」她吸吸鼻子，也強笑著說話，「隨時可以重新開始。」

他又笑，好像很欣賞她的幽默，卻一面搖著頭道：「太遲了，可是太遲了。」

「為什麼太遲了？因為吳靜靜？」那是倫婷的心頭刺，偉頌的學妹，一直跟在偉頌身後緊追，一路追到美國去了。

他忽然暴怒起來：「妳為什麼要提她？不錯，我現在跟她很好，可是我絕對沒有對不起妳，我捫心自問，在妳和我吵架以前，我跟她什麼都沒有，我跟妳之間的事情，妳不要扯到她！」

「是是，『她是無辜的』！」她也氣極，引用他信上的句子反擊，不爭氣的眼淚又往下掉，「你給我的每一封信都叫我等你，你給她的信就叫她去找你，你知道她拿給我看的時候，有多得意？你有沒有想到我是什麼滋味？」

「我並沒有叫她來，我只是告訴她我們那一系是全美最強的——算了，這些話現在講都太遲了。妳為什麼不反省一下自己？妳對我哪裡有一點信任？我們七八年的感情，你寧可去相信別人，我走的時候，妳多麼吝嗇，妳連一句承諾都不肯給我——」

「你給過我一句承諾?!」她打斷他。

「好了好了，餐廳裡面，我們不要吵了好不好？人家都在看了。」

她真的蹧蹋了一頓飯，心情惡劣得一口也嚥不下，等他匆匆吃完，兩人會帳出門，她以為就此一別了，他卻忽然把臂一伸，圈住了她的肩，就這樣環著她，無言地順著路走下去。天到這時已經晚成了寶石一樣美麗的藍。

「為什麼要把事情弄到這樣？」他在她耳邊低喟，「為什麼妳要把事情弄到這樣？」是她嗎？她搖搖頭，不承認也不知道，她甚至不懂他的惆悵；他們男未婚，女未嫁，究竟是怎樣的不可收拾呢？他圈著她像從前一樣，台北的街頭像從前一樣，盪漾在她心頭的柔情像從前一樣……。

「怎麼辦？」他又說：「我甚至不知道自己愛不愛吳靜靜。」

「你跟她，」她有點難以啟齒，可是他的手移到了她的頸後，那透過掌心的溫熱正為她做著兩人親密的保證，「你跟她發生關係了？」

「哼哼哼，」他從鼻子裡透著氣算是笑，「妳早就想問了對不對？妳一直在想怎麼問最自然對不對？——不要問了，我不會告訴妳的。」

她頭一揚，甩開了他的手，心中又怨又憤。他那裡卻被激怒似的咆哮起來：「妳就是這個樣子！妳就是這個樣子！妳不要我，可是妳要我講別人的壞話來滿足妳的虛榮心！」

「你怎麼這樣說話？」倫婷的詫異比她的怨憤還多，不管當街，聲音也越說越大：「我並沒有要刺探你或她的隱私，只是你自己的態度讓我覺得不管隔了多久，你還是和我最親，我當然以為我可以問——」

「算了！」他用力的揮著手，「三年！三年很長妳知不知道！我最苦的時候妳在哪裡？」

「你呢？我最苦的時候你在哪裡？」她的淚又來了，「你連我在信上寫自己的病你都不耐煩看，你明明知道我脾氣不好是因為有病，你連同情都沒有！」

「馬路上，妳不要歇斯底里好不好！」

他理智而冷酷的聲音立刻教她收了淚。召來計程車，她還是讓他送到巷口。下車時候，他為讓她，先下車在門旁佇候，臨行緊緊一握她的手，彷彿仍依依，卻未道再見。

第二天她勉強上了一天班，就支持不下去了，請了病假待在家裡，本來以為是心病的，卻果真都到了身上來。她不能進食，吃了東西就吐，她不肯去看醫生，懨懨地躺在床上，自暴自棄的想著就這樣死了吧，聽說她死了，洪偉頌也許要後悔的。

家裡其他的人都上班去了，深巷裡的住家房子，連市聲都聽不見。她床頭櫃上擱著媽媽出門前備好的早點，他們似乎也有所覺，既不迫她去看醫生，也不特別問什麼，只早上她媽媽看她又不吃，忍不住說了句：「不值得嘛，妳自己想想看！」也許是林美娜告訴他們姓洪的回來了。

她不梳不洗的躺著，屋裡這麼亮，自然睡不著。她不曉得這個樣子算不算失戀，照算這戀早該在一年多前就失了，卻拖延到了今天才來反應，也是笑話了。她像溫習功課似的，一遍又一遍地回顧他們重逢的情形，將他和她自己的對話一句句背起來細嚼，在這樣的回憶裡，有時穿插進來一些更早的，他們還在讀大學時候交遊的情景；她努力地想為他們這一段感情的終站找出一個更合適——至少對她合理——的註腳。

然而她通常是在對自己的憐憫與對他的不能釋懷中哭一場了事。但是，這樣也好，他們兩人這事無論如何也不能再往深一層想，因為想穿了，並沒有一個值得同情：兩個自私的現代青年，花了許多青春在口頭上談著精神戀愛，生活上各為自己的前程奔忙，跌跤的時候，怨人家不扶，卻忘了本來並未攜手的。

想得不深，就件件都美，相簿翻出來，一大本一大本都是她和他，她漸漸地忘了他走後她相過的許多次親，她漸漸地相信了她是為他才三年不嫁，錯過了許多許多人。最後，她成功地說服了自己：他所以回來了拖著不找她，他所以見了面後惡言惡語刺激她，就是因為他忘不了她，他愛她，才恨她。

客廳裡倏然而響的電話鈴，使她從床上一躍而起，跌跌撞撞地從房裡奔出。躺久了又沒吃飯，幾步路也走得她眼前發黑，可是到話筒搶在手裡，那邊已是斷了線嘟嘟嘟嘟地空留惆悵。

是他！一定是他！她毫不猶疑地撥電話過去，手抖著，心裡恨一個零怎麼滋那麼久才歸位。等聽見撥通的鈴聲；一——二——三——四——五——……，一下下地打擊著她的希望：沒人接聽，剛剛不是他，不是他……。

她丟下電話，就勢斜倚在沙發上，壁上的鐘指著九點三十五，她還有好長好長的一天；

她二十七，還有好長好長的一輩子。他要害她一輩子都痛苦傷心迷惑不解麼？她無端想起好幾年前，兩個人玩到夜深了還去永和喝豆漿，一路走過中正橋，他把她一隻手扛在肩上，大聲地唱著歌，她也和，兩個人都不會唱，每一首歌都是點到為止，他大笑：「音樂是我們共同的弱點！以後我們生一個女兒，眼睛像妳，鼻子像我，送她當歌星，一定大紅大紫，好彌補我們的遺憾！」

她真的想替他生一個孩子，來彌補一些什麼。林美娜也失過戀的，她的那個男朋友騎了摩托車從她身後過，忽然停下來拍拍她的肩說：「我覺得我們不適合！」兩年交情就這樣完了。林美娜事後反省總是咬牙切齒：「我們的問題就是我們沒有上過床！」

她自己的問題恐怕也就是這樣吧；精神戀愛越來越不可靠，肉體戀愛——如果是處女的話——還抓得到一點責任和道德的庇護，可是也夠危險的了，智者不為。她為她想替分手男友生一個孩子的想法感到羞慚，可是這怪誕的念頭卻越來越強烈。她想找個人說一說，可是女孩子長大了就沒什麼信得過的朋友了，林美娜是好朋友，偏偏她和洪偉頌也是好朋友，與其讓林美娜傳過去變成笑柄，她為什麼不自己和他誠懇地談一談；她對他已經一無所求，他應該能夠體諒她，人家離婚夫婦都能做朋友，她和VV為什麼不行，更何況他們曾經那樣的有過默契。

倫婷又拿起電話，她心中暗自決定讓它響一百聲，再沒人接當然算了。

可是才三聲，那邊就響起偉頌濁重的聲音：「喂？」

「洪偉頌，我——范倫婷。」她有點吃驚地道。

「哦。——剛才妳有沒有打電話過來？差不多二十分鐘以前！」

「剛才？沒有。」她不知道自己為什麼要扯謊。

「沒有就好。剛才不知道哪個王八蛋打電話來，我正在睡覺，等我爬起來去接就斷了。」

她很氣，他當然猜到是她，還故意在她跟前罵，她正想了兩句挖苦話要頂回去，那邊又開腔了：「妳找我什麼事？」

她想起自己的淒涼，又軟了，柔聲說道：「我想問你一件事。」

「什麼事？妳說嘛。」他也柔和下來。

「我現在很難過，真的很難過，我現在在家裡，連上班都沒辦法上。我想問你，從前我寫信和你吵架，你怎麼排遣你的難過，你教我好不好？」她誠心討教，以為這件事朋友之間也能切磋琢磨，交換心得。

「妳不要提這個好不好？」他毫無風度的怒吼起來，「告訴妳，我已經忘記了，我永遠都不要記得這件事！」

「可是，可是我真的真的很難過，」她又哭了，翻來覆去喃喃地只會說一樣的話：「我很難過，我真的很難過……」

「妳會好的！」他無情地又是當頭一棒，「妳打電話給我就是為了這件事？」

「你，你真的一點都一點一點都不愛我了？哇——」她抱著聽筒放聲大哭；哭她流逝的青春，哭她一直覓不到佳婿的楣運，當然也哭她受傷的自信與自尊。

隔著電話線的眼淚效果較差，他安靜了良久良久，才用一種低而焦灼的聲音開始對她進行勸解：「寶，不哭，不哭了好不好？我愛妳，真的，不愛妳，我不會到現在還拿著電話。寶，不哭了好不好？寶寶，寶寶，妳二十八歲了，怎麼還是長不大？怎麼還像小孩子一樣？寶寶，不要哭了，不要哭了……」

他再說什麼都勸不住了，她這樣傷著心，自然不能去糾正他的二十七、二十八之誤，她知道他再怎麼叫她寶寶，她也小不過二十四五的吳靜靜，這才是真正挽不回的頹勢，她只好任她的淚流不完，電話卻一定得掛了。

然而一面說我愛妳，一面要分手，這樣的邏輯對女人來說是行不通的。倫婷思前想後，終於決定採信偉頌最後的保證，於是打起精神回去上班，並且每天打扮得整潔漂亮，等待著他那裡隨時可能發出的邀請。

洪偉頌又教她失望了，他再也沒有出現。他的事她得要一件件從別的同學朋友那邊輾轉聽來：洪偉頌去南部玩了，系主任欣賞他要他留下，他去補習德文當做第三外國語，準備回美國念博士……。再後來，也許覺察到了她的悲慘，就沒有人在她跟前提起洪偉頌這個人了。

就這樣完結了嗎？——應該是的吧，還能怎麼樣呢？倫婷也茫然了。大學畢業五年了，她把自己的小姐生活安排得還不錯，至少一切在少女時代為課業所迫以致無暇學習的才藝，她都如願地稍加涉獵；她學現代舞保持身材，學鋼琴培養氣質，學平劇維護傳統藝術，學插花怡情養性，學素描……。可是這種種忙碌的學習背後，有一份婚姻問題對她造成悵悵的威脅，她知道一年年芳華逝去，她再遇見多好的人，這戀愛也沒時間談了；洪偉頌當然不好，她多早就認識清楚了這個人的無情和自私，只是他們初識在十八歲，她現在怎麼也拿不出這許多年去揮霍了。

在一個失眠的晚上，她坐起來給他寫了一封信：

VV：

我相信你愛我。請你也相信我愛你。但是無論我多麼不願意，現在也必須承認，這段感情已經過去了。

這幾天每到夜半就睡不著，夢裡是你，醒來以後想的也都是你。我把你當兵和你去美國以後所寫的信一封封再讀過，VV，真的，回不去了！

後天中午，請你到我家來吃個便飯，請你把我給你的信帶來，與其將來各自為了不相干的男女，匆匆忙忙地將這些曾有過的愛情記錄毀屍滅跡，為什麼不讓我們共同親手處理？

祝你前程遠大，此生遙遙與你共榮辱，請為我努力。

寶寶　六月三十日

偉頌如約到了。果真抱了一大牛皮紙袋的信，提了一籃水果，看到只有她一個人請假留在家裡，很明顯的鬆了一大口氣，原來大約有點擔心會受到圍剿，被賴上負心之類的罪名。

「伯父伯母都還在原來的公司上班？」他寒暄。

「是啊。你才去三年，不是三十年。」她笑他。倫婷刻意修飾了一下，再加上月來飽受相思苦，人也清瘦了一些，一身淺藍色素淨洋裝，倒也顯得年輕漂亮。

「不知道，感覺很奇怪，什麼都不習慣，真像三十年一樣。」偉頌不知是因為人在人家地盤上，還是受那情意深濃的決絕信感召，言語態度溫和許多。「像妳家這條巷子都變了不少，快不認識了。」

「樓都蓋起來了。」她奉上冰紅茶，提開几上的水果籃子，盡量不去注意那個牛皮紙袋。

「妳要的信我帶來了。」他偏提起。

「哦。沒想到你真會從美國帶回來。」她只好搭腔。

「本來妳那麼久沒寫信給我，我想妳大概都結婚了，這些信留著也沒意思，可是不知道怎麼搞的——」他頓了一下，伸手在袋子上拍拍，笑道：「留給妳自己看看也好，看看妳怎麼對我的。」

「不用看，我自己寫的，背都背得出來。」一面說，她還是順手抽了一封就看。那信恰巧是他剛走，她在信上描述在機場送他的心情，真正割捨不下，又追憶前一晚他們話別，他幾次緊緊擁著她說：留我，留我，妳說一句我就不走了。

她看得心中悽慘，不曉得他捧著這樣的信，怎麼忍心來絕？他那裡許是見她表情怪異，開口道：「咦，妳不要看我剛走時候妳寫的信，妳看看妳後來寫的信，那是些什麼東西！妳說我不配做妳的男朋友——」

「你呢？你給我寫了什麼信？」她說著跑進自己房裡拖出一個袋子，重重往椅上一摜，「我生病，可體松服用過多，本來就會憂慮、暴躁，這是病吶。你每封信上說吳靜靜多麼好，也是病？」

「對，妳就是吃錯藥的病！」他也怒道：「我跟妳在一起，神經緊張，我承認我不配，我受不了，我小心翼翼伺候妳的臉色太久了，我的錯就是我太順著妳，把妳寵壞了！」

「那你為什麼要把我寵壞了又來罵我？」她嚶嚶地哭起來。

他為她完全無理的搶白愣住了，呆了一下，終於站起來將她擁入懷中，摸著她的頭髮，無奈地說：「不要胡鬧了好不好？妳講點理好不好？」

他假裝又在寵她，她假裝果真有人在縱容著；兩個人都被自己騙了。漸漸地他撫著她的背脊，找到了她的唇，深深地吻著，彷彿真有深情無限。而她的淚，被兩張貼近的臉一烘，很快就乾了。

三年來，倫婷的男女之事止於隔著一張咖啡檯子的看來看去，愛情行為上她實在還是個初級班；她一下就陶醉在這又陌生又熟悉的臂彎裡，她從他纏綿的吻中得到了他愛她最有力的保證。

他拉她坐倒，離開了她的唇，繼續熱烈地吻她的頭髮，她的頸項，她裸露的肩，用一種嘟嘟噥噥彷彿很痛苦的聲音說著奇怪的情話：「啊，妳為什麼要跟我吵架？哦，妳為什麼要跟我吵架？妳這個壞蛋……」

倫婷沒去留意他的指控，她心滿意足地接受他的熱情，要不是他讓她太分心，她也許已經盤算起婚禮的種種。無論如何，在她心裡，她已經徹底地原諒了他的一切。

偉頌終於把自己給弄乏了，他停下來，瞪著兩眼，仰靠椅背，一副無語問蒼天的模樣。倫婷把臉枕在他胸前，雙手環住他的腰，這才發現他老兄的胃都胖到皮帶上頭了，因道：「你要減肥，胖得肚子都圓了。」她大約認為管轄權又已到了手了。

他沒理她，她也不覺被冷淡，一面伸了一隻手，玉指輕撥他襯衣上的扣子作耍，一面幽幽訴起這月來相思的苦難，也提到了那個想幫他生個孩子的傻念頭。

「妳怎麼會有這種想法！」倫婷感到她倚著的他的身子整個一緊。

「我也不知道，」她把臉埋得更深，畢竟有點難為情，「那時候覺得和你一定是斷了，可是又不甘心，如果我們有個孩子，就算是斷了也斷不了，哪怕從此以後再也見不到面，我們也一輩子有一個孩子是共同的關聯。」

她這一套話講得不夠清楚，不過偉頌大概是懂了，至少「斷了也斷不了」一定夠刺激，只聽他硬邦邦從她頭上發話道：「妳不怕我占妳便宜？」

她甜蜜地搖搖頭，柔聲道：「你愛我，怎麼叫占便宜？」

偉頌忙扶她坐正，兩隻手平平按在她肩上，像電影裡的正義警探向黑道小兄弟曉以大義一樣，身體略略前傾，頭稍低，眼睛由下往上看，擠出額前抬頭紋，嚴肅地道：「妳怎麼這麼傻？這小孩生出來怎麼辦？報戶口怎麼報？妳的一生幸福怎麼辦？妳認為我是那種人嗎？」

她被他一連串問題問成了個呆子，嚇傻了她的並不是他提出的幾點有見地，而是她確實知道了他是絕對不要她的了，這才是致命的一擊；剛才的一切纏綿都是假，人家今天是帶著準備退還的情書來絕交的。

這淚，才真正是如雨下，她哭了個呼天搶地，雖然只是一名過氣男友，因為太倒楣傷心，也直逼失偶之慟，她抱著他哭，眼淚鼻涕擦得他臉上、身上。偉頌這回倒好涵養，雙手交疊在他那突起的胃上，雙眼緊閤，不言不動，也像真的大去了。

後來還是倫婷自己收的風，因為廚房裡她小火燉著排骨湯，已經聞見了香味，她跑去稍做料理，又進浴室洗臉梳頭，等她紅著兩隻眼睛再走到客廳時，偉頌起身向她告辭。

「連飯都不吃？——我自己做的菜——你，你，」她說著悲從中來，又哽咽了，「恐怕這輩子也就這一次了！」

「妳這樣子，我怎麼吃得下去，唉——」偉頌嘆口長氣，「說什麼呢？只能說我們沒有緣分。」

「吃餐飯要什麼緣分！」她氣得坐下又哭，「你不要想了花樣來折磨我好不好？求求你，我很難過！你對我好一點好不好？你反正還要走的，你滾蛋了我自然會過我的日子，你在台北你就好好對我好不好？過了這個月，我就放你回到吳靜靜身邊去，絕不吵你！」

「倫婷，」他這個叫法對她很陌生，他要麼好起來叫她寶寶，要麼惡起來叫她范倫婷，現在這樣喚她，不知有什麼樣的理論要發，「吳靜靜不算什麼，我跟她現在不錯是真的，也就是大家都公認我們是一對，在外國很寂寞，妳只能說我們彼此很照顧，將來我會不會跟她結婚也很難說。妳以前不是一直笑，說不懂為什麼男人要做牛做馬買了房子存了錢，再請一個不怎麼認識的女人住進去享受現成的嗎？」

她點頭；還是不懂，點頭只表示她記得自己說過的話。

「那妳想想看，」他坐另一張椅上，和她保持距離，「妳還不是一樣想撿一份現成的嗎？——這個社會太現實，胼手胝足找個伴來創事業，對男人是壓力，對女人是日後的威脅。現在我只是一個留學生，什麼都沒有，妳願意跟著我苦，等到我混出名堂，又嫌妳老，甩掉妳嗎？前年妳和我吵架，多少有點這種心理吧？」

她吶吶地抗議道：「你如果道歉，我一定會原諒你的。」

「道什麼歉呢？我拿什麼來向妳保證呢？我對自己都沒有把握。」偉頌苦笑道：「吳靜靜也倒楣，她認識我也認識得太早了，搞不好，我一溜了之，妳信不信？」

她又點頭，衷心希望有這麼一天。

「所以，不要傷心了，我不到三十五歲絕不結婚，到那時候妳小孩都好大了。」他說：「妳根本都不會記得有我這麼一個人了。」

「我希望我沒有認識過你，我希望我能忘記！」她的淚又潺潺下，「我好難過，我好難過哦！」

他這回沒敢去安慰她，只是看著，半天才說：「妳知不知道牛頓第一運動定律？就是沒有外力干擾之下，靜者恆靜，動者恆動。再根據萬有引力的說法，大自然中的萬事萬物之間，都有一定的軌道，比方說我們生活的這個太陽系，九大行星和太陽，和彼此之間都有一定的引力和軌道，如果妳拿掉一顆行星，就會引起宇宙裡的混亂，大家失去了常態，亂撞亂撞的，可是它們最後又會找到一個最平衡最穩定的狀況，然後一切又重新開始。當初妳離開我的時候，我也很難過，可是也過來了。妳那天在電話裡問我要怎麼辦，我想也就是自然會好的。」

他站起來又告辭：「我真的要走了，妳不要麻煩了。」

他走了，丟下哭哭啼啼的她，自己帶上門走了。她好一會兒才覺悟，抱起兩大包信，趕到陽台上去叫他：「洪偉頌——」聲音悽厲地在深巷裡迴盪。

他用一隻手遮住陽光，抬頭看四樓上的她，另手揮揮算再會，又舉步前去。她忽然有一個跳下去的衝動，要血肉模糊的倒臥在他腳邊，教他悔恨終生。但是她沒有，她只是癡癡目送他走出了巷口，走得看不見了，就自己回屋裡。窗外是正午的太陽，照得巷裡兩排齊整的樓房白花花，貓狗都不吠，好像多少年到了此時也只是午後閒夢一場。

一九七九年八月十日、十一日〈聯合副刊〉

牛得貴

忽然間，牛得貴的天地就剩下了這麼一小方。

他聽見老婆在後院沖水的聲音，聽見唰唰唰唰尼龍刷子擦地的聲音，應該還聽見街上隆隆的車聲，可是床上躺了這個把禮拜，那種轟隆轟隆跑縱貫路巨型卡車帶來的震動，已經成了生活裡的一部分，所以祇要在他聽得見人聲的時候，市聲就被他從聽覺裡過濾出去了。

屋裡剛擦的地還沒乾，牛太太走進來，赤腳踩在地上撲嗤撲嗤響，走過房門口的時候轉頭望他一眼，他也正側臉等著她；女人在暗裡，黑皮膚著了深色衣服，祇手上捧著的洋鐵盆子閃著亮，他房裡也暗，想她也看他不清，夫妻在這不知幾分之幾秒內照了個模模糊糊的面，也就這樣過去了。

盆子放地上，起門開門，推開紗門出去……牛得貴一一聽在耳裡。他知道她在擦洗大門旁邊的窗櫺，房子當東晒，這早上七八點，太陽光應該已晒進了一格一格淺綠色的木方格子。他闔上眼，彷彿看見她執一條他用舊了的紅條紋毛巾，上上下下的在擦洗。這原是她的日常功課，從前每天早上，他出門上班的時候，她一定正要開始，他多半不視不問，衹從她身邊走過，去搭交通車，雖然一直也想過告訴她別白費勁了，大馬路旁邊，灰塵撲撲的，再擦也是白擦，可是卻也至今未說，倒是他病了以後，她已經自動改成隔天抹擦一回。

回家來許多天，心裡漸漸的落了實，牛得貴不再像住院的時候那樣噩夢連連。他們住的是公家房子，原來整排一、二十戶都格式如一，可是十幾二十年了，這地方一鬧颱風就淹水，房子泡壞了，家家都翻修過幾回，更有藉機占了公家地皮讓給人家蓋樓房的。牛家這邊幾戶倒都還是部裡的老人，雖然因為地居縱貫路沿線，馬路一讓再讓，還是保持了前有走廊後有小院的平房樣式，這種房子進深長，光線差，近馬路的一間最吵最亮，再就柚皮夾板牆隔開三間房，牛家幾間房依序是客廳、上國中的兒子房間、兩夫婦臥房、讀北一女的女兒房；牛得貴住院回來，因為原來的睡房空氣濁，和女兒換了房間，獨個兒睡一張洋鐵小床，抬眼可以從唯一的窗裡望見自家小小的天井，可是後面起了高樓，又正當窗橫過曬衣竿，所以還是陰暗暗的，然而，這些日子，牛得貴卻覺得自己特別清楚，想起前塵與身後事，都像看電視一樣，交代得明明白白，連顏色都鮮麗明朗。

那天，胖子來看他，告訴他林秘書要他先辦退休，一不小心說溜了嘴：「人家說這樣錢拿得多些。」他看見胖子臉上悔愧的神情，很過意不去，可是他一向也不是能說話的人，只好說：「謝謝他老費心，真是……」他是衷心感謝，人誰能逃得過這一關，留下來的人總要過日子，他讀書少沒有見識，難得人家非親非故替他想得到。

「蓬！」紗門碰上，是牛太太進來，牛得貴聽見她用台語跟人說話：「……阿伊燒符水給飲，阮是沒多信，也試看……」

另一個壓低了嗓門：「伊自己干有信這？」是鄰居吳司機的太太。

兩個女人走到他房門口，牛太太改口說國語：「我出去一下回來，吳太太來給你照顧。」

牛太太走進房間，要收桌上的藥碗，碗底留著一層黑褐色的草藥渣，牛得貴看見她頭髮蓬亂，形容憔悴，原本就不甚齊整的五官，眼袋一黑，鼻頭一紅，看起來更是慘然。他忍不住嘆了口氣，卻並不忍心說什麼，只目送她又去了。吳太太一直站在通道暗影裡，不敢說話。

牛太太收拾收拾出門了。牛得貴並沒有問她的去向，先頭他還為這些跟她吵架吵得凶，他看不得夫妻多年辛苦積蓄白白往神棍和江湖郎中手裡送，可是他終於曉得攔她不住，他自己的主意又已拿定，就隨她去，她弄了什麼回來，他都乖乖的嚥下肚裡，心中知道受的全是她的好意。

吳太太提著菜籃過來的，廚房裡借了畚箕，坐在天井簷下小凳上揀菜，牛得貴聽見清脆的掐菜聲，但他平時便是少說話的人，病後也只住院的那一陣子反了常，回來後變得更是沉默，此刻病人和看護並沒有搭訕。

牛得貴知道太太不放心他，整日守著，萬一要出去也託人照看，也許因為住院的那一陣子，他鬧得太厲害，還沒開刀他就尋過死。可憐他原來好魁梧一條漢子，幾星期功夫瘦得成了人乾。痛哦，心窩痛得床上床下爬，原先是怕開刀，怕得痛哭流涕：「不要啊，放我死了啵！死了啵！」

唸著唸著，又怕起死來，只怕手術檯上一躺就活不過來了。「不能啊，我不要死啊！痛死我了呀！痛死算了呀！」

胖子來看他，他嗚嗚的哭，胖子氣得罵他：「個死老百姓！開刀怕個屁，開刀病才有得治啊！」

牛得貴不羞，本來他就是個農家子，沒有當過一天兵，吃過一天糧；戰亂還沒起，他就跟著做小生意的舅爺到了廣州，也還才風吹草動，他們又已到了香港和台灣，舅爺託人將他薦進部裡當工友，又替他娶了親才過去，舅爺是中風死的，前後只拖了一天一夜。他活到五十歲，連逃難的苦都沒有真正吃過，他的妻生得醜，舅爺說好，也就相安了近二十年，她愛乾淨，兩個孩子一直打扮得清爽，他每天整整齊齊的去上班，部長辦公室事情少，大家又都敬他，從來不知道這就要走到了盡頭，他怎麼能不傷心？

開刀後，部長親自來看他，私人送了他一萬塊錢慰問金，要他趕快好起來去上班，女人旁邊哇的哭出了聲，得貴心裡就有了數，他住醫院裡早聽人說過，有開了刀發現不能割了，又原封不動縫回去的，他老地方痛，又新添了傷口痛，腹部腫脹起來像婦人懷了胎，他原先就疑惑，現在知道是真完了。

住院的時候，只是怕死，回家以後，才開始想仔細；人生也不過這麼一回事，他順順泰泰地活過了五十年，住有宿舍，行有交通車，兒女讀書公家也有錢拿。他自己是個沒有見過世面的人，大辦公室裡倒茶送水開始，今天也算能跟隨個人物；女兒會讀書，北一女讀甲組班，將來一定比他和媽媽強；兒子雖然緊跟他老子不會念書，國中畢業送去學修車，一樣不會餓死；老婆有他的退休金，還可以領撫恤，帶大兩個孩子沒問題；總有一天反攻大陸，所以必須要火葬……牛得貴天天躺在床上，從家想到國，覺得自己也能去得心平氣和。

他自己筆下不行，老婆又看得緊，遺書這種東西可以免了。他的這些意思陸陸續續也和家裡人說過好幾回，只每次他向牛太太交代家庭瑣事，銀錢出入，她都要哭，讓話講不下去。

「牛先生，牛先生，」吳太太端著畚箕在窗下輕聲喚他，「我回去一下馬上來，你那有事大聲叫我就來，我在後面這邊廚房。」

紗窗在鄰居女人的臉上罩了一層面網，她頭上悠悠垂下的是他水藍條紋睡褲褲管，他覷著眼望她，扯動嘴角點點頭，那廂好一會兒沒動靜，他才想起她大約是看不見。

「好——」聲音彷彿已不是他自己的了，早起還沒說過話，喉裡有痰，「咳，啊咳！謝謝妳，吳太太。替我謝謝老吳。」

「老吳去上班。」吳太太直覺的答道。

牛得貴不再說話，吳太太道：「那我來去，你有事叫我。」他又點頭，這回卻不管她看不看得見了。

吳太太輕輕的帶上大門走了。牛得貴曉得這是一個好機會，他慢慢的翻身坐起，得病後他嚴重的貧血，躺久了坐起、站起，都要發暈。

他兩手撐住床沿定定神，腳心感覺到磨石子地上潔淨的清涼，房門口走道上有大門那邊照過來的一絲天光，沒有車子經過門口遮斷的時候，地上泛著灰亮。

「走囉！」牛得貴在喉嚨裡跟自己咕嚕了一聲。

他地上摸到了拖鞋，正要站起，卻忽然想到，這是吳太太的任裡，他要現在就走，不是平白累了別人？

牛得貴煩躁起來，已經思前想後這樣久，也不能算是草率；他不是怕死才要去死，也不是因為得這胃癌絕了指望才要去死，他一輩子活得不負責任，只管飯來張口。薪水袋子朝老婆一交，就再也不問妻兒的飢飽寒暖。他白天黑夜想了多少次，才決心一定要為他們做這件事。

「也不能給人家吳太太找麻煩！」他告誡自己。

牛得貴慢慢走出房間。客廳和四線大馬路只隔著條兩公尺寬的走廊，像牛太太這樣愛乾淨的人，除非大掃除，絕不會打開面向馬路的一排大窗子。雖然是八月盛暑，為隔噪音和灰塵，玻璃窗關得緊緊，墨綠色的窗簾也遮得嚴密密；卻因為暗，室內竟有一絲不實際的涼快。

得貴坐在慣常看電視坐的籐椅裡，眼睛從無聲無息的電視螢幕上往上溜，望見掛鐘面上的秒針走得疾疾，一時看呆了，心裡只是空茫茫，半天才讀出時間，卻遢遢想起兒子快回來了，暑假上輔導課，下學得早。

想到兒子，牛得貴心裡很難過，他自己兩歲死父親，五歲死母親，幸好還有個親舅爺。兒子今年十五了，雖然說來還比他老子命好，終究比不得人家父母雙全。

「唉！」牛得貴重重嘆了一口氣，要不是還在世上留下了他們，他一個活不過開年的人，又何苦來操這些心！

辦理退休的時候，他堅持保險要一起退掉，這些錢他是用不到了，他們的日子卻還長啊，何苦為了他這幾個月，教他們以後受些窮。

牛得貴每次想起住院的時候，曾經那樣尋死覓活，都看了在老婆孩子眼裡，就很後悔，其實，現在倒恨不得死在手術檯上算了，那也省下了好幾萬。可是，得貴卻也不怨老婆死馬非當活馬醫，也不怨這個同事那個鄰居熱心介紹醫生和方子，事到臨頭，留下來的人固然教他為難，得貴也還算是想通了生死這件事。

那天晚上女兒坐在他床邊溫習功課，他從粉紅色的檯燈罩上望向黑沉沉的天井，又望見後面人家樓上的燈光，「妹妹啊，」他平靜地喚女兒的小名，「我以後要是能回來，就回來看你們，不能回來——」

女兒猛回頭向他，臉上一片驚惶，忽然把筆一丟，哭著跑了出去。

得貴不怪她，倒掛牽著自己的心底話莫要嚇了她；一家四口，只有他走得近，看清楚了，才心安，才不怕。

「噹，噹……」壁上的鐘敲十一點，兒子的學校就在附近，不耽誤的話，十分鐘就能到家，不像女兒要擠車。

大門口有響動，開門進來的卻是吳太太，手上拎一掛本來屬於牛太太的鑰匙串，看到牛得貴坐客廳裡，她彷彿是吃了一驚，搭訕道：「你起來走走嘛好。」

走兩步，想起又說：「你太太去關渡，中午不一定回來，我飯幫你煮好，你小弟和妹妹等下回來……」

她往後面廚房裡走，一路嘀嘀咕咕。得貴沒接腔；這些日子裡都是這樣：熟人在他跟前要麼沒話說，要麼顛三倒四的說個沒完，大約總是不能忘懷他的病，很難平等看待。

得貴聽說太太中午不一定回來，心裡的感覺很奇怪，他略略轉動頸項環顧室內，只覺這一刻，他不知是前生或是何時就曾經歷過：這樣一間房子，這樣一個人，這樣一種念頭……

「砰，砰，砰，砰！」

兒子早就按得到電鈴了，還是一直像極幼時那樣捶門。在他想起身去開門時，吳太太已經跑了出來。

門口站那樣一個楞小子，和尚帽底下青青一塊頭皮，眼睛從太陽下來，眨巴眨巴，也不曉得叫人，剛變嗓子的聲音裡像扎著刺：「我媽呢？」

「去關渡啦，我來給你幫忙做飯，」吳太太看到孩子回來很高興，一樣樣交代他，「我飯煮好在電鍋，你媽說你姊姊回來，冰箱菜給他熱一下就吃飯。你照顧爸爸，我要回去啦，菜還沒有洗咧。」

牛得貴始終沒說話，等吳太太都出去了要帶門，他才突兀地，用濁重的聲音道：「謝謝妳，謝謝老吳。」

外面車子吵，吳太太忙探頭進來，大約還是沒聽清楚，笑笑就走了。

孩子把書包往桌上一扔，打開冰箱灌冰水。得貴看著站在冰箱前的兒子，藍短褲下露出兩條結實的腿，很有幾分大人像了。他跟自己說：也就現在走了吧。

他慢慢起身，進房去換衣服，換皮鞋。他的皮鞋衣物都還留在夫妻倆原來的臥房裡。得貴站在梳妝台前紮褲腰，看見鏡裡照出身後的大床，照出那邊牆上兩人的結婚照，端端正正嵌在玻璃框裡……。他兩眼一閉，有淚卻沒教流出來，他不是不戀這個家，不是他狠心捨得下他們，只他命裡該走，他就不要自己和親人，都多受這些折磨。

得貴走回客廳的時候，兒子正一面吹電風扇，一面蹺著腳看報，看見他穿戴得整齊，露出一臉詫異的神情。得貴不等他問，就先說：「我到辦公室去有點事，你等姊姊回來了就吃飯，曉得啵？」

兒子點點頭，想想又問：「那你什麼時候回來？」

「去一下子就回來。」得貴騙他。

「喔。」孩子相信了，可是兩隻眼睛還是望著他。他從兒子眼睛裡看到了關懷，感動又心酸；父子倆也就是這一面了，他想走過去摸摸孩子的頭，給他講幾句話，卻終於沒有，只是尋常而漠然的起身走了。

得貴就站在自家廊前要叫車。中午了，縱貫路上只見大卡車一輛輛飛馳而過，他的眼睛細成一線，想在刺眼的陽光下認空車，偏偏時候不對，這時段少有計程車經過。他用手擦擦頸脖，才出來一兩分鐘，人就虛虛的汗了一身。他挪動步子，慢慢往前走，走兩步就回頭望望有沒有車來；頭再側一點，也可以望見牛太太擦得乾乾淨淨的綠色窗櫺。

「車，哎車！」

牛得貴叫車的聲勢把自己都嚇倒了，那車也像受了驚似的，倏地往前斜衝，緊急停下。

「上台北？」司機是內地口音，聲氣愉快，大約以為自己不必放空車過橋了。

得貴吃他一問，忽然覺悟到總不能要車開到橋當中下來吧，便沉吟道：「咿——你——往前開，往前開！」

照後鏡裡司機臉上的線條一僵，右手一扳表，車子就上了路。

得貴挺挺的坐在後座，一時決定不下哪裡下車好。司機卻又發話了，這次是極不耐煩的：「先生，你往前開，是重新路一直開下去咧？還是往台北開上橋？」

「中興大橋。」

「過橋不過咧？先生，中興大橋有兩頭哩！」

「這邊就行了。」得貴對司機抱歉起來，實在該有個地點的，就順口說：「橋頭那個派出所你知道吧？就那裡好了。」

司機鼻子裡哼一聲，剛好一個人跳過快車道中鐵欄杆，從他車前搶過，也還差著一截，他卻狠啐了一口：「尋死哦！」

橋頭實在近，車資十三元，得貴本來想把身上幾十塊零票子全給他，怕露形跡，也只如數付了，看著那司機悻悻的開向繳費站。

得貴頂著烈日，一步步的往橋上走。大正午的，他這樣一個人走上大橋，自己都嫌礙眼，覺得戍守橋頭的阿兵哥瞧著他這邊，得貴竟然心虛的掉過頭去。

一直走過那哨好遠了，得貴才正過臉來，看見對面駛來一輛擠得滿滿的客運車，他認出是女兒下學坐的那一線，不禁停下來望著；車子開在另一邊車道，裡面又擠，他只看見好多穿了綠制服的女孩子，也不知道哪個就是他女兒，也許她沒擠上這班車也說不定。他嚅動嘴唇，在心裡喚她：「妹妹哦，妹妹。」不曉得女兒要真在車上的話，看見他沒有？

河面很寬，沙洲卻占去了一半以上，種了蘆筍一類的莊稼，長得青黝黝的。得貴一手輕搭著發燙的橋邊水泥欄杆，隨著身子往前行進，手指上感覺到那粗粗的砂石礫子滑過，以前孩子小的時候，他也帶他們走過橋過，他們要這樣摸著欄杆走，他要打手的。

得貴瑣瑣碎碎的想起許多事，卻連貫不起來。橋長，走到水深的地方還要好遠，太陽曬得他發昏，他看見前面台北那邊的堤防和水門，看見堤防下花紅柳綠的河濱公園，看見水波映著陽光亮得教人花了眼……。

近了，近了。他告訴自己。

一九七八年十月十五日〈聯合副刊〉

樂山行

早晨的陽光，從古銅色窗幔子裡漏進來一點點。房裡煙迷迷，影沉沉，彷彿到處是灰。傅先生一張單人床挨牆角兒擱著，湖水綠的床罩蹭扯得離了位，露出底下金邊藍布紋的沙發墊子。他面牆而臥，近乎得幾要身子全貼了上去，頭埋在旮旯兒裡，粗重地呼吸著，有時哼出聲來。腦後空出大半個枕頭，白底黃花枕巾上一塊暗色頭油漬。室內濁濁地有一股老人氣。

他晚上失眠，一夜爬起爬倒好幾回，天亮了才朦朧朧睡去。卻睡得不寧，半睡夢中一直聽見屋裡各種響動；先是唏唏嗦嗦有人起身走動，輕聲說話，漸漸的忘了忌憚，洗手間裡弄得一片乒乒乓乓，還有錦玉的吆喝也逐漸更清晰起來：「……手帕、衛生紙在這裡！——妳自己的簿子為什麼不收好？現在到哪裡去找！——傅佑平，你不許把報紙帶到廁所裡去！——安安，妳過來，看看電視機上是什麼？一點記性都沒有，看我下次告訴妳們老師。——小平，你廁所裡磨什麼磨？妹妹等著要進去。——快點，快點！等下統統趕不上校車——不行，自己去，公公還要睡覺——」

——醒來，醒來。他催自己；送孫子孫女兒上學校去囉。

——愷愷莫哭，爸爸帶你去漢口拔牙，拔掉就不痛了。愷愷莫亂跑，我們坐馬車，挑四匹白馬拉車的——

——醒來，醒來，送小平、安安上學去囉。

傅先生掙扎著，嘴裡發出咿咿唔唔的聲音；他是醒了的，可是有夢，它不放過他：車夫在嘯，長鞭嘶地凌空而舞，馬車兩廂小方窗洞裡望出去，卻是上海。天陰霾霾的，又一下子不見了高樓電車，倒像置身泊在基隆外港的船上了——愷愷，看船！好多船！秀芝，愷愷哭得厲害，妳來看看——

老人胖大的身子蠕動著，一會兒翻正了身，緩緩睜開雙眼，也就這樣清醒了過來。他仰臥傾聽；屋裡靜悄悄的，想是上學的上學，上班的上班了。他忽然驚天動地打起一個呵欠，叫得一屋隱隱回應，一揮手揩去頰上殘留的夢涎，作勢要起床，卻衹伸了個懶腰又躺平回去，楞瞧著房頂。他沒特別想著什麼，卻因為寂靜，彷彿聽見客廳裡嘀嗒嘀嗒掛鐘走得正勤。

一天總是冗長得教人手足無措。傅先生起床後，細細的讀過了早報，就再想不出有什麼事好做。他無目的的繞行室內數匝；皮底拖鞋啪嗒啪嗒嘹亮地擊著地，卻也不怕吵誰，橫豎走到屋前是一個人，走到屋後還是一個人。

一個人！傅先生忽然站定在落地窗前，靜眺窗外青山；他眉心緊攢，尚未修面的臉上，花麻的鬍渣子落了一腮，又正端容凝視，面部的線條緊繃著，充血的眼中好像有道不盡的愁煩。然而在這樣嚴肅的面容下，他心中卻祇是茫然，間或散漫地盤算著一日之計：究竟是掃掃地呢，還是出去理個髮？卻因為獨自擁有一整個白天，所以凡事都不必急，他就還是站著。

他望見山路上下來一個人，拄著兩根手杖，艱難地移動著，慢慢走近一些，看見是一個和他相當年紀的人，膝蓋不打彎地蹣跚移步，想是中過風。傅先生見了不禁心驚，怪道這個樣子還去爬山，嘴裡便不甚由衷地鄙薄道：「無聊！」

他一面望著那人，無端想起慶愷前天和媳婦說的話。

那天是一家子看五燈獎節目，出來一個老頭子跳踢躂舞，還是孫子先發現：「是黃公公，是黃公公！」

那個草包真是現世，他不免罵了起來；本來也是，年紀這麼大了還不甘寂寞，出洋相出到電視上去了。兒子卻冷然接了腔：「其實也沒什麼，黃伯伯跳得蠻好的。如果爸爸願意報名參加，我也很贊成。」

話是猶可忍，兒子那個顏色不可忍；他懶得講他，祇自己摔門走了，教兒子曉得他生氣了就好。晚上在床上卻聽見兩夫婦客廳裡說話，先大概錦玉說他什麼，聽不清楚，兒子的大嗓門卻鬧了開來：「……他沒有嗜好，也不肯培養一種嗜好，我看世界上沒有他喜歡的事，他還笑人家，他如果肯跟人家一樣，我真是高興都來不及！他天天在家裡唉聲嘆氣，我看了好過呀？我要他搬過來，倒像害了他一樣。他是沒說什麼，他祇是天天在我眼前嘆氣！人家退休了會過，他怎麼就不會過？他誰都看不順眼，養蘭花的、養小鳥的、打太極拳的，他都罵！他如果也跟人家黃義成的爸爸一樣，天天捧個棋盤找人下棋，沒事學學踢躂舞，我都高興！還罵人家神經病，不要臉。我不是非要他怎麼樣，祇要他稍微懂得安排自己一點，教別人少操點心，我就很謝謝他了！」

他聽著胸口都氣痛了，沒想到養了這樣個忤逆兒子，正想爬起來出去扯了臉罵，卻又聽見外面兒子放沉了聲音，彷彿還傷心：「——可是錦玉，妳不知道，我爸爸以前不是這個樣子的，我媽媽在的時候，他不是這個樣子的……」

傅先生聽得心裡一酸，先灑了一臉老淚，也就洩了氣。又聽見兒子道：「……以前也不覺得我父母親感情特別好，可是我媽媽一死，我爸爸就不一樣了。他以前根本不愛說話，尤其不愛講別人，他真是從來不管人家的閒事。——我還不是祇想他日子過得高興，他一個人我怎麼都不能放心的，可是也得他自己……」傅先生慢慢聽不見了；他浸在自己的心酸中，沉沉睡去。……

「無聊！」他想起來恨恨咄道；他的生活怎麼安排，難道還要承他們的指教？——混帳東西，沒有狠狠罵他們一頓的！

忽然，對面山上約同似的眾蟬齊鳴，聒噪得這邊房子都覺其聲勢：嘶——嘶——生機總是不絕。傅先生稍有一絲詫異，這初夏第一聲頭次帶給了他山居的喜悅。他從對兒子媳婦的不滿心上退開了一步，隔著綠窗紗再細望青山；山矮而不秀，連綿幾座團團的峰頭，小裡小器卻還可親。他看著山腰上藏經樓的灰牆黃瓦朱紅柱冒出於萬叢綠上，突然很想上去走走。

孫子孫女兒放假的時候，爺孫三人來過的，獨個兒有這份雅興，傅先生卻還是頭回。已經錯過了那些早起登山人的時間，山道上沒有人聲，蟬和鳥的鳴叫，還有風過樹梢俱是山的好音。一兩年來，傅先生衹道無人處寂苦，這才領略到一點無人的幽趣。衹這早晨十點的太陽未免略熾，雖說夾道有樹蔭，卻多不密處，傅先生自忖：早上來走走還不錯，明天可以早點來。

他信步走到藏經樓前平台，幾次和孫兒們上來也都是到此為止，這會卻發現樓房多了一條新修石階，從前沒有看到過的，旁邊告示說明藏經樓修築五百級石階，通高麗坑山峰頂，請遊客共同維護整潔。他想明天正好早來探探新風景，今天太熱，就這裡回去吧。

回程時，因為順坡下，傅先生自覺步子異常輕健，他舉目隨意瀏覽，看見前面電線上棲來一隻長尾巴的美麗的鳥，正待佇足，那鳥卻又展翅飛去；陽光下衹見黑羽上流轉著七彩金線，長尾巴彎起極美的弧形，倏倏林深處去了。傅先生怔怔目送，心裡記住要講給兒孫們聽。

「那些人很有意思的。」傅先生第二天送走孫子孫女，又去爬山，新得許多晚飯桌上的談話資料，再不衹是聽眾。他說得好高興：「你看我也去得蠻早的嘛，七點多一點，一路碰到盡是下山的人，都是像我這樣的老頭子，穿條短褲，哈哈，球鞋，揹個水壺。見面都說早啊，早啊，也不管認識不認識，神裡神經的樣子。嘿，我就也跟他們學：早啊！——哈哈！好玩得很。昨天不是說要去藏經樓後面山上探險？不行年紀大了，那個台階上面寫得有幾層幾層，我上去五十就吃力，勉強走到一百就透氣不及——」

「常常走就會習慣了，爸要是能天天都去爬山，保證——」慶愷連忙放下筷子拍胸擔保；惟恐老父又息了爬山的興趣，「一個月，不到一個月，我都跑不過爸。」

「爬山可以練輕功。我要去。」佑平小學三年級，也有意見。

「爸可以買雙球鞋，球鞋比皮鞋好走。」錦玉獻計。

「我也是這樣想，鞋子也有關係，皮鞋走久了吃力得很，就怕買了以後穿不了幾次——」傅先生很認真地打算著。

「不會，不會。人家都說那個山上風景好，還有個什麼大眾樂園，只要走習慣就好。我是太忙，不然天天陪爸爸去爬山。」慶愷殷勤極了，「——不然這樣，爸先去看看，星期天了，我們全家一大早就去爬山。」他一橫心，為老爸把星期天的懶覺都捨了。

「喲　！爬山去喲！」兩個小的馬上興奮起來。

「吃飯！星期天還有幾天呢。公公以後常常帶你們去。」錦玉也推波助瀾。

「爸應該弄條短褲來穿——」慶愷笑著說。

「胡說，那成個什麼樣子！」傅先生也笑。一面想起山道上走動的那些人；該添幾樣什麼裝備，他心裡早就有了數。

星期天慶愷和錦玉終於沒能隨行；一則兩人興致原本不高，二則傅先生和兩小等不得，就三人走了。

這天因為不必先送孩子上學，出發得特別早，趕上了一般早覺登山的人，好幾個是下山時候和傅先生打過招呼的，有的記得，道早的時候，特為說：「今天早啊？」傅先生也笑著還禮。幾天過路的交情，卻著實親切。他現在看起來和他們很像了；他著汗衫、西褲、穿球鞋，頭戴鴨舌帽，拄了根手杖，還拎了條拭汗的毛巾，形容也很輕鬆愉快。

佑平、佑安背著吃食口袋和水壺，一路有說有笑。佑平一個人當先，不時回頭說話，佑安牽著公公的手，更是嘰嘰喳喳講不完。

「鳥呢？公公，鳥呢？祇有麻雀沒有鳥嘛！」佑平大聲地問。

「笨蛋！麻雀不是鳥啊？」佑安笑他。

「妳才笨蛋！」佑平被氣跑了。

傅先生正待發言排解，旁邊一位也是爬山的太太說：「孫子孫女兒啊？好福氣喲。」

傅先生謙虛的笑著頷首，那太太步履穩健的超過他們先走了。聽口音是北方人。大個子，差不多是傅先生一個身量。

爺孫三人走走歇歇，走了半個多鐘頭才上去峰頂。還沒順過氣，佑平又吵著要去樂園。傅先生頭天上來過，曉得情形，便道：「這裡就是了啊，你看。」

佑安讀道：「大家樂園。」兩棵樹上穿過一條粗麻繩，吊了四塊木板圓牌，紅漆寫明。

「笨蛋！大眾樂園！」佑平逮到機會罵還妹妹。卻因為沒有遊樂器，很對這個樂園失望。

佑安正要回嘴，旁邊一個人忽然面朝空谷大叫了起來：「啊——」他還未歇，稍遠聽見又有人開叫。

佑安、佑平不禁要問：「公公，他為什麼要叫啊？」

傅先生一面帶走他們，朝樂園進去，一面說：「他們不是叫，是嘯。我們到那邊亭子裡去吃野餐。」

「什麼笑？」孩子問。「我還以為他在哭呢。」因為損了大人，兩個孩子壞笑起來。

「不是笑，嘯是蹙嘴出聲，有意思的，」他撅唇做個樣子給孫子看，自己也好笑：「嘯也是一種大叫吧，不過不應該是他叫的這個樣子。」

從峰頂走另一條路下來一點，就是大眾樂園的中心地段。有有心人用舊木板沿樹釘了個亭子，排幾張山下帶來的舊椅子、板凳，再掛上牌子，就成了早覺登山人的樂園。這一塊平地，視野極好，可以同時看見新店、景美和木柵的一部分，佑平、佑安忙跑到崖邊去找家。

原先就站在那裡的一位太太，忽然也對空大叫起來：「啊——啊——」

傅先生認出是剛才搭訕的那位太太，覺得有趣，又自恃年長，等她叫完，就問她：「妳貴庚啦？」口氣很隨便，像問自家小妹妹。

「六十七囉。」那太太並不以為忤，爽朗的笑道。她穿一套藍花薄佳績短袖衫褲，藍色球鞋，肩上店小二似的搭了條白汗巾。燙的短頭髮，四方臉，黑皮膚，小小的亮眼睛很有精神。上了六十歲的女人不能論美醜了，年輕的時候應該不會太好看。

傅先生自覺失敬；人家還長他兩歲呢，因而由衷的搖頭讚嘆：「看不出來，那真是看不出來。」

那太太笑著露出一口整齊的牙齒，光澤很自然，也不像是假的。她拉住佑安的手問：「長得好漂亮哦。念什麼學校？幾年級啊？」態度十分慈愛。

佑安大大方方的答道：「新民小學一年級。」

「那很遠喲，在台北嘛。」大人逗她。

「很近，坐校車一下就到了。」

佑平不耐煩，提議吃野餐。爺孫三人於是圍坐攏來，袋子裡寶貝一樣樣搬出。傅先生邀那位太太，她說：「謝謝，謝謝。我下山以前不吃東西的。」她伸手指向另一山頭：「我還要到那邊去一下。」

「那邊上去是什麼地方？」傅先生問。

「過去是良友樂園，跟這裡差不多。我們有幾個朋友約在那裡會的。」那太太說著走開了。

餘下爺孫三人亭子裡談笑吃喝。佑安說她班上的男生給傅先生聽：「公公我跟你說，我們班那個王朋宇好噁喲，他跟丁玉玲求婚耶，跪下來求婚喲。他還親她。公公，你說他噁不噁？——好噁哦！」

「那妳告訴了老師沒有？」傅先生笑問。

「沒有呀。我才不告他呢。」佑安理所當然地道。

「這個小孩好討厭噢？」傅先生表示同情。

「沒有呀，我很喜歡他呀，他上次送我一顆彈珠。——他好噁喲，他說他有七個太太；我知道有丁玉玲，還有我，其他的我就不知道了。」佑安很高興她有份，喜孜孜的報告。

佑平卻譏笑起她來：「妳們班那個王朋宇最不要臉了，才一年級，哼，犯風化罪！」

「公公，你看他！——你才犯風化罪，罵人罵自己，罵人罵自己！」佑安掩住耳朵抗議。

傅先生收收左近留的垃圾，繫成一袋，笑著說：「走了吧！」他看著孫子孫女兒祇覺得好玩可愛，根本懶去糾正；祖父不比父母，操不上這個心了。

下山時竟又碰到先頭那位往裡邊山上去了的太太，和另幾個登山的男男女女走在一起。那些人年紀也都在中年以上，傅先生聽見人家喊她張大姐。

張大姐是真的喜歡佑安，看見了又過來牽她，和她說話。佑平還是跑在最前面，傅先生保持在她們身後一兩級石階的距離，聽她們講話：

「喜不喜歡爬山？」

「喜歡。」

「那是哥哥噢？哥哥幾年級？」

「三年級。」

「還有沒有姊姊、弟弟、妹妹？」

「沒有。小孩太多了不好。」佑安一本正經的加以解釋。

後面的傅先生不覺失笑出聲，張大姐也就回頭笑道：「好福氣喲，孫子孫女兒都這麼大了。」

「那妳呢？」傅先生問。

她搖搖頭，無可奈何的笑著：「不曉得現在的年輕人怎麼想的了。我是跟他們說：趁我還健康，還能幫你們的忙，生一個兩個不要了。我現在還帶得動，以後就很難說了。」

「年輕人有他們自己的想法。」傅先生寬慰道。卻也感慨：時代不同囉，他們那個時候，學業、事業、婚姻，哪一樣不是父母做的主？現在倒要他們老的來遷就小的了。

「妳幾位公子小姐呀？」他問。他的國語有鄉音，張大姐反問了一遍才聽懂。

「我就一個女兒。現在就靠這女兒女婿養我的老。」她也問他：「您呢？」

「我也是一個獨子。兒子不如女兒哦。」他笑著回答。

「你們都從哪裡過來的呀？」傅先生又問。

「啊？——哦，我住明德新村那邊；這有的嘛是自個兒鄰居，有幾個是爬這山認識的朋友。您住哪兒呢？」

「我們就住山下那排房子。」傅先生指給她看。

「那您太方便了，他們還有從中央新村那邊兒過來的哪，光走到這山下就得三十分鐘。您每天都什麼時候來呢？」

傅先生想人家當他是道友了，這倒不好意思，才第二次上到頂呢，就說：「我是才開始爬山，年紀大了，吃不消。來嗎也都七點多鐘才來，我看見人家都下山了。」

「是啊，您應當早點來。」張大姐說。佑平發現了什麼好東西，前頭一吆喝，佑安撒手跑過去。

傅先生走下來，和張大姐同級石階，兩老續聊自己的。張大姐說：「這好早的都有，好多人早起就來爬山，下山了再去上班。我一開始也是吃不消；喘哪，心跳哪，心都跳到我這腦門兒上來了。」她比那心跳到頭上的樣子；手掌虛虛從胸口抬到前額，認真的神情像佑安。

傅先生忍不住道：「妳是真看不出來六十七。」說完自覺太不相干，趕緊岔開：「我倒不心跳，就是腿發軟，勉強爬到後來，腿都發抖。」

「您要天天來，習慣了就好了。」

「這倒是，我起先簡直是不行，現在也好多了。」

「您每天早點來，早晨山上可熱鬧的，那藏經樓前面好多人打太極拳。您打不打太極拳？——像我們這樣年紀還是要多活動活動……」

下坡路本來不吃力，有個人旁邊聊天，更覺走得快捷輕鬆，一會兒就到了山腳。道再會的時候，張大姐還要他明日請早。

傅先生從此新訂了作息時間表；每天大早起來趕著大隊人馬去登山，下山再送兩個孩子上校車，下午補足一個午覺。因為近便，有興趣的時候，傍晚時分也一個人上去蹓蹓。

他早晨幾乎天天碰到張大姐，她那些爬山的朋友常常要缺席的，祇有星期天到得齊，所以有時候就他們兩老結伴。一段日子下來，傅先生和張大姐相熟了許多，漸漸什麼都聊，知道她也是一個孤單老人，依著女兒女婿過日子，難免有苦處。她卻還比他看得開，並不把孩子們的閒話放在心上，時常還來勸他：

「我想您孩子不是這個意思，他可沒想到這樣說會教您傷心。」

「唉，我說我又還能看個幾天電視呢？他們看那個電視長片，我都不說吵了我午睡，怎麼我要看個平劇，又說吵了小孩子彈琴、寫功課呢？」傅先生不勝歎息，「我還好是不靠他們囉，如果還要問他們要錢用，那還不曉得有個什麼樣子給我看囉。」

他隨意幾句話卻像是觸動了張大姐的心事，她好半天沒開腔，祇管低頭揀路走，良久忽然苦笑道：「我那女兒女婿實在是都還不錯，尤其我女兒很體貼，常常三百五百的塞給我。他們當初買這房子，我就很嘀咕，他們也沒什麼錢，都是標來的會錢，現在扯得挺緊的，我看了也可憐。我幾個老本兒又墊了裡頭幫他們買房子的，自己也沒留著。我女婿不拿錢回家，我們那親家母聽說是不大樂意。——還好我這個人是不煩，我女兒女婿都孝順，我自己哪裡能幫他們一點就幫一點，也不白吃白住他們的，再往後他們有小孩，就幫著帶。別教人家瞧不起。」

「一家有一家的難喏！」傅先生感歎道。山道上飛來彩蝶相逐，不識相的直舞到兩人面上，傅先生拄杖的手一抬，將牠們咄了開去。

他們卻不是見面光會訴苦；老人的日子雖然單調一些，有伴能解語，過起來一樣有意思。

這天傅先生出門稍遲，上山的時候和張大姐錯過了。上得樂園才看見張大姐果然已經到了，正和另一個老人說話兒。那人一頭頭髮全白了，卻比傅先生的茂盛許多，個子壯大，紅光滿面，穿一條寶藍色兩側鑲白邊兒的運動褲，提著個遮了黑幕的四方鳥籠，聲宏氣足，說話的口氣十分權威：

「妳這樣不行，這樣早晚要出毛病的。我上次教妳那個運動，妳是不是天天都做呢？」

「我是精神好的時候做一下。」張大姐說。她看見傅先生上來，跟他笑了一下。

「啊呀！那怎麼行！那得要天天做的呀。」

「我都流汗哪，黏搭搭的，好難過。」

「那都是濁汗，都是妳的脂肪，從那毛細管裡排出來的，像我，都流的是清汗。」

傅先生在他們後面一塊石頭上坐下，覺得這個自以為是老頭子有幾分討人嫌。他那抑揚有致的京片子，傅先生耳裡聽起來活像走江湖賣藥的。

「哪，我今天再教妳兩招兒；簡單，可是管用。不過得妳有恆心，天天上了這個山頂，欸，做那麼幾回，我保證妳那血壓也不高了，人身子骨也結實了。——妳看好！」

那人將鳥籠往樹上一掛，背向傅先生拉起架勢。一面就要張大姐學樣。張大姐大概因為身後有個傅先生，不大自然，三番兩次回頭望了傅先生笑。那人脾氣不小，祇管嚷嚷：「不對，不對！這樣。眼睛要順著自己的手兒瞧。」

傅先生看他這樣神氣，就在後面說：「左右開弓自射鵰。」

那人不意有人叫得出他的名堂，氣焰落了一些，也回頭看看傅先生。傅先生怕他沒聽懂自己的國語，又說：「左右開弓自射雕，這是臂部運動。」

那人又教另一式，對張大姐指示道：「頭這樣擺，這樣擺。——像個小狗兒似的。」

傅先生後面又發言：「搖頭擺尾去心火。」

那人忙道：「對，對。這叫搖頭擺尾去心焦。」他改了傅先生一個字，特別強調一下：「——去心焦。這真比什麼運動都好，別看了簡單，這我們老祖先傳了幾千年的。」

「這是一種古體操，叫八段錦。」傅先生說。六十大幾的人不爭這個意氣，祇這人不大教人有好感，傅先生是忍不住。

「您也知道這個啊！」張大姐笑道。

「我中學裡體育課學過的，多少年了，記不全囉。」傅先生小小有點得意，「其實嘛，爬山已經是全身運動了，上來休息休息，順順氣，不必再做什麼運動了，是不是？」

張大姐習慣性的笑著點頭。那人無趣的打個招呼，提著鳥籠子走了。

回程的時候，張大姐和傅先生聊起：「那人姓鐵，也是天天來這兒爬山，他多嘛在那下頭活動活動筋骨，碰上了，就教我兩招兒。我那叫也是他教的，去去心裡頭躁氣。」她看見傅先生笑，又說：「他爹是我們那兒的大財主，都喊半街鐵的，一整條街上房子，半條都是他們家的。他現在住中央新村，還是很發財的人。」

傅先生祇管笑，心想這半街鐵可管不到他新店的這個小山上。

到山下的時候，隔了幾十公尺看見錦玉正送兩個小孩出門。佑安先看到傅先生，老遠就叫公公。傅先生忙趕過去，一面看錶對張大姐說：「今天晚了一點。」

兩個小孩喊張婆婆。傅先生介紹錦玉見禮，錦玉跟著孩子們叫，邀張婆婆上去坐。傅先生要她快去準備上班了自己和張大姐送孩子去大路口坐校車。卻等他走開好遠，無意間回頭一瞥，還看見錦玉笑盈盈的站在門口望著，他又看身旁的張大姐一眼，竟無由有些訕訕的起來。

今年的梅雨早早來了。一連幾天下著雨，平日爬山的人都失了蹤跡。傅先生犯了風濕的老毛病；腰骨痛得厲害，人懨懨的，也不曉得要幹什麼好。

雨歇了一陣又開始下，細而密，肉眼看不見，地上的小水漥卻是漣漪不絕。他勉力端了把椅子，臨窗而坐；雨裡的山更青綠，可是因為天灰而低，綠也黯淡了許多，教人覺得氣悶。他一逕望著山道出入口兒，像等著看看就要走來個什麼人。可是這雨，斷斷續續卻無休無止的雨，怕是要斷了來人的路了。

「傅先生，傅先生！」

有人喊他?!

「張大姐！等等，我來開門！」光顧著山路上，倒忽略眼下了。傅先生心裡急著去給客人開門，可是那老風濕由不得他。他艱難的起身，走到門邊去按大門電鎖，開了二門迎著。

「您看我，出門的時候也沒下雨，我想一會兒就回去的，傘也懶得帶。」張大姐淋濕了一點，進門就笑。

傅先生讓她坐，說：「這天氣靠不住的呀。」要去給她泡茶。

張大姐忙攔住：「唉呀，您犯腰疼呀？」她關切地問。

「老毛病囉，唉——」傅先生佝僂著背堅持要奉茶，一面自己解嘲：「這下真像個老頭子囉。」

「這也沒什麼法子，您多歇著，這天氣很磨人的，我這一兩天也是感冒。」

「嘖嘖，要小心喏。靠自己囉，兒女是替你想不到的喲！」

「您試過那針灸沒有？人家說那對老風濕很有效的。」

「妳看了醫生沒有呀？上了年紀慢不得囉。——我以為妳下雨不來爬山，結果還病了。」

「我也是在家裡頭悶的，看了今天早上天氣還好，我就出來蹓個彎兒，打算到藏經樓就回頭。走到這兒哪，下起雨來了。想來跟您打個招呼也好，那對講機我也不敢隨便按，探頭一下就看見您在那兒。」張大姐說著笑了。傅先生聽了也很高興。

「您這兒我還沒上來過呢，比我們那兒寬敞多了。您這一共是幾坪？」

傅先生雖然腰疼，卻挺有興頭地領她前後去看，兩人邊談房子。卻因為後面跟著個人，傅先生忽然覺得自己一身破汗衫舊睡褲的很失儀，一回座就記著要解釋：

「妳看我，」他笑道：「這麼胖，睡褲都買不到。現在要做都沒裁縫肯跟你做這個東西了。妳看我這條，還是去年前年的，湊合著穿穿。家裡還就是穿這個舒服自在。」

張大姐打量一下，也笑說：「這簡單東西我還會做，您拿布來，我給您做。您有多的，給一條我做個樣子。」

傅先生受寵若驚，忙道：「那這樣麻煩妳？——」

「不麻煩，反正閒著也是閒著。您這剪個七尺半八尺大概夠了。」張大姐說。

「剪布我也不會，妳一起包辦了吧？」傅先生的腰是固定一個姿勢久些就不疼，這下言語情態都活潑了起來。

「那不好，還是您自個兒去剪的合意。——不然，您要能抽個空兒，待會雨停了一起走一趟，我們那裡市場裡有賣布的，這兒去要不了十幾分鐘。您剪了，我一路就帶回去了。——唉呀，您瞧，我都忘了您腰疼！」

「不礙事，這腰走發了就好，走發了就好。」傅先生笑道。

睡褲不幾天做好送來了，張大姐無論如何不受工錢，傅先生就強留她吃中飯。他燒得幾樣好家鄉菜，這天限於冰箱裡存貨，祇露了半手，張大姐吃新鮮，讚不絕口。傅先生平日一個人吃午飯，都是胡亂打發，許久未有下廚的興致了，忽然遇見知音，不可放過，又訂下約。張大姐做得一手好麵食，也還邀傅先生。兩老於是發現雨季裡的新節目，開始了每星期一兩次不定期的午餐會，也切磋琢磨廚藝，各有所得，很是快樂。傅先生跟家裡先還報告經過情形，後來卻不說了；自己也弄不清是何居心，也許真覺得沒必要把個事情老掛在嘴上說吧。

這晚傅先生先睡著了一會兒又醒來，聽見慶愷和錦玉兩個還在說話；聲音不低，大概以為他睡熟了還是怎麼。

錦玉說：「哎，你爸爸的女朋友今天又來了。」

「妳又曉得了。」

「真的嘛。你看哪天你爸爸最高興，廚房裡又蒸鍋、燉鍋的搬了一屋就是了。」

「幹嘛，惹了妳啦？」

「什麼話？要是能讓他每天都這麼高興，我還樂得天天幫他收拾呢。哎，你知不知道，他們兩老很有意思嗳。」

「怎麼樣？」

「你爸爸不是不愛洗碗的嗎，我看都是張婆婆洗的碗。」
「怎麼？」
「碗都放錯了地方！」
兩夫婦外面笑了起來，傅先生躺在裡間也啞然失笑了；他不大提的，不想事跡這樣不秘。
「哎，你說你會不會多個新媽媽？」錦玉說。
「好主意！妳就是少了個惡婆婆來管妳。」
「少討厭！我是說真的嗳。」
「唉——我是願意哦，可是我爸爸不會開這個口的。」
「你曉得？」
「我不曉得誰曉得？知父莫若子。」
「他不說你說啊。」
「算了吧，說了給他罵一頓啊？——哎，你這麼熱心幹嘛？張婆婆請妳來做說客啊？」
「死討厭！狗嘴裡吐不出象牙！我是看了他們在一起真好。你記不記得你爸爸那天穿了新睡褲，在我們面前走來走去，還學模特兒走台步給小平和安安看。哎，有時候我覺得你爸爸蠻有點幽默感的耶。」
「所以我才那麼幽默！」

「你是討厭！哎，我們星期天請了張婆婆女兒女婿一塊吃個飯怎麼樣？」

「相親哪？妳根本還不認識人家。」

「不是嘛，看看他們的意思怎麼樣。你看，慶愷，我們天天把你爸爸一個人丟在家裡，他有多無聊，跟張婆婆交個朋友嗎，又怕我們笑，都不敢講了，年紀大有個伴總是好，我們照顧不到的地方，也有人想得周到一點。」

「好哇，原來妳是逃避責任。」

「你可惡嘛！我是替你爸爸著想嗳！」

「妳這個幻想派！妳是一廂情願；妳問過張婆婆啦？妳問過我爸爸啦？去去去，睡覺去。明天妳不上班啦！」

他聽見他們打他門前經過，心中莫名的興起一陣悵悵之感，他可沒存心聽這壁角的，更別提等著有個什麼結論了。可是就這樣完畢了？他不禁難以釋然；是今天才知道他和張大姐也能夠有婚姻這一層，七十靠邊了還有男女之分囉，七十又怎樣呢？七十從心所欲不踰矩，人生七十才開始……他胡亂想著，竟致無眠。

雨季還沒有過去，他們的餐會卻無聲無嗅的斷了。這次該張大姐的了，她卻一直沒來電話。傅先生因為有了件心事，自覺不太能見她，也不聯絡。這下午他又無所事事的站在窗前痴痴凝望，覺得脊骨有點痠軟，不曉得是不是風濕又要發作，卻竟不知何時雨已停了，太陽光朗朗的灑了一地，雨餘青山也特別鮮翠欲滴，他忽然想起張大姐這麼久未有消息，是不是病了，閒閒地也就撥了個電話給她：

「喂？」張大姐衹一聲就聽出來是他，「您傅先生。」

「嘿，嘿。」他一時竟無話可說。「好久不見，妳好？」他都不曉得自己在外面做了一輩子事情的人，講話這樣不老練。

「好。您好？——風濕沒犯吧，這天氣，您看這會兒又天晴了。」

「這邊山上有人上去噯，」他造謠。「妳要不要來走走啊？」他倒不是真想要邀她一晤，祇這話就順口來了。

她說沒在下午爬過山，快五點了太陽還是好曬，孩子快回來了，要準備晚飯，他吶吶的說了兩句敦促的話，自己都覺不高明，她卻被說動了，答應就來。傅先生擱下電話，進浴室刮臉，對鏡覺得很慚愧：都六七十歲的人了哪，還這樣沉不住氣。

山後石級道旁林蔭甚濃，果然一點不熱，石階甚至都還濕滑滑的，走起來需要特別謹慎。這時候沒有其他的遊人，又是霪雨才霽，祇聽得鳥鳴特別啁啾，前面偶見林葉疏處一圈圈豔陽光影，風動處像在舞。

兩人寒暄以後，再都無話。都注意到對方瘦了的這一層，卻教傅先生覺得親切可感。雖然路默默地走著，他實在也不以為有什麼特別的尷尬。有些事是不去想它就好。

忽然旁邊的張大姐一個踉蹌，他忙伸手一攙：「小心！」

「路滑，」張大姐站穩了笑道：「我看地上都還濕的，沒穿球鞋來。」

他看見她今天著一雙暗金色平底太空鞋，鞋面上綴一朵同色大花，他覺得好眼熟，想起秀芝一直穿的這種鞋子。他頭次從她身上想到了他的妻。

張大姐許是看見他望著，腳板一翻指了鞋底笑著解釋：「我想了它不透水，沒招呼這才滑。」

她和他的妻不同，她是直爽大方的。他想起他的妻一生受過他許多委屈，那溫柔的逆來順受的性子；他卻始終恨她羈絆住了他。待她真走了，他也一個人哪裡都去不了了。

「喏，妳拿著這手杖吧。」他體貼地，「走好！」

他看她小心翼翼地走著，自己少了根手杖支持也覺吃力，背後筋骨又隱隱有些作起怪來，不禁感慨道：「老了哦——老了沒有個伴是不行的哦。」

張大姐瞅他一眼，又低下頭去。他驚覺失了言，正想說點什麼帶了過去，張大姐卻發話了：

「您也這麼說。」手杖前端有個橡皮頭子，她在石階上一摁一個圓圓的印子，「那天我女兒也跟我講這個。」

「張大姐——」他想分辯；難措詞，拖著長長的尾音，沒有能馬上接下去講。

她轉過臉，面向著他：「我是個直性子，不比您讀書做事的人。我講話您別笑。這幾天聽我女兒這樣講，想想還真是有點虧心，所以也沒來見您。」

傅先生不知道她女兒在她跟前嚼了什麼舌頭，總也是慶愷他們那一套，忽然地怒上心頭：「這些小孩怎麼這個樣子不懂事！父母的事還要他們來囉嗦！」他說的很壞，能把他原意全弄擰了去，可是在氣頭上，他也沒心思再說明。

張大姐卻不生氣，淡淡地道：「王太太，我們那樓下的，您曉得？」他曉得，一塊兒爬山的她的鄰居。「她說給我女兒聽的。嗐！我一輩子乾乾淨淨做人；先生死了，開個小雜貨店拉拔著女兒到大學畢業，出嫁，也沒給人家講過一點話，我沒讀過什麼書，老道理還是知道的——」

「那些人曉得個什麼東西嘛，我們六七十歲的人了，還沒有他們清楚！」傅先生忿忿地罵，表明自己的態度：「我是不管的，管人家怎麼說呢。我們在一起，自己覺得好就好了，誰管得了？」他漸漸態度軟了下來，沒準備講這些的，可是總是個機會，乾脆豁了出去：「張大姐，認識了這好久，妳也該知道我是個什麼樣子的人，」她點頭，他有勇氣繼續說下去了：「我死掉的太太是我家裡給我討的，一起幾十年，我自問也沒有對不起她過，這些地方，我不是個隨便的人。我叫妳一聲張大姐，也真把妳來尊敬著。」她還是點頭，他心裡簡直要感激起來：「兒子孫子是至親骨肉，歲數差多了，一樣談不來，他們看了我還不是老頹廢。妳跟我有說有笑，哪天一起吃了個飯，日子都要好過些。我們也就是求個日子安泰，我過了這八月就喊六十七了，還有個幾年？我們還不是要個伴講講話，走動走動，病了痛了，有人問你一聲，難道還像他們年輕人一樣談情說愛？」

他有些激動，停下來不走了。張大姐也佇足，低聲說：「您意思我知道，祇這人言

——」

「這有什麼好講的？我們作不了主，誰還能替我們作主不成！張大姐，我家裡的情形妳是清楚的，我退休了一直還拿八成薪，六張犁那邊自己也有一棟房子。妳要是不嫌棄，不跟他們住在一起，兩個人一樣好過日子。」那天晚上聽錦玉一說，他就想過這些了，可是太荒唐，自己都不能相信說得出來。到時卻也就這樣爽利的說了。

「不瞞您說，作主——我小孩是不反對的，她一直沒機會見您，老想請您全家見個面兒。我就不好意思，我跟您雖然談得來，也沒往那上面想過，六十七八歲了，沒的惹人笑話，那麼多年也過來了，臨了還來個換姓改宗——」她說著又往上走。

「張大姐，」也跟在她身後，哀哀叫著，心裡很惆悵，「張大姐。」

「我家裡也有個名字的。」她忽然回頭一笑。

「什麼！」傅先生祇是驚奇。

「不告訴你。」張大姐笑著站定。到了他們平日歇氣的一個彎處。這裡視野開闊些，勉強可以鳥瞰山下，又有坐處。今天卻發現有人利用兩塊大石間的縫隙新設了一個小神龕，放了六、七個神像，從觀音、玉帝到關公，佛道一家。那神龕形勢天成，雨也淋它不著，旁邊還有一筒香燭並幾盒火柴供應。

「這小廟好玩，」傅先生聽剛才張大姐的口氣親切，彷彿還有轉機，就稍稍開朗起來，走近去研究那神龕：「擺得什麼都有——少個耶穌。」他笑。

張大姐將手杖還給傅先生，上前恭恭敬敬拈起香來。傅先生一邊拄杖笑著，見她合十躬身敬禮，便說：「妳信這個？這小廟供得亂七八糟一大堆神。」

張大姐將香插入香爐內，道：「沒什麼信不信的，上一枝香，是敬意。真有神明就求庇佑。」她退回去，又行禮，恭謹而誠敬。

傅先生不知她求了什麼；卻見她虔誠，忽忽心有所動，輕聲地道：「意誠則靈。」他自覺心際逐漸清明：實在也是，耳順早過，豈是人家幾句話左右得了的！

張大姐聞聲側頭，眼睛裡問他說什麼？

傅先生笑道：「妳這個態度，我倒想起一個對聯可以寫了送這個小廟。是我以前鄉裡頭呂仙亭裡看到的，是這個『誠心禮佛何必遠超勝境，有意燒香此處即是靈山。』」他拿手杖地上畫給她看，又講意思給她聽。

「好啊，那您回去寫了，下回我們帶過來。」張大姐很感興趣。

「不多這個事吧。」傅先生笑。

「怎麼呢？這山上好多牌子啦什麼的，像那山下說早安的，教人早起的，全是那爬山的人，寫了拿來掛的，您會寫字，練練也好哇。」

傅先生拗不過，答應了下來；旁邊多個人，日子裡就要憑空添出好些事。他往她笑笑，她竟會心，也是一笑。

這山腰彎處沒有屏蔽，金黃色陽光斜射進來，他看見她額上滲出汗珠，因道：「累了？」

她搖搖頭。他說：「今天不上去了吧，妳也不好走。」他站攏去，兩老並肩看著對面山頭，彩霞飛滿一天，簇擁著金盆似的落日；夕陽不炙人，一樣帶來了亮麗的好氣象。

一九七七年《聯合報》短篇小說獎

一九七七年九月二十日〈聯合副刊〉

幼吾幼

公寓房子從近市中心蔓延了開去，像爬藤順著竹架似的，房子和人也順著新修的路到了大台北的邊緣。

像這路邊原來是田，現在荒著等變更為建地，漫漫生著及膝的野草，還有人用這兒焚廢料，草堆裡留了一大灘死灰，沿著路往下走，大排水溝上的小木橋隔開了兩處；碎石子路繼續向前伸展到了青翠的稻田之間；都市便在此處倏然而終。

農舍聚落在那頭的山凹裡，暗紅牆淡灰瓦的農家，遙遙面著稻田和大排四層樓房的後窗，儼然成一村落。村後綿延的雜林小山蓊蓊鬱鬱，在這煩人的夏日裡，自得於它小門小戶的風致和清涼。矮山後不時探出一個五彩大氣球，隨風動處或高或低偶爾拔高了帶出下面建設公司的大紅字牌，像村上藍天裡標倒反了一個異樣豔麗的驚歎號。

午後

電視裡的歌仔戲一唱完，就是午睡時間了。村裡的人聲沉靜了下去，只聽見後山的蟬叫，抓——抓——；像是不耐這夏日午後的寂寂。

牛生坐在飯桌前，桌上攤著暑假作業，一枝鉛筆滾落地上，他也不拾，聚精會神地撿弄著他膝上餅乾盒子裡存積的寶貝；他這幾百條橡皮筋原來做五條一束，串得極長一條，他將它拆了散來，不知正打什麼新主意。一隻老舊電扇擱在地上，噗地一下倒向這邊，又千辛萬苦的抬起頭轉過那邊去：噗——嘓吱嘓吱——

他的母親阿莫離他幾步遠，在近門的竹躺椅上睏著了，她刨牙，睡覺的時候閉不攏，張著嘴呼氣，一條夢涎將將滴落在腮邊。她今天受夫命課子；黃日昇一大早就去桃園買小豬，後天牛生返校，他老子昨日盤查作業，發現沒動一個字，臨走切切關照了阿莫督促他寫。阿莫謹遵所囑，一直留心著，午睡也未曾輕離一步。

「牛生，牛生。」門口有人輕喚。

牛生抬頭看見是他的玩伴阿坤。阿坤打手勢要他出來，牛生指指睡著的媽媽，阿坤又划動兩臂做出游水的樣子。牛生稍一遲疑，終於輕輕蓋好寶貝盒子放在桌上，掂手掂腳的溜了出去。

「我媽媽不給我去。」牛生告訴阿坤。他家的房子成個一字形；廚房、堂屋、臥室比鄰排開，隔了一片院地的豬圈也是一行行平行，和人圈在一道磚牆裡；院子裡氣味很壞，豬舍裡的豬嗯嗯哼哼，驕陽晒得水泥坪白花花的能眩人，這天氣去泡水最宜。「我若要去，馬上就要回來。」牛生提出條件。

阿坤點頭表示同意，說：「來去招阿輝和阿雄。」

兩個孩子跑了出去。磚牆有個門洞卻沒有門扉；他們小小的身子奔向拱形紅磚牆洞外藍天下的褐泥路，一會兒就去得看不見了。

近黃昏時

阿莫將一隻大鍋坐到灶上，再從桶裡把豬食一杓一杓的舀進去。她是一個瘦小無用的女人，生著十歲小女孩的個頭和腦子，站在灶前一張矮板凳上辛苦而低效率的工作著。廚房當西晒，鐵皮屋頂又特別傳熱，空氣中蒸得盡是豬食酸腐的氣味。阿莫卻未屏息，嘴裡猶自喃喃的嘮叨著。

她用一枝長柄的杓子拌一下豬食，正要上蓋，聽見堂屋門口丈夫的聲音，扔下杓子就趕了出去。

「……死囝仔不知跑哪去，叫伊做功課也莫聽，我少些睎一下，就跑到看無影，回來要給伊打死！」阿莫生氣地報告給她丈夫聽。一面自己要卸責，她是有些怕他的；這個大塊外省仔，說是伊尪婿，實在更像伊阿爸。

黃日昇錯愕的望著她，像是一下子還未能適應室內光線似的瞇著眼；忽然悶雷似的暴出來一句話：「這個傻××！」大步的從阿莫身邊擦了過去，也不曉得在罵誰。

他打開冰箱倒杯冰水給跟進來的工人，自己就壺嘴咕嚕咕嚕灌了幾大口。坐下喘口氣，一面罵：「娘賣×的這個天氣要熱死老子，為這些個王八羔子賣老命。要賺畜牲錢，要與畜牲共睡眠囉！」他嘿嘿地笑了。工人聽不大懂他的土話，可是天氣是公敵，所以立即會意，也罵道：「幹！有夠熱！」

阿莫看看沒她的事，回廚房忙去了。一會兒聽見黃日昇喊牛生，就出來答應：「啊給你講伊不知死哪去，是喚伊做什？」

黃日昇要打發牛生去買滷菜，手裡捏著紙幣，聞言疑道：「什麼時候出去的？現在還不回來？一玩就不曉得歸家了。」

「啊就給你講過了，我睎一下，伊就跑跑出去，連講也無一聲。」阿莫也很抱怨。

「唉唉唉，說妳這個傻××還有沒有一點用！好好，我自己去，妳是橫豎搞不清楚——飯總煮了吧？」黃日昇嘆道。阿莫無能主持中饋，洗洗煮煮的工作勉強承擔下來，配菜、炒菜得黃日昇自己動手。阿莫學不會。

「煮啊喏，你也稍看吶再講……」阿莫嘀嘀咕咕的走了。黃日昇沒聽見她說什麼，就算聽見了也未必全聽得懂；結婚十年了，他們還是各講各的，誰也不會說誰的話。

黃日昇嘆口氣出去了。

晚飯時候牛生還沒有回來，大人們有些著急，可是更生氣。天光尚早，卻要遷就工人，只得留了菜給他，自己先吃。

吃得一半，門口來了個半大女孩：「我們阿輝干在你家？」

「伊今日沒來哦。」阿莫告訴她。

「啊你牛生干有在？」女孩子不死心，追著問。

「也不知跑哪位去吶——」阿莫端著碗走到門邊，「他們干做夥出去？」

「那時你牛生參阿坤和阿雄來招我小弟出去，到這時都沒回來。我媽叫我找伊回去呷飯。是都找沒人，阿坤阿雄伊家都無。」女孩說著要走了。

「哎，哎。」黃日昇趕緊喊住她，他的大嗓門把女孩兒嚇了一大跳，「妳弟弟什麼時候出去的？」他也擱了碗走過來。

「差不多快要兩點。」女孩兒改了跟他說國語。

「咿嘢——」他 著牙沉吟，「這幾個小鬼搞了一起，膽子包了天哪。」他忽然有一個極壞的想頭，嚇得自己倒抽了一口冷氣，不敢往下想，嘴裡卻說：「我跟妳一起出去找找。」

阿莫忙道：「你飯尚未呷了。」

黃日昇擺擺手，跟在阿輝姊姊身後走了。

「他們會到哪裡去呢？」黃日昇問她，聲音裡透著焦急。

「我不知道。」女孩子細細聲說，腳底下卻並未遲疑地朝村外走去。

他們一前一後走在山邊田埂上，環山的大水溝旁茂生著肅然的白色薑花，傍晚的風裡淡淡地飄送著薑花令人感傷的幽香。黃日昇不知道這條小泥路究竟通往何處，領路女孩急急碎步中隱約透露的消息，竟教他這粗人也緘了口。

果然來到了溪邊。

黃日昇搶過幾步先登上一塊高崁；新店溪靜靜的流著，溪中心有一艘沉默的黑色採石船，太陽已經落了下去，天還是亮麗的，遠處有霞，紅豔豔撒滿了半邊天，黃日昇望不見什麼。

「妳知道他們來這裡？」他居高臨下倏地扭頭喝問。

他的聲氣惡，形容惡。女孩子不知是被嚇到了怎麼，未答他的問話，卻顧自肝腸寸斷地叫了起來：「阿輝喲轉來喲——阿輝喲——」她一面喚她的弟弟，一面沿著河岸走下去，

「阿輝喲——轉來喲——」

她叫喚著，聲音傳出去老遠，天漸漸教她叫晚了下來，新店溪冷漠而沉靜的流逝，採石

船在暮色中像一隻飽餐後休憩的水怪。

黃日昇再度跟在她後邊兒走，留意著河邊有沒有孩子們留下來的衣物。他們已經走了很遠了，孩子們不會跑到這麼遠的地方來，一路沒看見什麼，他漸漸的心安起來；那些小鬼現在回了家正吃飯也不一定。

「他們說不定已經回家了。」女孩忽然回頭對他說，黃日昇點點頭，掉過往回走；現在他走前面，女孩兒跟著靜靜的走了一會，抽冷子她又喊了起來：「阿輝喲——轉來喲——」

直到離開溪邊她才住了口。那無告的聲音卻跟在黃日昇的腦子裡一路喊了過來，他不耐煩的緊皺著眉頭。走進村子以後，阿輝姊姊招呼都沒打，悄悄的就不見了，黃日昇甚至不知道她什麼時候走開的。卻等他尚未走近自家屋門，便聽見阿莫淒厲的聲音從那邊晒穀場傳來：「牛生喲——轉來喲——，牛生喲——轉來喲——」

兩天以後

孩子沒有回來，報了警，知道是失蹤了，四個孩子在水裡失蹤了。

大人們絕望了，僱了工人去打撈；採石船將河床挖了一個深坑，可能陷在裡頭了，撈的人一時搆不到，大人們哭哭啼啼的回去了。

就剩黃日昇一個人沒有走，他想：「死了，總還留個屍首吧。」他是個傻氣的人。日頭炎炎晒著這一片無情溪灘。傻人發了傻勁了，他大聲地說：「死了總還留個屍首吧！」他的塑膠拖鞋掙扎在圓滾滾的鵝卵石陣裡。

他很仔細的搜尋著，連岸邊的草叢也不放過。他問自己：「死了總還留個屍首吧？」汗水流下來弄花了他的眼睛。

「咿嘢——」他忽然大叫一聲奔了過去。

草叢裡有堆石塊壓住的衣物。那是一堆被謹慎藏匿著的東西，秘密的藏在草深處，若非恰有風動，黃日昇也要錯過，他扔開石頭，先看見兩雙鞋底朝上的拖鞋放在胡亂堆疊的幾件衫褲上，最下又是四隻齊齊平放的拖鞋墊底，他認得牛生的卡其短褲和咖啡色拖鞋。

「咿嘢——」他咬著牙悲嘆，眼淚撲簌簌地流了下來。他一屁股跌坐在草上，一拳拳擂著那堆孩子們留下來的衣物，心中又悲又憤：「死娘賣×的，你死啊，你死啊——你死了倒乾淨哦，哦哦，哦——」

他號啕了一會，惡狠狠地擤了一把鼻涕摔在草裡，勉強站了起來，又往下游走。卻是眼睛看著，心裡空蕩蕩的再沒有一點主意。

他就這樣魂魄悠悠的又走了約莫半個鐘點，到了一處滿布蘆葦的迴水灣。他彷彿看見那蘆葦叢裡有個什麼東西，可是太陽光照得水面閃著金，看不真切。他不遠處撿了根棍子，撥開蘆葦去探究竟。卻發現一個小孩光溜溜的半浮沉在水裡，身體微曲，倚著蘆桿，已經腫脹變形的面孔正好向著他；不是牛生。

他涉水過去將那死孩子拖到岸上，又拿棍子在蘆叢裡撥尋了一通，沒再看見什麼，他就拖著濕淋淋的褲管再向前，心中只覺得惶然不知所措。

溪水再流又至一個急灣。幾塊大石之後是溪水倒流的地方，卻是水平如鏡；看得清清楚楚，一絲不掛的三個男孩死在水中，一個浮在水面，兩個緊緊抱在一起的被沖在大石旁邊。黃日昇又下水將三具童屍逐一弄到溪灘上。屍體已經開始腐爛發臭，個個肚子凸起，口鼻之間流出污水。黃日昇就灘上大石將屍身撲放，挺出積水。他認出牛生，另外兩個想是鄰居的孩子，已經不大分辨得出了。

他至此已是心力俱竭，就連悲傷咒罵亦是無力。將屍體留在河灘上，他循直徑往大道上找人來幫忙。他在公路邊上一家小店裡找到一個採石工人，好話說盡，言定五百塊錢，將牛生從溪灘抱上馬路。可是等那工人隨他來到灘邊，看見已經發臭的屍身，一言不發，只是搖頭。黃日昇無可奈何，只好自己作氣把牛生抱起，無路草叢裡高一腳低一腳的走向公路，一步一哭：「兒哦——喔喔，——兒哦，慘啱——喔——」

三個月大從育幼院裡也是這般抱了來。阿莫能做什麼？換尿布、餵牛奶那一樁不是他個大男人親自動手？送學、課讀，這一操心也是十年了。要不是有了這樣一個後望，快六十的人起早摸黑的拚老命又是為了替誰奔錢？「兒哦——慘啱——」

這地方上了大路仍是荒僻，更加時過正午，幾乎不見車輛往來。好不容易攔到車，人家司機怕觸霉頭，也不載。黃日昇只得將孩子的屍體擱在路邊的樹蔭下；先頭那小工一直跟著，這時不知哪裡弄來一張破草蓆，黃日昇將孩子掩上，哭道：「兒哦，等等喔，爸爸這就來，這就來……」他先獨自坐車走了。

黃日昇回到家裡，告訴阿莫去通知其他苦主。阿莫聞訊呼天搶地的跑了出去，不一會兒幾要帶了一村的人回來。黃日昇備好了載運豬仔的馬達板車，要另幾個孩子家裡的大人同去領屍。阿坤無父無兄，他的母親出面去認領。板車在村人同情聲中嘟嘟的發動，三個乘客蹲在後面，緊緊攀住車邊鐵架。

才走不遠，阿坤的母親漸由啜泣而號啕，男人們也被感染得嗚咽起來。引得一路上人皆為他們佇足；驚奇於這炎陽下傷心的嘟嘟車。

過了兩年

公寓房子又向稻田逼近了一步。昔日的荒地成了某某新村。黃日昇自牛生死後，心灰意懶，賣掉豬舍，在此訂下兩戶房子，落成後搬了過來。一戶租給人家，一戶自用，靠收房租和些老本，同阿莫過起寓公生活。

這天有個朋友來看他。

「吔，你看你搬家了以後我還沒有來過呢。」朋友進大門起就細細打量；他們住的樓下房子，邊間，加買了旁邊幾坪地，闢成小小的菜圃花園，「這裡好，這裡好。」客人讚道。

「唉，也是無聊，連個說話的人都沒有，——阿莫，有客人來——種種菜，活動活動，也混混時間。」黃日昇寂寞的笑著。

他讓客人坐下，奉茶奉菸，閒談一會，客人漸漸道出來意：「也是個朋友，跟你本家。唉，可憐哪，兩夫婦坐個計程車出門，那個司機趕死哦，平交道上撞上火車，一個都沒保到，嘖嘖嘖……」客人搖頭嘆息。抿一口茶，接著又說：「兩個人留下一個孩子，才十歲。好孩子，四年級，功課一直前幾名。我們幾個老朋友老同事的，給他們成立了治喪委員會，盡點人事。他們夫婦手裡留下來幾萬塊錢，外帶撫卹，辦完喪事收支一抵，大概還剩一點。他們在台灣沒有親戚，小孩子嘛大了也懂事了，我們不忍心把他送到孤兒院裡頭去，最好嘛是有認識的靠得住的人家領了去教養。」客人熱切地望著黃日昇，「我一想，有了！你老兄太合適了；第一，孩子交給你，我們對他們兩夫婦可以交代，他們地下也安心，再又是本家，姓都不要改的——」

「哎，哎，哎，」黃日昇苦笑著制止他，搖頭道：「唉，我還有個幾年喏？家裡這麼一個傻巴老婆，我自己又沒有讀過幾天書，不要又害了人家孩子哦，唉！」

客人很遺憾，勸說著，知道黃日昇心軟，不住說那孩子可憐：「……很懂事聽話的，一下子死了爸爸媽媽，自己也哭死過去好幾回，造孽真是，這麼小，以後怎麼樣，就看他造化了。」客人說著想起來，從香港衫口袋裡摸出一張相片：「你看，我帶得一張他的照片，你看看。」

那是一個眉目很清秀的孩子，制服照，繃著小臉，嚴肅的表情卻掩不住稚氣。黃日昇漸漸有些動搖了：「你說的也是，」他端詳著相片，「有個孩子在屋裡是熱鬧些，我又不比從前那麼忙了，是可以看顧些……」

客人又說：「他父母總還留下個十來萬吧，這孩子——」

「呀，這就不對啦，」黃日昇不悅地截住客人的話，「我要是帶這孩子還圖著他的錢不成！」他很不以為然地道，「我自己討這麼一個老婆，也養不下一兒半女的，雖然是人家的孩子，帶大了也就是想他成個人。」

「不是，不是，」客人忙搖手，「這錢是他的教育費，你要願意替他保管最好，不願意，存起來，長大了做他的教育基金。這孩子將來會讀書的。他爸爸好忠厚的一個人，怎麼會——」

「這個小孩子叫什麼名字？」黃日昇專情於手上的相片，不覺又打斷了人家的話。

「黃志恆。志氣的志，恆心毅力的恆。」

「黃志恆，黃志恆，」黃日昇輕輕的唸了兩遍，「比牛生小兩歲。」他告訴客人。

「他打不打棒球的？」他忽然問道。

客人一愣，旋揣測道：「打吧?!」

「我這裡還留得一套打棒球的，搬家的時候不曉得搬哪裡去了。要找——阿莫，阿莫。」阿莫應聲而出。黃日昇把相片遞過去要她看，回頭問客人：「什麼時候我去看看他？」他笑了。又有點擔心地跟著問：「不知道投不投緣？你看還帶得親吧？」

來託孤的朋友點點頭，又搖頭：「沒問題，沒問題！」

一九七七年八月六日〈聯合副刊〉

快樂頭家娘

美治的美容院雖然也勉強擠入了這條小街鋪面的行列，可是祇要赴前頭菜場的太太小姐們腳步放大點，都恐怕要遺漏了它去。美容院有招牌，卻無店號，兩尺長一尺寬紅藍斜條紋打邊繃緊一塊白色塑膠布，祇標了「燙髮」兩個大字，招牌店小工在空白處順手畫了一個女人頭，頭髮層層的盤高上去，下面象徵性的畫了個橢圓形，沒有五官，像個倒置的蛋捲冰淇淋。

店是和隔壁分租過來的，分了整戶店面的八分之三，是甘蔗板隔間，屬於美治的這一壁粉刷過，貼了幾大張日本月曆上的畫片：矮屋小橋前梳大包頭的和服女子倩笑盈盈，並不知道自己那髮型已不足法式。寬僅一爿半鐵門的小店，進深卻齊屋長，直條條通到底，門口玻璃窗裡望進去，一直看見最後面沖水用的水槽和暗紅色躺椅。再後面又是白色蔗板牆，並一塊黃底各色碎花粗布帘子一起遮住了。

上午八點，這位女客趕的頭一班。秀琴將她從吹風機頭罩裡放出來，一個個替她鬆著髮捲；綠的，粉紅色的，隨手丟在藍色的塑膠盤裡，間或有一個沒扔好，滴溜溜滾到地上，正在掃地的玉華祇得彎腰把它拾起。

「阿華，去叫頭家娘起來了。」秀琴吩咐道。她較玉華早來個把月，算起來是師姐。美治開店打的經濟算盤：師傅是她自己，半師是訓練中的秀琴、麗月，這幾天才補了玉華，祇好委屈一點，算學徒，做些零星雜事。幸好玉華年紀小，還不敢計較，雖然比起頂上功夫，秀琴、麗月實在也高明得有限。

花布帘子一掀，美治趿著拖鞋，一面還伸手在拉腋下的拉鍊，已經打起招呼來了：「唉喲，今天怎麼那早吶，看我還在睡呢。」美治很富泰，白白胖胖，尚未梳洗，可是一點不露髒相，笑眉笑眼，一團和氣。她著一件咖啡色連身洋裝，稍嫌號頭小了些，裹得像個蠶寶寶。

「像妳好命，睡到現在。」小店雖開張不足兩月，這位太太來過好幾回，算老客人了。美治隨便拖了支髮刷在自己頭上先刷幾下，疑惑自己太欠修飾，又湊近大鏡細看，客人略表不耐地笑著催她：「好了啦，美啦。妳也給我快點吶！」

「是要怎樣？和妳頭家去玩？」美治邊說邊笑，邊拿起長尾巴細齒梳子，鬆快地在客人頭上刮起來。

「別亂講，今天要去拜拜。」

「莫怪妝得這麼漂亮。要去哪裡拜？」美治正說話，鏡子裡看見又進來一位客人，忙往裡邀：「坐這邊，坐這邊。——要洗嗎？」

秀琴拎了毛巾走過去，「要修指甲嗎？」她問。

客人說要，秀琴於是替她披上毛巾，喚玉華來洗，自己走開拿盛指甲油的盒子和應用物件。

「啊麗月呢？」美治甚是不悅地問。

秀琴嘴一撇，不屑地說：「她啊，睡得不知醒，叫也叫不起來。」秀琴是個細挑個子，白淨皮色的女孩，講話的時候垂著眼皮不看人，手腳挺俐落，做起事來處處用心；美治和人客搭訕的本領本是她經營美容院的頭一功，秀琴是這一步也跟上了；在美治嚷著要人叫麗月起來之時，她正有條理地安排著修指甲的物事，一邊和人親熱地說著話兒：「妳上次來沒修指甲，保持很久了。今天還是搽那一色？」剛才麗月那一狀怕不是她告的。

「啊喲！」美治手底下那位太太忽然對著鏡子叫了起來，「妳怎麼會這時才來！」

眾人先教她嚇一驚，馬上又都笑了。美治拿著梳子拍胸：「也別把我嚇死了。」招呼新進來的那位歐巴桑：「來這邊坐。——妳兩人約好了同去拜拜嗎？」

「是嘛，妳看她這麼晚才來，連衣服都還沒有換！」

「我哪知？我還先跑到妳家去把妳邀呢？」說話的歐巴桑並不覺理虧，聲音大得很，兩個人開玩笑似的吵開來。

麗月正好出來趕上替這歐巴桑洗頭，「拜託，妳也給我快一點，妳看她這個急性的。」

美治拿小吹替客人做頭髮，手不停嘴也不停：「妳們去哪裡拜？人家說新店那邊一間很靈。」

「我們去北投一間，也不曾去過，也是聽人在講。」歐巴桑說。

「說要是十點以後就排不到了，妳看她還在那裡摸。」先來的太太藉機又做抱怨。

「還要排隊啊——？我們嘉義民雄那邊一個相命的也是很準，都要掛號，我跟我家那個也去過一次。」美治和人客聊天是她的工作項目之一。說話的內容是「十八扯」，總之有話說就好。她這小店設備不周，人手不足，生意一天好過一天的訣竅，除了價廉，盡在於斯。

美治說起她自己一個朋友的切身經歷：「……她去一間什麼清水宮，那也開不少錢，去跳童乩，那真實的神附身哦，」美治睜圓了眼睛和對答的兩人在鏡中瞪視著，以彰其事實性——雖然她也許並未親見。

美治說話不忘工作；拿起膠水瓶手在客人頭上這邊，噗，噗，噗；那邊，噗，噗，噗。她是經驗豐富，無論怎樣精采的談話，手上工作是不耽擱的：「那他們拿符水給她飲，賸一半叫她拿去給她丈夫，那個小的相片拿一枝劍戳著燒去。後來是講沒效吶，又去一次，才知原來她和她丈夫前生都有欠那個小的。」

歐巴桑和那位太太聽得連連點頭：「那也是真的。」

美治遠兜遠轉說回相命的：「那她聽人介紹就去找我們那邊相命的。」

「是摸骨還是面相？」歐巴桑插嘴問她。

「是算八字。」美治說。

「算八字最準。」兩位女客又相互點頭稱是。

麗月示意歐巴桑去沖水。

「那有夠準，」美治繼續說：「那個相命的……」

歐巴桑坐遠了聽不清楚，嚷著說：「等下，等我來再講。」

一屋子都讓她的不甘寂寞給逗笑了。她的同伴笑罵道：「好了啦，妳卡緊就好啦。」

待她包著毛巾回座時，美治已將最先那位太太整理停當，輪第二位梳頭做花，嘴上當然未斷：「……人講看兄知小弟——來坐，這邊有位。」進來一個大學生模樣的女孩，秀琴的指甲正好修畢，看見趕緊迎上去。

歐巴桑接不上剛才，索性另起新鮮話頭：說道：「啊妳去看，那他怎樣講？」

美治帶笑橫她一眼：「啊人就在講了，妳沒聽到是要怪誰？」

最先那位太太因為要去拜拜而隆重打扮著：領巾、項鍊、別針、鐲子、戒指、耳環等等配件穿戴了一身。她一直疑心那紗質領巾結法有差錯，這會兒又解下了對鏡重結；紗巾上的小空花在戒指、別針上面鉤鉤掛掛，鬧個不能清楚，嘴上卻不甘後人：「那個相命的說她有頭家娘的命——」

「是啊，妳看她是有夠準，那時我也不曾想到要開店。」美治插口說。

女學生恰巧聽到這兩句。她頭次來，聞言環顧這簡陋的小小美容院：總共四張座頭，正對四面黑框鏡子，她眼前的這面還不平整，牆上草草的釘了釘子，掛著黑色的髮網，吹風機罩子上、椅背上，到處搭著晾乾的舊毛巾，牆角安了角鋼架子，紅色黃色的燙髮藥水瓶兒放了好些。她真不知道這個樣兒的小店在命裡也能有什麼徵兆。

「做頭家娘也要有那款命格。」歐巴桑慨嘆道。

「他說他們兄弟二人犯官符——」美治續道。

「什麼兄弟二人？」歐巴桑問。

「唉呀，她頭家兄弟二人。」先前那太太不耐煩地嗔道。

「ㄏㄢ啦，ㄏㄢ啦。啊他也去被驚到，」美治說。

「干有影去犯官符？」

「唉喲，啊妳也好好聽嘛——」美治大笑道，語音未落，門口又有動靜。

「老闆娘，生意好。」一個警察推門進來，腋下夾著卷宗夾，「麻煩查個戶口。」

「請坐，請坐。——阿華，啊，我自己去拿好了。」美治拔下小吹的插頭，檯子上一擱，進去拿戶口名簿。

美治的戶口名簿拿出來嶄嶄新，那警員已找張椅子坐下，將戶口名簿前後看看，又翻開來：「林王美治——」他看美治一眼：「妳是戶長？」

美治說是，警員拿出一張簽章表，一面搭訕：「新遷進來第一次查戶口啊？覺得這裡怎麼樣啊？小孩都上學去了？——有沒有漿糊？妳忙妳的，妳忙妳的。」

美治本已回到工作上，聽說要漿糊，待替他去找，玉華趕快送過去。

警員在表上簽核，黏在名簿裡面，又問：「這幾位小姐也住在這裡？」

美治笑道：「對不起，說忘記了啦，她們已經報過流動戶口。」

「林正義——」

「我先生哪。」美治說。

「他沒有遷進來？他本人也住在這裡嗎？」警員問。

「是啦，他和我爸爸、婆婆的戶口在南部。」美治的國語說得很流利，爸爸和公公還是攪混了。

「妳先生現在不在？」警員問。

「他上班去了。」美治說。

「他在哪裡發財呀？」警員又問。

「他和朋友開車啦。」美治說。

「他大概都什麼時候在家呀？」這警員顯然對他管區裡的新遷入戶十分關心，事事問到。

「那沒有一定，有時候跑去南部就幾天沒有回家。」美治也覺他可親又有禮，滿臉是笑的有問有答。

「哦，哦。」警員頷首表示領悟，收拾起本子，交還給一旁的玉華，告了擾走了。

「我家也是這個來查，都是稍看一下就走。」歐巴桑在吹風機頭罩裡大聲地發話；她在罩子裡頭聽不見，以為人家都跟她一樣。

美治也大聲地接她的白：「做生理的較——」

「好啊啦，妳也手腳卡緊吶。」等朋友的太太又發難。她急得坐都坐不住，索性站到歐巴桑的椅子旁邊等。

「看妳這個急性的，妳也給我稍坐吶。」歐巴桑伸手作勢推她。

「好了，好了。」那太太聽見歐巴桑頂上吹風機嗒地一聲自動開關停了。她忙代勞將吹風罩子向上推起，一面去摘歐巴桑頭上的髮網和捲子。

美治忙攔住：「我這裡隨好，妳也稍等吶，——阿華。」她叫玉華去弄。

歐巴桑記起被打斷的話題，問道：「剛才妳講相命的講妳頭家兄弟犯官符？」

「ㄏㄢ啦，ㄏㄢ啦。那時就是我們頭的和他小弟一起做生理，去倒掉了，就去給人告了。」美治講起來還是笑瞇瞇，她是向來既往不咎，「去倒去十幾萬吶。」

「啊喲，是做什麼生理啊？」

「嘻，說去飼豬啦。那自己也不是多內行的。我那時不就給他們害到甘苦死。」美治說得眉飛色舞，教人無從想像她其時的「甘苦」。

「那要是要做生理是不能外行。」歐巴桑評述道。

「那相命的就問我頭的講對還是講不對，我頭家驚一個，就講請他指點。他講我們若是欲閃避，就要跑對北部。我是說怎有可能跑去台北，他講馬上有機會。嘿，妳看有夠準，剛好我頭家一個叔伯兄弟招他來台北開車。我們就決定總搬來，那邊豬賣賣債還還，也想是避去這次犯官符。」美治躬身拿鏡子照後面給客人看，客人點點頭，秀琴過來收錢，美治拎著小吹和梳子轉移陣地。

「梳卡自然吶。」歐巴桑叮嚀道。

「知啦，知啦。」美治說，將歐巴桑的頭髮整個地刮蓬起來。

等人的太太無所事事，一會兒站美治背後看看，一會兒東摸西摸。她拿開一張小收銀機上的報紙，驚訝於發現下面七八只排列整齊的藥瓶藥罐：「妳也吃不少藥啊，這干都妳的？」

「不都我的嗎？」美治拿梳子指點著：「這，吃胃病的；這，吃氣管不好的；這，通鼻的；這，吃腰痠背痛的……」

「妳看不出，妳身體看是很好。」歐巴桑搖頭嘆惜道：「像妳們這款少年的吃到這樣，那我們這些老的——」

「那妳是看醫生怎樣？」那太太問。

「無啦，哪有那款時間。我們這隔壁西藥房老闆他會看。我是講也無什麼毛病，去看醫生怎樣。」美治用手背掠開自己頰上的髮絲，抬眼看一下鏡中客人的髮型左右是否對稱。她忙了許久，額上滲出細細的汗珠，一張臉愈發白裡透紅；看來氣色絕佳。

「來坐啦——嘿，來坐啦！」美治先在鏡子裡看見西藥房老闆娘在門口猶疑，等她招呼時，那老闆娘卻連聲說：妳沒空，等下來。忙不迭的跑了。

「唉喲，怎有這個人啦，也不是沒位！」美治做出啼笑皆非的表情，又給他們片面介紹：「她就是隔壁西藥房的頭家娘，她人也很好的。」幾個女人說起做人之道。

後來的那女學生留著一頭直直的長髮，祇要吹得向裡彎就行，秀琴謹慎地一梳一梳的吹彎，麗月旁邊羨慕的望著，祇恨不能伸手。那女學生心理作用，總覺得出是學徒手藝，有點不甘心，捧了本雜誌在手卻一字未讀，祇嚴厲監視著。可是到底臉嫩，始終沒說話。做完後攬鏡前後左右照了半天才給錢。

美治也終於打發了歐巴桑兩人；先頭那位太太付錢出了門又回頭，麻煩美治給她後頭緊一緊，美治不憚煩地要她坐下，噴膠水，做一做，再多抿上一根夾子，才算真正大功告成。正想利用空檔去漱洗，隔壁西藥房的老闆娘又來了。

「林太太，」西藥房的老闆娘人很熱心，美治搬到此地的頭幾天兩人即交上了朋友，她地頭熟，美治很受她照顧，「有空嗎？」

「坐啦，剛才跑得那麼快。」美治親熱的請她入坐。

「沒啦，沒要洗頭啦。——有點事想要和妳講。」這位老闆娘今天的態度透露著一些神祕。

美治是何等善交朋友之人，雖然對將說的漫無頭緒，卻立時凝神表示關切，拉了藥房老闆娘一邊促膝坐下。老闆娘眼睛一掃秀琴、麗月等人，美治便要麗月收銀機裡拿一百元去買菜，要玉華去淘米，秀琴不待吩咐已收拾毛巾往後邊去了。

「林太太，」藥房老闆娘鄭重地喚她，「妳是搬來沒多久，我們兩人是有緣。妳先生我是較無熟識，但是我看妳兩人都是忠厚人，妳要有什麼難，做妳講，妳是免驚我會給妳講出去。」老闆娘胖臉上細心描出的兩條咖啡色眉毛誠意的蠕動著。

「是怎樣是嗯？」美治不解地問。

藥房老闆娘先遲疑，猜美治是要面子裝傻，就不肯痛快說出，祇拿言語刺探。恰好這時又進來了客人，秀琴來替人洗頭，藥房老闆娘於是招美治出去說話。

兩個女人站街簷下，後面襯著黑魆魆一個洞，是隔壁還沒有租出去的另外大半間鋪面，鐵門遭美治這邊拉開了半爿。藥房老闆娘一方面怕時不我予，美治登時又要忙開，一方面相信了美治可能真不知情，就一五一十的告訴了她：「……那個警察我們也識，那他就問我干有看過妳頭家？干在開計程車？我們頭的是問他怎樣，他講妳先生是通緝在案，拜託我們替他注意一下——」

「啊——」美治欲辯已忘言。

「ㄏㄢ啦，我知，我知。我就講干有同名，妳先生我看也不是那款人。那個警察給我講，妳先生是去妨害到公務，講是把法院貼的封條撕撕去。實在是怎樣，他是不知。」老闆娘的敘述告一段落，停下來觀察美治的神色。

「唉喲，怎有這款事情啦！會害死！」美治驚訝又慌張，一時之間失了主意。

「嘿，干是你們那時在南部做生理失敗，那去給法院貼封條，你們自己撕撕去。干有？」藥房老闆娘將早經考慮的意見配合恍然而覺的表情道出。

「那厝是無吶，」美治回憶道：「是不會啦，那時帳都還了了才來台北，若是莊腳，那我是不知，我們也不是自己住在那裡。」美治很擔心正義會不會真的闖了禍；鄉下豬舍決定賣了以後，她和孩子就都沒去過。她沉吟道：「應該是不會才對，那也很久的事情了——」

一位常客帶著瓶瓶罐罐來洗頭，在門口看見美治，揚一揚手中潤絲精瓶子：「老闆娘，我今天要燙。」

美治忙諾諾，藥房老闆娘便藉機告辭了。

正義這天晚上到美容院關門以後才回來。街口麵攤上端回一碗陽春麵到廚房就剩菜消夜，另外自斟了一杯五加皮酒。

廚房很小，在這個長條形房子的最末。兩坪不到的地方，爐子、煤氣筒和鍋盆碗盞挨挨蹭蹭的擠了一屋，居然還放下了一張小桌子吃飯，幸好店裡素來開的是一人流水席，一次輪一個，或者端了碗到處跑的也有。祇這會兒，正義吃消夜，美治一旁陪坐著。頂上唯一的一盞電燈不對亮，桌上黑黑的映出二人的影子。

「啊你是講有還是講無？」美治沉著聲音問，怕吵醒了別人。

正義喝著悶酒，並不理她；他是一個瘦長個子，眉眼生得清秀，這幾年不走運，養成了一個蹙眉的習慣，看起來像對什麼事都不耐煩。

「這款也不是簡單事情，你是有還是無？」美治釘著問。

正義吃麵喝酒，一逕沉默。美治正忍不住要生氣，他卻開了金口：「我怎會知那是犯法的？」

「啊你是有給人撕啊！」美治顧不得的失聲叫出來，「怎會這樣夭壽啦！」

「我怎會知！」正義也很氣忿。「我自己朋友是都不會，都是正雄那些朋友，欠帳也不是不還，是要告怎樣？」

「那你怎會去撕到法院的封條吶？」美治急著問緣由。

「我怎會知！」正義緊皺眉頭喝一大口酒，「啊那日我不是帶人去賣豬，啊去看到都給人封條貼貼去，我氣一個就給它撕去。帳我也不是不還，貼封條是怎樣。」

「啊喲，你這個人喲！那也能撕，那想也知！」美治怨極。

「我怎會知！帳也還了，干講還要抓我去關？」正義越想越氣，把筷子猛地一摔，「我要轉來去找省議員！」

「是去找哪一個？你是認識哪一個？」美治恨道：「不熟不識，人會睬你？」

正義不再說話，心下主意卻已打定；明天透早就回家鄉，他可不跟這個查某一般見識，他知道省議員有責任替百姓申冤。

「是要回去一趟。」美治忽然說。

正義心事被她說中，不由一楞，頗不友善地說：「怎樣？」

美治垂眉歛目，甚是誠心的說：「也是要請那位相命先生給我們少許指點——」

「好啊啦！」正義突然抽身，差點沒把桌子掀掉，「啊妳也好啊！」

「是怎樣？人是算不對怎樣？」美治見他還敢發橫，也不讓的大嚷起來。正義卻已經走開了。

正義一個人回南部，美治放不下生意，未能隨行。正義一走好幾天沒有消息，美治很操心。管區警員又來過一次，其實人家警察的態度很好，美治卻心虛，一再自動強調她不清楚正義的行止，這一陣子生意太好，美治連去廟裡燒香許願的時間都勻不開，祇勉強抽空備辦牲禮果品在自家門口拜過算數。

拜拜第二天晚上正義回來了。他進門的時候美治正在忙，不便當著人問詳細，正義那副死樣子卻一世人也看不出好歹，就故作輕鬆的問道：「回來啦？吃飯沒？事情辦好適啦？」

「嗯。」正義簡短地用鼻子哼了一聲，匆匆地從她身邊經過往後面去。他向來不在她這個眾香國裡停滯，不知是害羞還是覺會辱沒了他怎的。

美治一直擔著心事，卻到打烊後才有時間和正義說話。她進房的時候，正義已經睡下了，她曉得他不會睡熟，輕輕地推他，怕吵醒了打橫躺著的兩個孩子：「驚醒吶，哎，驚醒吶。」

小房間用板壁相隔，隔壁一樣的一間，是三個幫忙的女孩子睡著。房間整個鋪了榻榻米，是個大通鋪，沿邊放了五屜櫃、矮書桌新新舊舊幾件家具。屋裡留了日光燈上一支昏黃的小燈泡。美治俯下臉去看他，心裡本來又急又氣的，卻因為一直壓著嗓子說：「驚醒吶，哎，驚醒吶。」不得不溫柔起來。小室在朦朧的光線下漸漸變得有幾分不實在，她剛認識他的時候，都喊他「哎」。

正義在她湊近凝視的時候忽然睜開了雙眼，美治真教他嚇一跳，手在他被頭上一拍，輕輕的笑嗔道：「肖（瘋）的！」

正義衝她咧嘴一笑，像小孩子惡作劇得逞後的頑皮；美治卻頓時從他的笑容裡得到了保證，放心的說：「好適了哦？」

正義點點頭，看出美治要問下文，不知哪來的衝動，忽然說：「我們來去吃消夜再講。」

美治為他的提議所詫異，極本能的反應說：「還那麻煩——」可是今夜這小室中彷彿有一種奇異的氣氛左右著她，她不由自主地說：「那麼也好。」她旋即想到孩子和鄰室的女孩的睡眠將不會被打擾，就愈發安心的出去了。

「……那個黃議員就介紹一個律師給我，講那款專門的法律事情他是不能幫忙，看律師是講怎樣再打算。」正義此次南下，出師得利。去年他投過黃議員一票，深慶自己沒有看錯人；黃議員果然當選未忘選民，對他的苦情不但傾聽，而且出力幫忙。「啊那個律師聽講這個情形，就給我講：我是犯到這個刑法第一百三十九條，妨害公務。我這個情形要判一年以下有期徒刑。」正義小小的賣弄了一下他強記來的法律常識，便停下來吃菜。他們占了小路攤街簷下一副座頭，下了兩碗湯麵配滷菜。

「快講啦。」美治催他。

正義很得意；怎麼樣把經過告訴美治的這檔子事，他心裡不知先想過幾遍，美治連反應都被他料對。

「那不然就要三百塊以下的罰金——嘿，那三百塊不是像我們這三百塊哦，那一塊是比三塊哦。」正義說。

「那也九百塊而已。」美治喜道：罰金比徒刑強多了。

「啊那個律師人也很熱心，他講像我這樣，帳都還了，那是債權人還未及撤銷，都是誤會，我是都不要緊。他講請黃議員出面向債權人講講，大家跑一次法院就都了啊。」正義端起碗咕嚕咕嚕把麵湯都喝了個乾淨。又說起自己如何英雄的把那幾個告他的傢伙罵了一通，又後來給黃議員送謝禮，他竟不收，祇留下了一面錦旗，真是好人，下次要回鄉替他義務助選。

美治心上大石落定，不禁問他這回攏總開去多少？正義支支吾吾不肯吐實，美治心想這次算了也罷，她自己也有事跟他商量：「秀琴前日給我講，她阿母叫她莫做了回去。這個女孩很狗怪，她想我不知她在變什麼鬼，我要是給她加錢，那麗月是要怎樣？她若不做我就放她去，是講要又再請一個師傅。你看怎樣？」

「隨在妳。」正義從來對她做生意一事不參加意見，如果不理不睬是消極的反對，那他就是反對。現在是吃得飽飽的心情好，才答了白。

「現在生意好，那間也太小間。若再請人，開銷也增加。」請人顯然不是她最急切和正義參詳的事情。美治的筷子在麵湯裡撈呀撈，眼睛不看正義；她知道他一直很不高興花這許多房租和押金去租這麼小的房子，一家人擠都擠不下，這都是為了她開店才犧牲。

「那日厝主來，又去講到若是租全部的一半，加五百就好。」美治又說，抬起眼睛望正義。當初價錢沒講妥，其實就是這幾百塊錢之事，房東說照正義他們還的價，祇能租一爿半鐵門，正義牛脾氣，馬上說好，一爿半就一爿半，我們固然不方便，看他房東剩下的兩爿半鐵門能租到什麼價錢。時過三月，房東讓步了，減價一百。美治正想擴大營業，立時談妥，祇等了正義回來改租約。

「那隻老猴！」正義吐出最後一塊鴨骨頭，站起來去會帳。

「我想這也是有需要，我們要是加闊一些——」美治一面離開一面說，卻忽然住了嘴；原來正義的手已不知何時攬上了她的腰。從前常常這樣，那時還沒結婚，她幫人家做，正義等她下班，兩人吃過消夜，他就這樣送她回去。她那時很瘦，怎麼生小孩以後會這麼胖？本來也不覺得腰粗，他的手一環，她才驚覺了。

「我們以前常常出來攤仔吃消夜。」正義說。美治笑了，他也記得。

他們走近小店，看見那草率的招牌，正義說：「你若重新開張，是要叫什麼店名？」

美治又驚又喜，她以為他根本沒聽她說些什麼，她以為他一定不贊成的，「我還不知，不曾想過。你講要叫什麼？」

正義聳聳肩，無所謂地道：「叫『快樂』，快樂美容院。」他笑起來。他才不管她的店子叫什麼哩，祇是現在吃了消夜心情真快樂。

美治的店子重新開張；正式半間鋪面，粉刷一新，牆上換成一長列的壁鏡，添了兩個幫手。外牆上懸掛著新做的大招牌：「快樂美容院」，五個大字全綴了亮片，金光閃閃，往菜場的太太小姐們沒有看不到它的。

宴——三部曲之一

幾天前就忙起，擬菜單，買菜，調配，外加洗窗，擦地，連沙發套子、窗簾都早早拆了下來送洗。到了是日，眾人卻還是被趕著早起，不知哪裡又派出許多工作來。這些瑣事姚太太自己不大動手，可是指揮若定；小場面了這是，當年姚先生在台上的時候——

「什麼？你搞清楚嘎！」

「你不相信你去問她！」

「媽——」甯生院子裡就叫起，一面人到了門口，拉開紗門卻沒打算進去；他在割草，兩隻褲腳上沾的全是草汁子，「台生說妳要他砍樹。」

「是我說的啊。」姚太太吩咐了老二榕生開壁櫥拿大盤子，躬親監視著，正是看了他那副吊兒郎當的樣子心裡不自在，聽說就罵了過來：「怎麼不行哪?!——叫你們做點事，就嚕嚕囌囌，樹都死了，不砍掉擺看哪?!」

「什麼時候了嘛，砍樹！人家來吃飯，誰看到你幾棵死樹！」

「你吵什麼啊?文沒叫你砍!」姚太太生成一條好嗓子,三軍陣前都喊得動口令,可是兒子畢竟不比當年民訓團的婦女隊;紗門摜得如雷響,人竟嘀咕著去遠了。

他們家院子足有三百坪,台北市裡私家圈起這樣一塊綠地的竟是難得了;大門進來是直筒筒一條水泥路,這邊門口通到那邊院牆,有兩米寬,把院子、房子、一左一右分了個涇渭。房子也不小,西式的平房,還搭了石柱圍拱的門廊,可也就看得見個「大」,不容易教人和什麼花園洋房的美景聯想得上,而且零零落落,連不得個齊整:大門原來開得過去一點,近房子大廳,因為正對門闢了巷道,走漏財氣,就挪過來。舊門砌死了,兩個門垛子卻不知怎麼逃過這一劫給留了下來,大剌剌伸出去,等著黑裡絆人跌跤。

因為大門移位,原來的玻璃廳門就成了落地窗,備而不用,通花園的偏門扶了正,卻是不上台盤的一張嘰嘰哇哇的家常門。整個房子就跟著大門的興替,做了個向右轉;本來通間最末位的廚房,一下子竄上來也入了門面。院子裡花草樹木都有,是未經過庭院設計的即興式作風,花這裡三叢,那裡兩點;樹則清一色是果樹,因為實惠。

兩兄弟一個拖著推草機,一個拿把柴刀劈著株半人高的小枯樹。兄弟長得像,精壯短小個子,抿緊了一字嘴,都戴金邊眼鏡兒,鏡片早晨的太陽下鑠鑠閃著光,透露出一派不耐煩。

盧一鳴半躺在廚房前面的一張籐圈椅裡,望著兩個年輕人勞作。他近來瘦了好多,穿一套白色汗衫短褲,祇見一身皮塌著骨頭,筋筋絡絡,臉上尤其嚇人,眼窩凹了下去,兩頰疊疊的打著摺子。他整個人呈一種灰敗的暗褐，與那老舊的籐椅共一色。是早晨，可是盧一鳴像坐進了夕陽裡；葉縫中漏出來的陽光，滑溜溜的祇是在他身上待不住，要走了。

推草機的聲音驀地停了下來，祇剩下橐橐的砍樹聲。對面新建公寓陽台上有一個嫩嫩的童音驚喜的喊了出來：「哥哥，那邊有梨子！」

盧一鳴抬抬眼皮；眼前枝葉扶疏的一棵大梨樹。——梨？荷蘭種呢，多久沒施肥除蟲了，今年的梨子怕不能吃了吧，一直也祇有他還想著點，不過這一帶的孩子倒全盯住了他們院子；長芭樂的時候偷芭樂，長芒果的時候來偷芒果。早幾年，甯生兄弟能為這事帶了狗打出去。就這一會兒工夫……院子裡漠然的兩個年輕人；甯生彎腰拾了幾個掉落下來的梨子，略一審視，聳聳肩扔了邊去。台生那邊忽然發狂似的揮動起柴刀：「Damn it! Damn it!」他起勁的咒罵起來。他讀美國學校的。

「甯生！姚甯生！電話！」榕生隔著紗門大叫。三兄弟裡頭他獨高。可是懶，再捨不得多動一動。

「你就不能走出去喊哪！」姚太太不滿道。

榕生嘩地推開門：「姚甯生！」他哥哥卻已跑步到了門口：「誰？」榕生嘿嘿的笑起來。甯生也笑，兩手就褲腿上擦擦便去接聽。

「喂，——割草——拿兩百塊——對呀，請妳看電影，血汗錢吶——下午不行——哎，大小姐——」甯生另手掩住話筒，謹慎的四下看看，繼而低聲下氣地道：「拜託拜託，我不得已——」甯生的聲音更低了：「對呀，就是上次跟妳說的，我們家那個盧一鳴，他要死了——對呀，就是今天請客——是吃晚上，可是我媽——拜託拜託……」

空氣裡還有清甜的草的腥氣，陽光透過樹影照在盧一鳴身上，疏疏的織出流麗的金縷。午飯後他穿起一條長褲，又坐回他的老地方。他不曉得自己坐了多久，也許打過一個盹兒，現在醒來了都不一定。甯生、台生早已收拾起走了，院子裡蟬叫鳥鳴盈盈於耳。盧一鳴不言不動，呆望著一園青蔥，忽然眼簾一闔，默默流下了兩行清淚。

「好久沒用過這個大盤子底囉！」廚房裡傳來盧嫂尖銳的聲音。六十幾的老太太，聲音倒回了頭，有一種怪異的嬌氣，卻又高昂急促，挾破竹之勢——刺參參的教人聽了不舒服。

「太太，好久沒用過——」

「嗯，嗯。」姚太太漫聲答應，其實心裡不耐煩。這個盧嫂她並用不動，來家都十年了還是不親。盧嫂喊她太太是跟進，那天盧一鳴帶了回來，做的是片面介紹：「這個我們太太。」盧一鳴說。那個時候的盧嫂也就看了是個老太太了，盧一鳴跟這個女人的事，姚太太是聽說過，看見這等樣範，還是意外；鄉裡鄉氣的一身黑布褂褲，解放腳上黑布鞋子。壯壯碩碩好大一個身架子，卻生著黃黑皮色的梭子臉，一個人這麼頭尾一收整個就像隻橄欖。人家原來也說是要大盧一鳴上十歲，姚太太倒一直心存幻想，以為是個尚存風韻的小寡婦，沒想到盧一鳴弄了個老太太回來了。當時也不好怎麼見禮，亂著塞紅包，連聲說好，混充了過去，後來住下了，聽見盧一鳴教小孩喊盧嫂，才能確定：因為這位老太太本是一個王家的黃嫂，又和盧一鳴沒有正式結婚。

那年姚先生頭次住院出來，中過風以後，很多事都不大理會了，每天姚太太陪著讀讀書，散散步。家裡事情簡單，姚太太辭了人，一切自己動手，就衣服包給人家洗。盧嫂來以後，盧一鳴請准姚太太，在廚房後面比齊院牆蓋了一間小房子，隔成一房一廳，自做人家。姚太太託人薦他去林口美軍單位廚房裡做事。盧一鳴天天上下班，得空就自動幫忙，姚太太明裡給的零用錢、賞金，他暗裡時常貼了出來，買些苗木、肥料什麼的。

先還姚太太看盧一鳴不在家，中飯喊了盧嫂一起吃。姚太太自己燒飯，盧嫂一旁走走看看，偶爾發表一點意見，不一定什麼時候興起，也插下手。姚太太見她不識大體，慢慢不太搭理她了，他們兩人就在小廳裡架起爐灶，和這邊分了爨。

盧嫂小器而嘮叨，又素來不知識相承情；她不滿盧一鳴買了東西不報帳，每次為了這個兩人吵架打架，姚太太因為不在院子裡費心，有什麼添減，她簡直是不曉得，聽見看見他們打鬧，都要不過意。盧一鳴又有時從班上捎回龍蝦、牛排，姚太太不受他的不行，可是若先敬了姚太太，盧嫂就自己屋裡摔盆敲碗大表不樂。這當然都是小事，姚太太本不至於計較，但是天長地久的旁邊放著個人聒噪，卻畢竟不是事。

「盧一鳴去了以後，好叫她走了。」姚太太心裡想。他們手上很有點錢，她知道的。「——也不好怎麼講；生活不會成問題，麻煩的是她一個人……」她做粉蒸魚，撕開一包蒸肉粉遍撒魚身，又伸三根指頭出去勻了一勻。才修的指甲，光閃閃的絳紅蔻丹，腕上一隻鑲金翠玉鐲子，透透綠；廚房裡這許多年了，也還是隻太太的手。

她拿起醬油瓶子──

「這個醬油呀，不能倒太多底囉！太太。」

「盧嫂。」姚太太放下瓶子，鏘地鐲子在瓶頸上敲了一響。「上次我跟劉太太打牌，」魚盤子放到蒸鍋裡，尾巴太長，折一折，「她說王家聽說這個情形，──台生，台生。來，把鍋子搬上去。──要妳以後回去。」姚太太走開去洗手。

姚太太很後悔；根本不急的，不想這就說出來了。她看盧嫂；老婦人一個人站在廚房中央，還是來時一式的打扮，也不特別顯老，頭髮剪了，巴巴頭改成齊耳的清湯掛麵，朝後梳，乖乖的抿了一排小黑夾子，頭髮花麻麻的。

「毛頭他們出去以後，」姚太太做起解釋來。三個兒子，除了榕生工專畢業等服兵役，大的小的都在辦手續準備留學。「這個房子太大了，收拾起來都累死人，我把光武新村的房子打算收回來，自己住，這邊呢，地就值錢──」她說著猛地頓住；笑話，難道要一件件跟個下人招呼打盡。「我是不會勉強妳啦，妳知道我的個性從來不強迫別人。妳本來一直跟著王家的，看盧一鳴怎麼替妳打算的好了。」姚太太忽然一陣氣往上衝，主要氣自己，行事太不漂亮：人還在呢，就要她走。其實沒存心，要人說起來，還是刻薄，尤其盧一鳴對他們家這樣。也氣這個死老婆子，木著一張臉，倒像受了天大的委屈似的，天曉得他們姚家虧待了她沒有。

「媽，有客人來！」前面台生在大叫。

姚太太忙掠掠頭髮，快步迎了出去。

今天這請客雖然講明是為盧一鳴，請的也就是姚先生的一些老部下；一則因為盧一鳴自己沒什麼社交，這些人雖稱不上老友，起碼都是舊識。二則要真是盧一鳴盧嫂自己的交情，姚太太怕還不以為就能上得了她的席面。

三個兒子上菜；男孩子掌杓不拿手，基本動作在姚太太調教下，倒都是訓練有素。盧嫂堅持留在廚下照看，客人也沒有攜眷來的，席上祇有姚太太一員女將。

「今天的菜都是我自己燒的，」不到館子裡叫菜，是特重姚太太自己的一番心意，所以絕不准盧一鳴幫忙。「來，嚐嚐看，嚐嚐看！」

賓客紛紛誇讚。

「館子裡一樣！」

「真正家鄉味道，姚太太還有這一手！」

飯廳裡亮著琉璃流蘇水晶燈，大理石檯面的旋轉餐桌擱久了，轉起來隆隆生響。靠牆設有一小套客座，兩椅一几，米色織錦緞的褥子泛著一點舊黃，茶几上有一隻玻璃大果盆，養著三隻寸來長的小烏龜，是台生一直放在大桌上的，臨時才移了下來。客人都謹守著禮分，沒有鬧酒，小心的提起：

「總隊長在唐山的時候……」

「當年在伏牛山……」

姚先生一張著戎裝的遺照，飯廳正牆上掛著，有威儀的臉上，眼裡嘴角彷彿有一絲神祕的笑意，居高望著這群人：他關愛過的，他們也沒有忘記他。

今天的席次脫了姚太太的安排，因為盧一鳴上桌就占了下首不肯起身，其他的人不敢僭大位，讓了半天還是姚太太的首席。姚太太幾次給盧一鳴敬酒，看是很有幾句話要說，她沒有拿著太太的身分，可是忌諱太多，就祇邀他：「來，盧一鳴，我敬你。」小小的抿一口酒。

盧一鳴今天很愉快，很感動。他喝了不少，大家都敬他，沒有人記得他是個病人。不方便稱呼，「來，敬你，」他們說：「先乾為敬。」空杯子在他眼前一晃，斯文的收回去，輕輕的放下，夾兩筷子菜，一點不告訴他敬酒的理由，又謹慎而尊敬的談起總隊長當年。

盧一鳴聽他們講話，插不上嘴，也不想。他們講近一些，是更嚴肅的話題，關於他們老長官所治的學問：「後來那本《游擊戰的理論與方法》……」盧一鳴一抬頭，牆上姚將軍看到他了。

「這個——」盧一鳴站起來，坐久了一下子站直，竟然眼前發黑，「太太，」他定一定，端起酒杯，「各位長官，」他忽然覺得頭暈。那年他獨自壓著箱籠漂洋過海，暈船。部隊先走了，他不算隊上的人，一個人守著姚先生的家當。碼頭上等船，家小在內地，來不及去接他們。怕癟三搶，作息都在箱子上，那時候年輕身體好。

「盧一鳴，」姚太太執了杯喊他；他那樣子不對勁。本來辦好住院手續了，她要他緩兩天，家裡請次客，「坐下，坐下。」

「今天——」盧一鳴撐住桌子站穩。今天原沒有他說話的地方，可是姚太太親手治的一桌酒，他忽然的熱淚上湧，哽咽再不能言。

「盧一鳴，盧一鳴。」姚太太也不禁鼻酸。她知道他好意，不能死在家裡累她，自己找甯生陪了去辦住院，曉得不幾天了。「大家到台灣，都是一家人，從來不把你當外人看。你坐下，坐下。」

盧一鳴執拗的站著，漸漸啜泣起來，黑瘦面皮因為忍聲而抽搐；他們都不懂他，他自己都不懂，他不怕死，可是著急，這就要去，話都不能講清楚。

「有話坐下說，坐下說。」旁邊人勸他。

他淚眼中望向身旁欠身拉扶他的人；他知道他有話說？

「我要——謝謝——太太——」他祇好勉強地說了幾個字，顫巍巍的舉杯一飲而盡，嗆到了，猛烈的咳嗽起來，扶住椅背彎下腰去咳，粗聲的吸著氣，臉脹成了紫黑。

廚下的人全跑了出來，盧嫂尖銳的叫喊了一聲，甯生慌道：「我去叫車。」

「不礙事，嗆到了，祇是嗆到了。」有人亂著解釋。

盧一鳴慢慢順過氣來，疲倦而慚愧，臉色很壞。他們讓他下去休息，鬆了一口氣，原來也都很擔心的。

盧一鳴回到他自己屋裡，嫌盧嫂嚕囌趕了出去，也不讓開燈，黑裡躺著，床大房小，床尾擠著大櫃，上面鑲有一片狹長的鏡子，微微反光。盧一鳴枕頭墊得高，一直看見鏡子裡黑魆魆自己的影子，不知怎麼就想起他家鄉的母親和妻。他想這樣多年，他們也許早不在了，現在正等著他去團圓呢。就這一念，他偷偷的笑了，卻又馬上撒潑似的哭出聲來。孩子似的跟自己哭鬧了一陣，床邊上想摸條枕巾揩臉，帶過來一個旅行袋，是收拾好的要帶到醫院去的應用物件，他輕撫著包包，心裡平靜下來，想起姚先生去的那個星期天；早上姚先生散步回來，坐在院子裡休息，他獻寶，摘了幾個大梨子放在他椅旁的地下：「梨子。」姚先生微笑頷首，示意他坐。他就坐在他腳前的小板凳上，風很輕，帶了香氣，靠牆種的幾棵玫瑰開了花，兩個男人安安靜靜坐著。忽然盧嫂的聲音後面爆竹似的炸開來，她在屋裡講電話，哇啦哇啦和她的朋友開始談牌經。她吵了許久終於講完了。又靜下來。

「你那個女人——」半天，後面姚先生突兀地開了口，聲音裡帶著笑。

他羞慚的低下頭，也笑：「他們叫我做做好事。」後來他離開去備午飯，再喊姚先生時候，姚先生已經死了。

「先生是個大福氣的人！」他想著倦了漸漸睡著了。外面撤了席，都移駕客廳坐談。整棟房子亮著燈，燈火通明，祇到他這一間就暗了，院子裡水銀路燈也照不進來，太遠了。

宴──三部曲之二

袁倩文趕到法院時，梁炳智已在公證處門口張望了好一會。袁倩文見他，劈頭就問：「他們來了沒有？」梁炳智還未及說不知，倩文已向他身後兩個楞頭楞腦的小伙子招呼起來：「鄭新華，劉祖賢。」

兩個男孩子堆了一臉笑走過來：「二姊。」

「我給你們介紹，這是鄭新華，這是劉祖賢，都是我弟弟的同學。他是梁炳智。圖章和身分證帶來沒有？」倩文講話素來快，今天尤其，咻咻地帶著不及換口氣的尾音，聽來分外急迫。

「是，早上袁學文打電話教我們──」

「帶了就好。先讓他帶你們去補蓋章好不好？來登記的時候不曉得要證人。」

「袁學文不來？」

「哎。」

四人邊說話邊走進去。炳智國語說得不好，又才認識的人，很沉默，領兩人往辦公室去。倩文跟著他們看了一下，遂離開往新娘休息室。室內陳設極簡單，祇是些塑膠皮面的長腳靠背椅，背牆排成一圈，留下中間廣闊的空地，像有人要在這裡開同樂會。倩文一眼瞥見邊上有三座妝台一字排開，便走過去，中間拖出椅子坐下，蛋形大鏡子裡照見自己。

她今天是新娘，可是怕教人起疑，沒有著意打扮，祇穿了一套平日上街的咖啡色花呢西裝衫褲，翻出裡面鵝黃色套頭毛衣的高領，未施脂粉，就是一張素面。幾夜沒好睡，臉上發了幾顆痘子，下巴上一顆頂大，她用手指按一下，隱隱作痛。她打開皮包拿髮刷，忽然注意到鏡裡有一個小女孩楞楞望著她；小丫頭穿了一件曳地白紗禮服，馬尾上紮著粉色緞帶，一張臉抹得有紅有白。倩文不知怎麼，覺得她那個小妖精樣子討厭，就一面刷髮，一面惡意地盯住她。小女孩驚覺起來，逃了開去，倩文的眼睛追著她，到了左肩的另面鏡子裡，小女孩依在一個螓首低垂，輕紗覆面的新娘旁邊，她現在不怕了，也瞪著倩文，還伸手去玩新娘膝上的捧花。

「莫踐！」一個簪了朵紅絨花的中年太太一把將她拖開。新郎討好地伸出戴了白手套的手想摸她的頭，卻被小丫頭高傲地扭轉頸項避開了。

「好了啊？」

倩文悶聲轉頭，見是炳智三人，忙將髮刷往包包裡一扔，強笑道：「我這個新娘最簡單了。快開始了吧？」

炳智點頭。倩文活潑地一躍而起：「那我們趕快過去搶位子！」妝台前的木板凳質輕，竟教她一下撞倒，新華彎腰替她扶起，她卻沒有道謝，就一人疾步先行了。

禮堂裡喜燈高照，正面牆上一副對聯：「民族繁昌肇端配偶，國家興盛立本脩齊。」對聯旁邊是大幅的山水國畫。行禮的新人一共九對，婚禮的過程並不繁，點名和排隊費的工夫卻巨，剛才那小丫頭原來擔有牽紗重任，終於因為沒有她的立位，被叫了下去，倩文站在第一排中央，還特為側頭對她笑了一下，也不知自己為何對個小孩如此不懷好意。

「希望新郎新娘……貢獻自己的智慧……」公證人在台上祝福。倩文越過他頭上望向霓虹燈大紅囍字，也許看久了眼睛痠，囍字化成一片紅雲，飄向一壁的墨色山水裡，而山水又漸漸籠入了霧中。公證人說：最後祝福九對新人婚姻美滿，家庭幸福。司儀喊鞠躬……，面紗揭起，相對鞠躬，向來賓鞠躬，禮成。轟轟轟轟。恭喜，恭喜。等下一定要來。在中央酒店。小妖精牽著裙裾跑來跑去。

祖賢、新華上前道賀，倩文一把揪住他們，擠得一臉是笑：「不可以走。等下讓我們請客。」三人聽說一愣；炳智是意外，不曉得底下是這個節目，第一想到怕帶少了錢，又不便說明。兩個小伙子本來沒有考慮到去留問題，這下訥訥的想著該辭謝，卻言拙，難於表達。倩文在他們膀子上一推：「走啊！」

「二姊，不必——」

「欸，再講要生氣了，吃我的喜酒欸。」倩文強邀，笑道：「天大的面子，就是你們兩個貴賓。梁炳智你說對不對？」

炳智不料有自己頭上這一問，忙答：「對啦，害你們一下午都泡湯啦，應該給我們請客啊。」廣東國語的尾音軟軟的，聽來彷彿還有商量的餘地。

「這個——」

「這個那個。」倩文笑著學話，「走，走。吃哪一家？」她說著，手往他們臂彎裡一插，一邊挽住一個。

新華、祖賢向來曉得她熱心，又有時候在一起玩的，算很熟。可是今天這殷勤，兩個大男生卻有些消受不起，當下紅了臉，倩文卻不由分說，拖了朝西門町方向走。炳智跟在後頭。

倩文挑的西餐廳，離吃飯時間尚早，沒幾個人。屋裡裝潢成森森然的巖窖，石壁上暗黝黝的幾盞仿古油燈。著長裙的領檯過來招呼，四人坐定點菜。

「我們不餓，喝飲料就好。」新華翻開菜牌，一行行阿拉伯數字觸目驚心，想不能教人太破費，就代祖賢拿了主意。

「什麼話，不講價的，吃飯就是要吃飯。」倩文嗔道。「吃牛排怎麼樣？」

炳智手下菜牌一合：「Beer。」看見倩文望他，便解釋道：「我還不想吃飯。」

女招待將炳智擱在桌上的菜牌翻轉，前面夾著今日快餐菜單，推薦道：「牛排特餐好不好？」眾人看見價目：一百八十元。

倩文問她：「這個跟六百八的有什麼不一樣？」一面用手指著她自己手上的菜牌。

「嗯，大一點，配料多一點。沒什麼不一樣。」

「牛排嗎，還不是牛排嗎。」炳智見女招待慧黠討喜，笑了起來。

「好吧。你吃不吃？」倩文問炳智。炳智不便改口，堅持不吃，倩文自己也無心無緒，要了兩份給祖賢、新華，另叫一杯柳丁汁。

「二姊，」新華兩人多少看得出為難，很不知如何自處，知道讓是不能再讓了，卻深深不安，連聲道著謝：「謝謝，應該我們請客。」

倩文含笑搖頭，表示不在意。叫的東西陸續的送上，新華二人不得不開始吃將起來。炳智飲一口啤酒，放下，給自己點燃一支菸，姿態悠閒的往椅背上一靠。新華、祖賢手上嘴上忙著，自覺另有發言義務未盡，可是那對新人一逕的沉默，兩個老實孩子是連主動搭訕的能幹都沒有了。

盛柳丁汁的玻璃杯上靠水氣沾著套了紙封的吸管，倩文兩指拈住，沿著杯口一處處換著貼，她原意要看它到幾時才沾不住，可是封套濕了，再掉不下來，又沒人對她的行動生懷疑而來搭理，她漸覺無趣，終於撕開紙套，拿出吸管，攪動一杯金黃色的汁液，冰塊鏘鏘地敲響起來。她腦中什麼也不能想，祇是傾聽。

女侍來撤湯，新華側身一讓，忽然開問：「二姊還在那家貿易公司？」自覺問得適時得體，開始得非常自然。

「哎。」倩文先祇應了一聲，卻覺未免冷淡，吸了一口果汁，又指炳智說：「他以前也在那裡。」

「那梁大哥現在還是做貿易？」祖賢問。

炳智一磕菸灰，慢條斯理地道：「貿易現在不好做啦。有錢做股票賺啦，中盤台灣是不能做。生個女兒去做戲最好。」他自顧笑了起來，祖賢二人祇覺他對答得顛三倒四，也不知道哪句可笑，陪笑了一下，趕快吃自己的去了。

「我們台北這個老闆就是他叔叔。」倩文介紹得突然。兩人停止刀叉，等待下文。

倩文本意沒有下文。怎麼忽然冒出了一句這個，她自己也不大能確定，也許是她這位嬌婿表現欠佳，搬出他的家世來寬彼此的心也不知道。現在見兩人停叉而望；餐廳裡燈光黝黃，鏡片後面的四隻眼睛讀不出什麼情緒，祇是安靜地等待著她的後話，她不禁意識到這一代孩子的深沉，而她們是過時的了。她憶起辦公室裡傳出梁炳智是小老闆的消息時是如何轟動。今日的嘉賓尚不曉得，坐在這裡的正是一個勝利者呢。她心頭小小的湧起一陣快樂，卻聽見自己說：「所以他在那裡做事自己拿不到薪水，都直接在香港那邊領。」她說著笑了，可是心裡已不是味道。依倩文父親的推斷，炳智定是素行不良，他香港的父母才會採這樣的手段以期遙控，或者更有甚者，他在那邊已有家室也未可知。她不是沒有懷疑，可是等她認真考慮到這層，也祇有要他結婚一途了，幸好他雖未見得欣然，卻並無遲疑，結婚對他原也是加蓋個章的事。但他還是傷了她的心；她要他向叔叔爭取薪水，他不肯，索性班都不去上，以示結婚誠意，卻要她別聲張，為保飯碗，說起來都是為她好。

「那怎麼搞的？」兩人到底還嫩，覺得奇怪就是要問。為他們的袁二姊憂。

「所以她嫌我窮啦。」炳智又打哈哈，他這一下好像心情極佳。

倩文皺起眉頭叱道：「怎麼這樣亂講話呢！」

炳智涎臉陪不是：「對不起，我的大小姐，開玩笑嗎。」又還向新華二人交代：「我另外找事啦。」

祖賢、新華是畢業班，對找事這個題目有興趣，認真求教。炳智口袋裡摸出一枝金筆，一疊信紙，分點講述起來。

「第一，」炳智在紙上畫一個「1」，「英文很重要。」他在1下面打了一長串圈圈。

「台灣的英文發音不好，香港講英文是百分之百英文。湯馬斯梁教英文，我可以去做補習班……」他在紙上中英文簽名。

炳智說話手下寫個不停，不是以書面補他國語的不足，祇是就了張紙上鬼畫，或三角或圈圈打上一大堆，偶爾出現幾個中英文字，他就細細的塗黑了，深怕別人讀得懂他的似的。

祖賢、新華聽他扯淡了許久，見他揉縐好幾張紙丟菸碟裡，祇恍然他為何口袋裡揣著一大疊信紙，至於他的高見並沒有了解到幾分。

「袁學文今年畢不了業哦？」倩文忽然插嘴。想是也聽得不耐了。

祖賢、新華卻不料她知道這祕密，竟不知如何回答，俱是一呆。倩文一聲輕嘆：「唉，就是這樣，家裡管得越嚴，小孩子越是反抗得厲害，反而管不住。」學文所學不是興趣，讀得辛苦，得補修的學分太多，要多念一年；他又從來怕爸爸，差點鬧自殺，還是倩文發現給勸了過來。

祖賢聽她這樣說，也不明白她說的「小孩子」是指學文還是她自己，她那個爸爸倒是領教過，真叫不通情理。那是去年，同班兩男兩女外加袁學文，玩得太晚了回不去，學文說他父親不在，家又離得近，都去他家住一夜算了。男生在學文房，女生在倩文房，睡下個把鐘頭，才矇矓，大概凌晨兩三點，他父親回來聽講，竟當場不給顏面的暴怒起來，硬是把幾個已經睡下的男女孩子在那種時辰給趕了出去。說是自己家裡都回不去了，不能回他家，他們家也不是這樣子沒規矩的。

「袁學文不來很可惜。」祖賢想起來說。

「他不能來。」倩文頭一低，空杯裡抽出吸管，重重地打著結玩兒，看得神情變得更蕭索。

祖賢自覺失言，很慚愧，先想補救，可是跟他們講話實在難，怕是說什麼都要不妥，沉吟好一會，才得個新鮮的：「這牛排味道很棒。」

炳智、倩文朝他盤裡瞄一眼；炳智笑笑沒作聲，倩文道：「好吃就好。」話題又擱下了。

祖賢、新華餐後都要了紅茶。氣氛始終不對勁，兩人當然無心久坐，飛快地解決了一切，知道下面要算帳，讓不起，卻又很坐不住，祖賢看看錶說有重要電話要打，新華想起要上洗手間，先後離了座兒。

祖賢在櫃台旁邊撥電話給他的女朋友，一邊等說話，一邊偷一隻眼看著座上，炳智果然叫結帳，看見倩文開皮包，大概也被派了一點。「喂，小玲呀。——對。我等下就來。——有什麼好玩，蓋個章而已。——對呀，他二姊請我們吃飯，嘩，吃得亂難過的。——我也搞不懂他們，也許她自己的朋友都沒有空。妳知道袁學文本來就有點怪怪的，他們家才怪。——我不知道，好像他爸爸不贊成，不過他這個姊夫很奇怪，講話這怪的——不知道，他香港的——沒有，我看他們也沒有什麼錢。嘩，光教我跟鄭新華吃牛排，他們自己不吃，害我們這個喜酒吃得亂不消化的。——沒有送啊，還要送禮啊？——我覺得他姊姊這個人還不錯，不過她嫁的這個人——三分鐘，三分鐘了，等下見面再談，我半個鐘頭以內到妳家。再見。」

正好新華從洗手間出來，在祖賢身邊稍停，等他掛好聽筒，兩人並肩走向倩文、炳智。倩文說：「走了吧，你們一定沒吃飽。」兩人趕緊申辯，又再三鄭重道謝。四人說著出門；電梯口著長裙的女招待，彎腰對他們稱謝，倩文走在最前，回頭笑道：「她們才像新娘哪。」

宴——三部曲之三

宋先生得龍孫，請滿月酒。求方便，席設家對門「美麗園」。

「快點，去遲了，客人來了不好意思的。」宋先生催太太。又指派兒子和女兒行動：「慧玲、慧敏和妳哥哥先過去，看到叔叔伯伯幫著招呼招呼。」

宋太太對鏡理妝，新燙的頭髮正看了不如意，聽見催，房裡哇啦啦罵了出來：「死人囉，你看你個死人急的！——高高興興的事，你就會催！催！催！」

宋先生受慣她這個聲調，數十年如一日，哪裡計較過，祇對媳婦繼續交代：「妳帶著小孩等下妳媽陪妳過來，我先過去招呼。」一面匆匆的就走，才兩步，又回頭，房裡去拿東西。宋太太坐妝台前重新勻粉，看見又罵：「個死老頭子失了魂魄了。」鏡裡才擺布停當的一張粉臉，忽忽的起了皺褶，畢竟是五十多歲做祖母的人了。

宋先生一聲沒吭，五屜櫃上拿了眼鏡要走，遭宋太太一下喝住：「個死人領子都沒翻好。生得一張嘴巴祇曉得講人家，挑個今天日子好……」

宋先生一面往外走，一面整理衣裳。帶關房門的時候格外小心；「咔嗒！」彈簧鎖還是極其輕脆的爆了一響。

他們家這排房子面大馬路。兩頭斑馬線離得遠，宋先生站自家門口等過街。深秋的天氣，很有一點涼意，天向晚了，路燈將將亮起，遠處的天是靛藍，重重堆疊著銀邊的暗灰色晚雲，路中分道島上一行矮樹微風裡輕搖，美麗園的霓虹燈在對街閃爍，招牌周邊走動起一圈流麗的小燈泡。

一輛大巴士開近，幾個乘車的小學生車裡鬧到車外，一路衝著窗外呼嘯而過。

宋先生看見笑笑，偏著頭，像還在觀望來車，可是要過可以過去了，他卻不動。風輕輕吹起他西裝的下襬，小平頭上的白髮在燈下根根生輝；他瘦而高，稍微一點駝背，新衣服是附近小店的手藝，很不怎麼樣，所幸宋太太今天讓他修了面，與平日鬍髭滿臉的老長工模樣相較，也算新面貌。他是想起那年志偉才六年級，逃學成癖，學校裡都快不要了，千託萬託，轉進西門國校，人家學校也是講究升學率的，並不收；好話說盡，說好加張椅子在教室後面先附讀。送他頭天上新學的早上，宋先生勸得祇差沒有淚下，好不容易在學校裡看得他坐定，才放下心踩了他的老破腳踏車回家，一路迎著風正吃力，忽然聽見志偉聲音喊：「嘿！爸！爸！」抬頭看見寶貝兒子在前面公共汽車裡跟他揮手；原來他又逃學了。可是終究小孩子心性，路上看見爸爸興奮得忘了形，竟打起招呼來了。

又一輛空計程車駛近，以為宋先生有意攔車，慢了下來。宋先生給這一提醒，也不就這兒過馬路了，趕緊向前面斑馬線方向走，不知道自己在這樣的好日子裡怎麼老是失神；「也是不曉得志偉還能自成人，做了父親，生龍子請酒。」宋先生給自己找解釋，老臉上升起一朵笑容，左頰一個酒窩藏在皺紋裡幾乎看不見。十字路口正好換燈號，他趕幾步，過了馬路。

宋家訂下一間房，開四桌，父子各有兩桌客。宋先生的客是同鄉好友，宋志偉的客是同學同事；兩個人都被叫老宋，很亂了一陣。開始上菜，宋先生正叫女兒打電話催母嫂，那邊就過來了。志偉太太玉娟，原是他廠裡會計，在座的年輕一輩都相熟，又去年才吃過喜酒的，一見就嘩了起來：「新娘，新媽媽來了！」

玉娟紅了臉。一個敞喉嚨的同鄉太太對宋太太嚷道：「快過來，我們這個最年輕的奶奶！」登時哄堂大笑，宋太太也笑著答應：「還年輕呢，老祖母才是真的。」她說著從玉娟懷裡抱過孩子，送過去給阿公阿婆輩相相。孩子才滿月，水藍繡花包袱裡露出紅撲撲一張臉，身上壓著一個小金鎖，很乖，不認生，滴滴溜轉著眼珠兒。大人們誇獎起來，說長得好，一面塞紅包到孩子懷裡，宋太太躲閃著：「不要客氣。這是幹什麼！」可是由不得她。慧玲乾脆站起來幫著她媽媽收拾。

晚一輩的兩桌在玉娟落座的時候就鬧開了，一下子的工夫就已到了十分。原來志偉雖名為廠長，廠裡攏總十幾名幹部全是他的老同學，胼手胝足一起吃過苦來的，素無上下之分，這下逮住機會，攪和得可是有勁。

「親一下，一下就好！」

「小孩子都生出來了，打個kiss怕什麼！」

「就是，快點，快點！」

餐廳裡的小姐見他們有趣，手上拿著撤下去的盤子在門口猶疑。

「欸，你看人家小姐都等著了，老宋，你別婆婆媽媽的好不好？」

「玉娟親他一下，做示範！」

宋先生這邊的客人祇作不見不聞，隨他們年輕人自己去鬧，祇有剛剛哇啦哇啦的太太沒有避諱感興趣，側身笑看著。而這邊席上自有熱鬧：

「志偉今天這個成就，老宋你真是安慰了，又得孫，敬你一杯。」

「不敢說什麼成就，能夠自己掙口飯吃，不要人再替他操心就是了。唉！」宋先生老懷又欣慰又感歎，爽快的乾了杯。

「來，來。今天好日子，嫂夫人放你的假——是不是啊？大嫂！不行，不行，你那算什麼一杯？要叫大嫂過來督察，你才不會賴皮！」一個好熱鬧的站起來嚷嚷，搬出宋太太做威脅。宋先生懼內在同鄉中大大有名；有人聽說宋太太為防宋先生走私，不許宋先生穿好衣服，日常不許宋先生刮鬍子。先還不相信，等眼見宋先生的狼狽，才知非訛。也有不平的，可是宋先生都受了，外人又有什麼說的。就相安，再就習以為常了。

「老宋，你這個龍孫相貌好哦，像志偉。是叫國龍？——哦哦。」

「欸，像我們怎麼不老哦？我頭次看到志偉還是在調景嶺，比他兒子現在大不了多少，一看到我就要我抱，抱住了不放手的哎。伯伯還喊不清楚呢，光會說：餓了，餓了。」一個人說起從前。在這樣喜慶的日子裡，美麗園的包廂裡是高朋滿座，乳白雕花的天花板上五蝠呈祥，腳下的夢甯毯花團錦簇，淒涼辛酸都過去了，講起來一樣是下酒的笑談。

「哈，老宋，你還記不記得那次你在淡水河邊打志偉，後來碰到警察干涉的事情？」又有人翻出陳芝麻爛穀子老帳。有不知道又好奇的就問，這人一高興代答了起來：「那一次真的笑死人了……」給他說起來又是個笑話。

宋先生抿一口酒，也想起了那個冷颼颼的星期天下午：

志偉頭天出去上課就沒有回來，宋先生找遍了鎮上所有的戲院，逃學看白戲原是他慣常的節目。宋先生騎著腳踏車到處跑，家裡存不住身，祇要他回去問問消息，宋太太就拿把菜刀在客廳裡等著要殺他，要自殺，一面哭志偉凍了、餓了。宋先生終於數度的又找回了河邊上志偉的學校，一間間教室望，居然給他看見志偉併了八張桌子在裡頭教室裡睡覺，身上蓋了家裡偷出來的毯子，顯見是蓄意出走。他盛怒之下一路把兒子拖到堤防後面，抽出皮帶先把手反綁了，撿根木棒就打。

宋先生難得理髮，又沒修面沒睡好，首如飛蓬，眼布紅絲，一邊打，自己一邊涕泗縱橫：「我先打死你個逆子，我自己也去死。你媽媽不明理啊，兒哦，我要管教你哦，我打死你個逆子哦——」

大河望不見源頭，河邊低處看去是水連著天，一片冬日午後的灰沉沉。一個中年男人有子不肖，有妻不賢的悲戚隨著河岸上嗚嗚的風傳遠去，白頭蘆葦風中晃動；要白白做了一世的牛馬哦，兒子是娘的寶，做爹的在家裡打都不能打的哦。……

宋志偉被打得一地亂滾，哀告連連：「不敢了呀，下次不敢了呀！救命呀！救命呀！」這時皮帶是扯脫了，雙手護住頭，可是沒法兒躲，身上臉上沾得全是泥巴蘆絮，真是可憐見的。

河邊雜草叢裡這樣兩個人，當然教人起疑，終於招來了一個巡邏的警察：「欸！你這個人怎麼這樣打一個小孩！你跟我到局裡頭去一趟。」

宋先生聽見警察說，其實早就打軟了手，便無告的把棍子一丟：「你把我帶去吧，我反正活著也沒什麼意思了。」志偉哭亂了頭腦，祇知道警察要帶他爸爸走，哪裡會有讎敵心，改口哭道：「爸爸啊，爸爸啊，你不要抓我爸爸啊！」宋先生聽見他哭爸爸，悲從中來，哇的一聲矮下身去抱住兒子，又疼惜又生氣又愧疚，百感交集，父子相擁哭了一場好的。

「……老宋就跟那個警察說：哦，我打自己兒子也犯了法啊?!」那客人學樣道。一桌都笑了起來。

正好志偉帶著玉娟從另兩桌脫圍過來敬酒。哇啦哇啦的太太先不饒他：「哦，那邊被纏得不能脫身了，拿給我們老太婆老頭子們敬酒做幌子好跑掉呀?不誠意，罰三杯！」

「我們剛還聽說你逃學捱打的事，今天是青年廠長囉！」

志偉倒大方，酒杯一抬，朗笑道：「捱打算什麼，從前壞事還做少啦？叔叔伯伯都是知道的。我今天還像個人，也是要謝謝叔叔伯伯爸爸媽媽。」說完一連氣兒三杯下肚。臉上漲得通紅；不是個漂亮孩子，可是有精神。

做長輩的自然有分寸得多，雖然倚老賣老，尋志偉開心，喝了幾杯，就正正經經教他們回座了。可是那邊攔著不教坐，團團圍起來，繼續剛才未竟之功。

「別想坐了，就現場表演了再說！」

「玉娟妳別想溜，過去，過去。」有人推玉娟。

志偉仗著肚裡幾杯酒，又是高興日子，長輩能寬容，看見玉娟臉紅紅的，心裡實在愛，就一把攬了過來，低頭去吻她。玉娟先還想躲，志偉做工出身的人力氣多大，哪裡容得她跑。旁邊鼓譟的人鬧得不可開交。

「現在的孩子真是活潑，我們那個時候都是老骨董喲！」

「志偉的那些朋友都好玩得很。」

大人們再不能裝聾，笑著輕淡的加以評述。但旋即撂開這教他們尷尬的場面，又說到別處去：

「志偉算是選對了行業。也虧得他，那時候在工廠裡，天天白天收了工，晚上就去上夜校。你說這個人還是很奇怪的，你怎麼告訴他都沒有用，哪天一下子想通了，自己也知道走正路。像志偉這個樣子還是很難得，很難得。」說話的先生從前到少年隊保過志偉的。

「他自己內行，什麼都自己動手，都懂，又肯吃苦，那還有不發財的。」

「我們家鄉話說得好，萬貫家財不如薄技在身。志偉就好，現在有家有業。老宋，你這個子孫福還享不盡呢。」

宋先生微笑諾諾，舉杯相邀。

宋太太坐另桌，盡主人殷勤。她向來好酒量，孩子交慧玲抱，自己成了席上的大目標，應酬很忙。她本在打扮上頭不能幹，今天雖見得出刻意，可是頭髮梳得板板地，像個傾向一邊的蘑菇，就年紀而論，胭脂水粉也用多了。但這好日子裡，她的臉上笑開了花，皺紋藏不了，統統趕了出來，反而一看就像位全福老太太，正是活該這樣。她當然無暇顧及宋先生，以致宋先生稍稍喝得過量，眼眶紅紅的，無論有人說什麼，他祇是含笑點頭，一副好說話的模樣兒，恐怕多少有些醉了。

他沒有醉。祇是真正的心滿意足；他一世無爭，從來認命，本以為是悍妻逆子到頭，卻終究有一個人沒有教他失望。至於太太，他覷起眼睛望過去：棗紅壽字旗袍裡裹得一團和氣；也好，也好，是她替他生養子女，是她辛苦持了一個家。

他向桌上打了招呼：「我過去敬酒。」

他站到宋太太旁邊，桌上的人隨他們伉儷起身，賓主相互敬酒。大家才坐下，宋先生卻自又斟滿一杯，靦腆地笑道：「我敬我太太一杯。」座上眾人鼓起掌來。

宋太太給他弄得怪不好意思，笑嗔道：「你這個廝——老頭子喝醉了！」便不肯理他。

旁邊卻有人塞了個滿杯酒到她手裡。宋先生先乾了，宋太太拗不過，喝了一口，眾人又嘩起來。

有人要回敬宋先生，宋先生笑著受了。宋太太大杯裡替他分酒到小杯，祇八分滿，遞上去：「少喝點。」她叮嚀道，聲氣空前溫柔。

玉娟過來在小姑手上接過孩子，心裡掛記著剛才，一張臉紅透了胭脂，長輩面前，很覺自己不能見人。低聲道：「我抱他出去。」不想她婆婆卻道：「我去幫妳弄。」於是婆媳告了罪，到外面去。

她們在走廊的沙發上替小孩換尿片兒，玉娟提過來大皮包，裡面奶瓶尿布一應俱全。「噢喲，都濕了都不哭，好乖喲，我的小孫好乖喲，可以做客的小孩喲。」宋太太逗著他笑。

「平常這個時候都吃過了，」玉娟沖了奶來，搖晃著奶瓶，「今天來看到這麼多人這麼熱鬧，也不曉得餓了。」小孩卻被奶瓶提醒，開始哼哼。

玉娟抱著小孩餵奶，宋太太挨她母子旁邊坐著，兩人靜默了下來，祇有孩子吃得嘖嘖有聲。兩個女人注視著吸奶的孩子，心裡各有所思，可是這沉默一點不教人為難；婆媳面上都帶著恬然的微笑，不知是想起了誰。

孩子吃著吃著闔上了眼簾，房裡隱隱地聽見還有熱鬧。幾個服務生來上點心甜湯，經過門口她們坐處時，孩子驚覺地亮了一下眼睛。玉娟輕聲道：「要睡了。」

宋太太也輕輕地說：「那妳帶回去好了，這裡也快完了，等下還要請客人過去家裡坐坐的。我去叫慧玲陪妳先回去。」她說著起身離去，正有女侍端水果盤來，門口兩人相讓一下，還是宋太太先行。宴會果然近尾聲了。

口角春風

一

房子是長方形。進門前一半近落地窗和陽台，擺了一套沙發並茶几；咖啡調子，點綴著奶白，配這小客廳有點鄭重過分。後一半近廚房，擺了飯桌、櫃子和一台冰箱。不用特別隔間，飯廳、客廳自然而然的壁壘分明。通廚房的門額上掛了一幅洒金色紙檜木框橫軸：「秦晉之好」。是他們一位鄉先輩手筆；這人不輕易給人字的，但是姓秦和姓晉聯姻這樣現成的好材料，卻到底沒有錯過。

已經過了一般人家的晚飯時間，他們桌上倒是齊齊整整才擺上的三菜一湯。秦美倫正在盛飯，晉賜之卻已吃將起來。

「這是什麼？」賜之張嘴皺眉，嚼得喳喳作響。「芥藍炒橡皮筋？」

美倫一摔飯杓，端起那盤芥藍炒牛肉就往廚房裡衝。祇聽見嘩地一聲，她又一陣風的進來，手裡空盤子重重一放。

「妳什麼意思！」

「沒意思。你不吃豬吃。」

賜之筷子一拍，喝罵道：「無聊！一點玩笑都開不起。莫名其妙！」一揮手，匡噹一支調羹地下跌得粉碎。賜之詫異的望了那些碎片一眼，又快快收回目光。

美倫忙伸手拖過空盤子，叫道：「你有幽默感！你俏皮！你會摔，我不會摔！」卻祇在桌邊張著聲勢，要不要就砸下去，還有待觀望。

「妳不可理喻！」賜之祇想推開椅子站起來，偏是氣力沒拿捏準，椅背朝後猛一頂，碰上碗碟櫃。嘩啦啦響得好不嚇人。

美倫喫這一驚，順手就摔了準備著的盤子。

「瘋了妳！瘋了！」

「你才瘋子！」

賜之恨道：「妳這個女人——」美倫搶白道：「你罵誰女人？」賜之想女人竟不是什麼罵人的話，便改口道：「妳這個潑婦！」

「潑婦？」美倫手一帶，面前的飯碗又下了地；這回飯撒了，碗並沒破。她跨過飯粒，一根指頭直戳到賜之的鼻子上，「你說，我什麼潑婦？辦公室做牛做馬，還趕了回來做牛做馬。你呢？你呢？老爺！皇帝！連雙筷子都不幫的拿，就曉得嫌鹹嫌淡。不好吃？不好吃你外面吃去——」

「噯，噯。妳講點道理好不好？哪天不是我洗碗？」賜之好不容易逮了美倫換氣的空兒，插上一句。也就這會兒工夫，聲氣已經弱了好些。

美倫哪裡理他，愈數落愈上火，也不知哪來這樣多氣好生，一張圓臉脹得通紅，那手早離了賜之鼻頭，四面八方的在亂比劃：「……陽台上站著，吃飯了還要人三催四請。生了根啦？走不開啦？你釘死那裡算了。蒼蠅逐臭肉，都不是東西。橡皮筋？炒一盤橡皮筋，你吃！你吃！」

賜之教她嘰哩呱啦吵得頭昏，因道：「好，好，妳贏，妳嗓門兒大，我怕妳。一輩子不和妳說笑話，行不行？」重新落座。才端起碗，看看旁邊的美倫還是一臉殺氣，就又擱下碗筷，低頭做出禱告的樣子：「感謝我賢慧的妻，賜給我豐盛的晚飯，除了買菜、洗菜、切菜、洗碗以外，一概都不用我操心——」

「你少作怪！」美倫在他肩上推了一把，臉還繃著，倒也看得出要笑。賜之餓了，雖覺自己有理些，也懶得再計較，便告饒道：「吃飯，好不好？」

「吃飯，吃飯，就曉得……」美倫嘀嘀咕咕，一面後邊去了。賜之樂得聽不見，埋頭連扒數大口。

美倫拿了掃帚、畚箕過來。賜之討她的好兒，說：「放著，吃完了我來。」

「你來！等你來！」美倫罵著，心疼碎了的盤子，又煩黏搭搭的飯粒，竟有幾分後悔。賜之嘴裡塞得滿滿的道：「妳何必？吵架摔東西最要不得——」

「誰先？誰先！」美倫又開叫。

「欸，我不是故意的呀！那調羹，誰知道——」

「你一定要這樣大聲講話嗎？」美倫把垃圾拿到後面，在廚房裡吼道。

「我冤枉啊。我難道和妳一樣喜歡吵架？」隔得遠了，賜之想小點聲也不成。

「配！配！你配和我吵架？」美倫怒氣沖沖趕了出來。「你祇配陽台上和別人眉來眼去！」

鬧了半天，賜之這才明白過來。

是他們剛回來。電鍋裡米是早上出門前淘的，按下開關就行；超級市場裡買來的菜，也都清理過頭回了。賜之做完廚房裡自己的一份，就出來透氣。天氣熱，他脫了罩衫，裡面很時髦，是赤膊。

社區裡建的時候，留了一塊公園預定地。也不知是地不靈怎樣，花樹缺缺，雜草獨盛，除了傍公園對門的幾戶對得遠些，並不能多見什麼風景。賜之、美倫就住這裡二樓一戶。

賜之光著上身站在陽台上做了幾個體操動作，忽覺眼睛一亮；正對面二樓水泥欄杆上斜倚著一個熱褲女郎，一雙腿平著欄杆伸得長長。面貌——不是很清楚，就那身材推斷，諒也不差。賜之心裡一緊：她那臉是朝這邊的，竟不知是不是在看自己，自己這肌肉——賜之把胸一挺，不甚確定的對看起來。

那時美倫也湊近來看過一眼，說了句：「也不怕摔死！」便走了。並沒什麼特殊表示。哪知她在廚房裡越想越氣，藉了題目來發揮了。

「哈，哈。我說氣什麼呢！」賜之想女人真好笑，「吃醋啊？可惜一盤好牛肉！」

「醋你的頭！誰曉得她幹什麼？我跟她吃醋！」美倫給點破了，不知是為了賜之終還知心，還是不要擔個妒婦的名，竟緩和了許多，也自坐下另添了半碗飯。

「飯冷了反而好吃。」美倫像說給賜之，卻沒抬頭。半晌沒人接碴，覺得疑惑，才看過去：祇見賜之一手支頤，一手持箸，笑瞇瞇的望著她。

「看什麼！好吃了又不吃。」美倫白他一眼。

「菜都酸了。」賜之飢已墊過，又有心情來逗美倫。

美倫也自覺這乾醋喫得好沒意思的，又討厭賜之那個得意的樣子，就裝沒聽見，祇專心吃飯。賜之在鼻子裡哼哼嗯嗯的笑，想惹美倫發話。美倫忍了一會，實在聽得不耐煩，便道：「好了，好了。笑什麼？」賜之正巴不得這一聲，忙笑道：「知道我們公司小楊吧？他們夫妻倆吵架，他太太說：你凶什麼凶，你再凶你敢不敢把小孩丟到水缸裡去！他說怎麼不敢，抓起小孩就往水缸裡一丟——」

「唉喲，小孩多大呀？」

「一歲多。」

「唉呀，真是！後來呢？」

「後來？後來小孩得肺炎——」

「鬼話！以前沒聽你說過？」

賜之道：「忘了。看妳剛才那麼凶，有個小孩也給淹到水缸裡去了，我才想到這件事。」

「那你還先要準備一口缸呢。」美倫說。

賜之想那陽台上的女孩不知是不是新搬來的，以前好像沒看到過，便道：「今天那——」卻不妥，又要生事，忙換了：「妳們辦公室怎麼樣？」

「才好玩呢，」美倫想到陽台上那女孩，「現在的女孩子可真大膽。上次不是跟你說，我們公司要個管資料的小姐就來了三百多封信嗎？今天面試，她們全說自己有經驗；一個女孩子，總經理室拿份資料出來做，就跑來問我。我怎麼告訴她呢，又不認識她，我幫她作什麼弊。我就說：妳們都做過嘛，差不多。她可臉皮厚，就去問那個二百五廖永才；你們這些男的啊——」……

二

賜之去接美倫下班。看見美倫和一個妝束濃豔的女郎一齊走出大樓。美倫朝他這邊指點了一下，那女郎遙遙對他倩笑著。賜之頷首回禮，竟覺哪裡見過似的。

美倫和人道了再會，走過來。一面繫頭巾，一面說：「漂亮吧？」賜之道：「粉蓋住了，沒看清楚。」美倫笑罵道：「缺德！」聲氣很是愉快。賜之發動摩托車，美倫跨坐上去。

車子才上路，美倫就開了話匣子。風很大，市聲又嘈雜，賜之根本聽不見幾句。不過向來是這樣，也都習慣了。有時候，賜之愛說，美倫也不太能理會。

「啊？妳說什麼？」

「唉，我說，現在的女孩子好厲害。昨天……就是她……考上了。第一天上班……化妝……」美倫先還嚷得夠大聲，說著說著，又聽不見了。總是話才出口，就教風搶跑了，僥倖保住的幾句，並構不成意思；賜之眼觀八方，耳聽六路，倒祇有後頭的美倫不要緊些，卻也大概知道在講剛看見的那美倫的新同事。

「……白仙琪，簡直像個藝名。不過她還真白。」車子遽然停下，美倫的聲音聽來有些教人吃驚。賜之的車子擠在一大溜摩托車隊裡等過紅燈，旁邊的都側頭看了他們幾眼，又轉回去望紅綠燈。

「好像很面熟啊。是不是像白嘉莉？」賜之說完俏皮話，自己都沒來得及笑，燈換了，趕快跟著大夥兒衝鋒；龍頭左擺右拐，又要保持平衡，又要招呼撞人家，遭人撞，十分緊張。卻是才出重圍，又忽地向右一衝，差一點撞上安全島。

賜之趕緊煞車，一腳踏上紅磚地，回頭就罵：「妳發神經呀？要死也不是這個死法！還好旁邊沒車。我看妳是瘋了！」

美倫先下死勁掐他的時候，祇是發發嬌嗔，實在沒想到是在摩托車上，這下好險要闖禍，被罵並不敢回嘴。賜之嘟嘟噥噥，一面再度發動。

賜之罵得興起，說個沒完沒了。美倫雖聽不真切，光嘰嘰咕咕的聲音就夠可厭的，漸漸真上了火，就老地方——賜之腹上軟肉——扭了一把；祇沒先前手重，一面道：「就發神經！就掐你怎麼樣！」這話也是示個警給賜之：別又沒把握衝到安全島上去了。

賜之不曉得她又什麼毛病，恨得說不出話來。這時已過了圓山，路上人車都少了。賜之猛踩油門，車子箭一樣的飆了出去。

「你要死啊！你死我可不跟你一起死！瘋了要死啊！」美倫尖叫起來，緊緊箍住賜之的腰。賜之反正不理她，飛過忠烈祠的時候，美倫自動放低聲音：怕惹起標兵注意，到底還知道是自己丈夫。

「停！停！你要死你放我下來，一個人去死。停！再不停，我——」賜之停了下來，美倫「就喊救命了」卻已箭在弦上，祇能及時控制住音量，平平靜靜的說完。

「下車。」賜之抬了抬下巴，可沒看她。很有幾分性格小生的味道。

美倫聽得一楞，竟不知如何應變才好。賜之又冷冷地道：「妳不是要下車嗎？」美倫一下記起自己占的理，忽然氣壯了起來，卻不敢真下車，祇後面冷笑道：「哼，你倒是記性好，我怎麼就不記得？就可惜口風不緊。我還說真巧，怎麼住在一條巷子裡，原來就是她。你也難怪，是比我看得清楚些。過目不忘啊？說呢，門口那樣笑，原來是心照不宣！」

「妳放屁！」賜之爆了。因與剛才冷面殺手的造型不合，祇一句就住。另換了陰沉沉的語氣道：「說夠了？——下車。」

一輛淺綠色的跑天下倏地挨著他們停下，車窗裡探出大蓬頭下一張笑臉：「秦小姐，車子壞啦？和我們一起走吧？」

也有這麼巧的事？美倫、賜之對望一眼。美倫立時堆上一臉的笑：「沒有，沒有。我眼裡進了沙子，他替我看看。」一邊說邊偷覷了賜之的顏色；他竟也在笑。她知道他該笑，可也還是看了生氣；虧他笑得出呢。心裡雖這樣，臉上笑得又還甜些：「白小姐和我們鄰居呢，常常會碰到的。」聽口氣，說話的對象是賜之，看神情，對象又是車裡頭那一對。

「好一點沒有？我們走了吧？」賜之說。

「走了。白小姐來玩。再見。」

賜之特為放慢一點，好離那車遠些。恩愛夫妻的戲也因為走了觀眾而告落幕，卻都不說話了。這架等回家了再繼續吵——保不定路上又會碰見誰。

三

「我先生就說妳白，又說我黑。其實怎麼不黑，天天坐摩托車晒得脫皮喲，還是妳好——」幾次看見那綠車就整夜的泊在巷子裡，真正教人起疑；那司機呢？

「我就是怕晒太陽。」白仙琪微微的笑道。她講話行動都是一種懶懶的風度，男人眼裡看來是有味道的；女人，尤其美倫自己講話像高手打字一樣，就祇覺煙視媚行很不正經。

「妳也喜歡日光浴。」美倫笑說。

白仙琪斜瞟她一眼，意思是「哦？」美倫便又補充：「我先生看到過。」說了又悔：賜之不老實，她並沒面子。

「那一定是小ㄋ一。」白仙琪輕笑道；用手一攏頭髮，雙腳竟掙了鞋縮上沙發。美倫看得非常不入眼：就算中午休息時間吧，到底是新進來的，好膽！

「我妹妹，我們很像。」白仙琪用單手支著頭，肘撐在椅靠上，一雙眼半閉半不閉，微噘紅唇，吐字輕輕：「她黑，我白。」」

美倫給她嚇到了；前幾回照面，總也還守禮，今天，就算自己不是男人……。等下過去會客室一定要告訴莊英珠，這女人。

四

「小ㄋ一！」美倫站在廚房門口監督賜之洗碗。「照這麼說，她不該叫小雞！」飯桌上——其實早在路上——就說起，這個白仙琪的妹妹叫白仙儷，航空公司做事，如何如何，白仙琪自己又如何如何。因為美倫知道恨錯過人，再講起白仙琪的口氣就不似先前激憤。賜之原也不至於十分興趣，倒又裝得更厭煩些，用一種不耐的神情聽著，心裡多少還是好奇。

「什麼小ㄋ一小雞？——喔，喔。」問出來也想通了。賜之就笑。

「她大概以為她像瑪麗蓮夢露。你還沒看到她跟我們經理講話的樣子呢。」美倫想起白仙琪半閉的眼睛。

「嘴太薄！」美倫又說。

「也太瘦。」賜之想倒有點像費唐娜薇。這話沒說。

「沒有看過這樣的女孩子，一點都不知道謙虛。」美倫過去幫著擦乾碗，一個一個拿起來順便檢查洗乾淨了沒有。

「喝！那神氣的！甩都不甩別人。她大概覺得她的業務很獨立，就不要犯到我手裡。」

美倫一干女同事全看白仙琪不順眼，覺得她那一身一臉跡近招搖的打扮，壞了她們辦公室的風紀。男同事偏又喜歡親近她；美倫講廖永才：「還不曉得這個人這麼熱心哪。嘿，人家不領情。他指教了半天，她謝都沒謝，說：真的呀，我都不知道。」美倫嗲著聲音學樣。「這樣，這樣。看嘛——」她還要笑給賜之看。美倫學得很像，眸子一斜，輕顰淺笑，似嗔似喜。賜之但覺一陣風情撲上面來。

兩人一頓晚飯，帶吃帶收拾，天天要鬧到八點多才清楚。略走走坐坐又該洗澡睡覺了。

是半夜。賜之給一陣急搖低吼吵醒。

「什麼事！什麼事？」他頭一件想到失火，再就小偷。

雖是黑裡，藉著窗外路燈照進的微亮，也看得見站床邊的美倫一臉興奮。她急急的說：「快！快！快來看！」就先出去了。賜之迷迷糊糊，兩腳正踏下地摸拖鞋，美倫又進來了：「快呀，死人！慢的！」賜之臨起身一瞄案頭的鐘：一點四十。

落地窗的紗門大概是美倫先頭拉開了一扇。天氣這樣熱，玻璃門並沒關，窗簾也祇覆下了外面一層紗的，風裡飄呀飄。夫妻倆並不敢站出去，祇窗裡頭站定，旁著洞開的那扇長窗，賜之一手抓住薄薄的紗質窗簾，一手扠腰。美倫就站在他旁邊。兩個人臉上都是一臉陰晴不定的神色。

對面樓下一個穿旗袍的女人，和三個大塊頭黑人調笑著。隔遠了，一樣的大蓬頭，看不出是姊姊還是妹妹，也聽不清鬧些什麼，祇一陣陣的笑聲傳來。

公園預定地裡一根路燈垂出頭，正照著他們。四個人不知是醉了怎樣，竟肆無忌憚的又唱又叫。

賜之伸手摟住美倫，美倫依依的偎過去；整個村子都睡死了，祇有他們，高高的，遠遠的，戲院包廂裡看著。光線打得太差，白寡寡的瀉下，冷冷清清也有淒淒；那女人的旗袍不知是紫是紅，那黑人的黑是泛了一層白霧的。

像要送客了。那女人一個個輪流親嘴。到最後一個，卻不安分；一隻大黑手整個的扶上那女人裹得緊窄的臀部，一下又探進她旗袍直開到大腿根的高衩裡。因為是側朝著賜之、美倫，看得再真切不過。賜之環在美倫肩頭的手越握越緊。美倫祇想站出去大喝一聲。

另兩個黑的看不過，也要參加。那女的被逼到靠牆，三個人在她身上揉著搓著。這邊看不到她的人了，也還聽得見她在尖聲浪笑。

巷子入口亮起了車燈，這四人還不覺。直等開近了停下，美倫見是那綠車，低呼出聲：「是她妹妹！」賜之點點頭道：「她姊姊來了。」

祇見白仙琪很快的下了車，反手把車門碰的一摔，原地站住，像在發脾氣。她妹妹一面整理頭髮衣裳，一面說話，不曉得是跟誰。那三個黑的大聲道起再會，這邊樓上都聽見：「拜拜！甜心！寶貝！拜拜！」又飛吻，又鞠躬，喧囂而去。美倫這才看見他們一輛敞篷車停在暗裡。

那三個走了，白仙琪的「司機」才下車。這人個子很高，居然穿了一套白西裝。白仙琪跟他說了兩句話，又回過臉，彷彿在罵她妹妹。忽然一下車轉來對著賜之他們。美倫忙往裡一縮，想到並看不見才對，又照樣站出去小半步。白仙琪說了一會，逕自拿鑰匙開門進去了。她妹妹跟著，最後是那個穿白西裝的。

巷子歸於寂寂；街燈兀自照著，紅漆門牆上漫漫爬的是粉色的——許是紫色——九重葛，路上新灑的柏油碎石泛著青光，一隻野狗這邊貼著牆根登場，停也沒停又那邊黑裡沒了……

終於；「她說她妹妹在航空公司做地勤?!」美倫壓著嗓子道，像怕對面進屋裡的人聽了去。

「美倫，」賜之也是耳語，卻看見那邊二樓的燈倏地亮了。他給提醒似的一摔手上提著的紗幔，粗聲道：「人家的事——」一面就走開，心裡對自己不光明的行為深深感到慚愧。

美倫靜靜地跟著他走回臥室。賜之躺下了，她卻祇坐在床邊。賜之看她那有成算的樣子就有氣，怒道：「睡覺！睡覺！三更半夜發神經！」恨恨的翻了個身，拿背後對著美倫。美倫沒有計較；這種事賜之並不堪商量，她知道。

賜之不一會就矇矓了，卻沒忘記，含含糊糊地還聽他在說話：

「美倫。」

「嗯？」

「人家的事……我們不知道……辦公室不要說……人家的名譽……」

美倫笑了，伏身在他頰上香了一下：「傻瓜，這還信不過我。」那麼大的個兒，睡下像個孩子，夢裡擔著心事，微微蹙起一雙濃眉；美倫愛憐的搓搓他的頭髮，低語給自己聽：「明天給你剪頭髮了。」

五

新來的人向來受議論。像白仙琪這樣行徑，更不曉得給辦公室裡添了多少話。她卻又有一點，自己並不愛說什麼，見問才答。所以若是她那裡惹了氣來，定是自招的。

「我說妳這件衣服真漂亮，哪裡買的？」莊英珠在發表她早上和白仙琪的一段過節。雖然一點不新鮮，說的人還是氣憤，卻因為結果明知，倒又有看笑話的心情。莊英珠翹起蘭花指，用手背輕按面頰——白仙琪慣常這樣揩臉，據說是怕掉了粉——「台灣買不到！」圍坐的幾個女同事都喲喲的叫起來，可氣可笑可鄙可恨，種種情緒逼得她們坐不能安席。莊英珠又道：「我就說：那一定很貴吧？」

「嗯，幾百塊。——港幣。」莊英珠裝模作樣的學著舌。

幾個聽眾少不得又感歎又笑罵。正鬧著，美倫走進來看見，不免招呼道：「唉喲，開小組會議呀？」

「吃飯了就沒看到妳，跑哪裡去了？」

「還不是和她老公情話綿綿。」說這話的同事做了個拿話筒的手勢。

美倫擠上莊英珠的沙發，笑道：「冤枉！人家在一號。」

這算什麼笑話？一干人卻又好笑了一場。她們慣常中午做這樣的聚會；媽媽好，太太好，小姐好，全在這時候返老還童，重溫學生時代嘵舌的樂趣。她們霸占了會客室的厚絨大沙發，男同事給趕得遠遠，大辦公室裡最那頭坐著，背地都罵一群三姑六婆。

「剛才講什麼？」美倫問。

「早上那件事。」莊英珠道。原來她已先和美倫說過。

美倫撇著嘴笑笑，並不屑多談的樣子。就有同事說：「欸，秦，妳應該知道她多一點，你們不是鄰居嗎？」

「小心哪，看牢你們晉先生。」賜之長得好是美倫的朋友公認的。

「就是呀，她那種女孩子，什麼人都——」尤珍珍把話說了一半，下面的太難聽，畢竟忍了回去。她跟白仙琪是有仇的，別人不知道就是了——她以為——。廖永才從前請她看過一次電影，不曉得怎麼沒了下文。白仙琪雖然比「電影事件」遲到了，現比著廖永才的殷勤，這筆帳一樣記得上去。

美倫搖搖頭，什麼都沒說，臉上依然是那套高深莫測的笑容。這幾天她著實教人奇怪；先還是反白運動的班頭，卻才挑起風潮，她又獨個兒的收了旌旗，任別人好說壞說，她那神情都是：「這樣嗎？就知道這點兒嗎？我可還有呢。」很有權威的一種緘默。這些好事的怎麼不逼問呢，偏是美倫口風之緊實在空前，就是莊英珠也沒有聽說什麼。

莊英珠想起就恨，咬著牙在美倫大腿下掐了一把：「妳喲，死相！」

「哎，哎。又怎麼了！」美倫回敬她一下，邊笑道。

「愛說就說，不愛說就不要做一個死相。討厭！」

美倫還是一笑。她實在自己也弄不清怎麼居心，竟這麼好修養起來。也許一個人——不，兩個人——在那樣的天邊看過了人間，再一覺醒來，便覺是夢；雖然疑惑不定，心裡卻生有一點仗恃，一點祕密，忍著才是喜悅，犯不著拿來說嘴。——說了出來就是一文不值了，畢竟祇是她妹妹。

六

下午不期然的下起雨來。

賜之照例給美倫電話，要她自己想辦法回去；下雨天，賜之的摩托車是不載客的。

美倫覷經理開會，託英珠代打卡，自己早一個鐘頭掛了溜號，她才不等著去擠下班時間的公共汽車。

車子到站的時候，碰上雨下得正大，美倫從車站一路跑回家，淋了渾身透濕。卻因為蹺了班，心裡痛快，哼著歌把自己弄弄乾，再去調理晚飯，等賜之回來就吃。

美倫一面快快切洗，一面幻想賜之進門後看到一桌熱騰騰的飯菜是怎樣驚喜；他一進來她就吻他：「沒想到我會比你先回來吧！」完全像電影裡那樣。

果然，桌子才擺好，賜之就開門進來了。

「啊！」美倫尖叫。「昨天才擦的地！把雨衣脫在外面不會啊？你不會脫了鞋再進來穿拖鞋呀？」

賜之皺起眉頭照著做了，又很聰明的自動脫掉濕襪子。

「你那個襪子還塞在鞋子裡幹嘛？還捨不得換啊？——啊！誰要你丟在這裡，幾個人服侍你！丟到洗衣機裡去！」

賜之看起來很不耐煩，卻保持風度的受了美倫的嚕嘛。兩個指頭小心拈起自己的襪子團，往浴室去了。美倫得理不讓，跟蹤而至。

「順便洗手都不會！」

他洗了手。

再無懈可擊。美倫放柔聲音道：「吃飯吧，我都弄好了。沒想到比你早回來吧？」

「就是！」賜之撇嘴弄眼，一臉壞相。

衝他那個怪腔怪調，又夠美倫摔碗了。可是賜之剛才的表現太好，美倫也被影響得有度量起來，就祇岔開去：

「這個豬腳是罐頭的，吃不出來吧。」美倫重重的加了料，完全不是那種甜得教人不放心的罐頭味了，很是得意。

「嗯，嗯。」賜之哼著。

「你喜歡吃豬腳，特別加菜，我今天蹺班。」美倫高興地說。

豬腳罐頭本來就是稀爛，一回鍋，皮、肉、骨頭全分了家。賜之筷子挑起長長一條皮放進嘴裡：「豬皮。」他說。

「和豬骨頭！」他撥揀了一塊骨頭丟在桌上。

美倫杏眼一瞪，晉賜之在找麻煩！正要拍筷子。

「告訴妳一件事，」賜之看也沒看她。「妳一定又罵我多管閒事。」

「嘖，還是不要告訴妳。」他自己又說。

「其實告訴妳也沒什麼。就怕妳跟莊美珠亂講。」賜之慎重考慮。

美倫還不知道他毛病，這時候最好是什麼也別說，讓他去天人交戰，他終於要忍不住的。

「我告訴妳好了。」賜之痛苦的下了決定，卻又嚴肅的加以警告：「可是妳不要想歪，也不要到辦公室去講。」

美倫不屑的看了他一眼，低頭繼續吃飯。

「行不行？不然就不告訴妳。」

美倫知道再忍一忍，賜之就會無條件說出，卻究竟沉不住氣：

「好啦，好啦。嚕囌！」

「今天下班我碰到白仙麗，就是那個妹妹。」

美倫一聽有趣，索性放下碗筷，凝神傾聽。

賜之辦公室裡出來的時候，正沒什麼雨，仗著一頂小鴨舌帽，以為夠了，反正雨衣在箱內備用，也不怕。可是走著雨一大了，他就停到騎樓下穿雨衣。巧不巧停在個酒吧隔壁兩間；一面換，一面看那邊圍了一圈人，他穿好雨衣，推著車子也擠去看看熱鬧。（美倫罵道：「就有你這種人！」）

是兩個吧女，兩個美軍，不知吃了什麼藥，正在酒吧門口大出洋相。圍觀的人紛紛說去叫警察，可沒人動一動。賜之旁邊一個人樂不可支，拍著賜之的肩道：「奇觀！老兄，奇觀！」（美倫罵道：「一定都是男人！」）

先看了幾個人瘋瘋顛顛是好笑，漸漸不對了。一個大兵扯著自己的褲子，一面伸手去抓吧女身上的布片子：「寶貝，這兒來，這兒來！」（美倫罵道：「豬狗不如！」）

忽然有人喊打：「媽的，揍他！」有人喊：「警察來了！」酒吧門一閃，出來幾個人抓住一個吧女往裡拖，另一個尖叫著也知道逃。

「情形很亂哪，」賜之感歎道。

「打起來啦？」美倫插嘴。

「怎麼會？就是一大堆人擠來擠去，又有人起鬨，鬼叫鬼叫。」賜之說著沒了下文，祇是用心吃飯。

「後來呢？你說看到白仙麗？」

賜之抬起頭，為難的看著美倫。

「有一個是白仙麗？」美倫猜道，一面心驚起來。

賜之點點頭。

美倫瞪大眼睛，失聲叫道：「那她被警察抓走了？」

賜之搖搖頭。

「到底怎麼回事？」

賜之因為推了車子，一直站在外圍參觀。看情勢一亂，就打算走。那個沒被抓回去的女孩，又哭又叫的從人堆裡鑽出來，一把扣住賜之的車把，嘴裡咿咿唔唔，顯然神智未清。賜之大吃一驚，正要擺脫，又覺好面熟。

「唉呀，我想：這不是對面的白小姐嗎？」賜之唱做俱佳，一隻筷子給他比劃得甩脫了手，「一下我也沒弄清是姊姊還是妹妹；真像，那個大蓬頭。可是救人如救火——」他停下來等美倫開罵，美倫偏祇是狠狠盯住他，不發一言。

「嘖，好吧，我是昏了頭！」他心虛的招了供。

賜之彎下去找筷子，就在桌子底下說起來：「我一慌。哼，還以為自己跟她一國呢。趕快拉了她，叫一個車子塞進去，自己騎摩托車在前面領路，把她送回來了。」筷子不曉得什麼時候拾到的，人可是到說完才直起腰來。

「喂，妳有什麼意見沒有？」賜之等了一會兒不見美倫發作，就問。這種不尋常的緘默教他食難下嚥。

美倫才解決了自己的半碗飯，拿起湯杓舀湯，並不理他。賜之又叫：「喂——」

「你能幹！」美倫哐地一聲扔下杓子。「哦，還要人讚美歌頌啊？英雄救美！那麼多人不找，找你——」

「妳這種人就是——」賜之的話給對講機鈴聲打斷。夫妻倆疑惑的互望一眼；賜之餘怒未息的去接聽，邊走邊說：「——心思不正。要妳不要想歪，不要想歪——」

「找誰？」賜之聲氣不善，「秦小姐？推門！」他狠狠按下機上紅鍵。

「誰？」美倫問。

賜之從鼻子裡哼了個不知道，走回去坐下。美倫站起來去開門，一面數落：「你懂不懂什麼叫禮貌？你有沒有風度？」

門開卻竟是白仙琪。

她還是今天辦公室裡的打扮：大蓬頭，七彩粉臉，削肩黑絲襯衫，黑長褲，腰裡扣一條寬皮帶；皮帶頭是兩隻小金手，大膽的從後面伸出來，交掌托住她的小肚子。

美倫一楞。白仙琪招呼道：「秦小姐。」美倫才醒過來似的，哦哦的忙著請進，給鞋箱裡翻拖鞋，又問吃過飯沒有。想想覺得未免殷勤過分，這頭才讓了她坐下，自己又跑開去收拾飯桌上碗筷。主客遙遙對答，說的全是廢話：

「外面沒下雨啦？」

「停了一會兒了。」

「剛才還好大雨。說下就下，不下就不下。」

賜之看美倫那個神經兮兮的樣子好笑又好氣，就推開椅子起身，打算代她去盡主人的禮數。美倫給他一動作倒被提醒，介紹道：「白小姐。我先生。」

「見過，見過。」賜之笑吟吟的走到前邊。

「就還不曉得貴姓？」白仙琪欠身輕笑道。

「晉。」夫妻異口同聲，又不約而同的廚房門額上橫軸一指。

「秦晉之好。好巧。」她身子一側，又靠回去。

美倫端來一杯冰水，旁邊坐下，白仙琪謝過，正色道：「今天特別來謝謝晉先生。小ㄋ一不懂事，唉！」她的聲音還是軟塌塌的，卻因為沒像平常那樣一字一拖，美倫頓覺順耳許多。卻奇怪她這樣的開門見山，倒不知如何應對才好，於是楞楞的望向賜之。

「呃嘿，」賜之乾咳一聲，「應該的，應該的。」又跟美倫解釋：「送——二小姐回去的時候碰到白小姐。」他還想告訴她剛才是沒來得及說，當著白仙琪又不便，祇好呃嘿呃嘿的繼續咳下去。

「好在我今天回來得早一點，不然還要更麻煩晉先生。」白仙琪再致謝：「真是謝謝你們。」

「我還是不大清楚到底怎麼回事？」美倫乾脆裝糊塗。

白仙琪飛快的瞟了賜之一眼，開始避重就輕的說起這事：她妹妹和幾個朋友喝醉了，賜之恰巧碰上送了回去。到了家卻不得其門而入，賜之就陪著小麗等，一會兒她回來，賜之把小麗交到她手裡才去。

「他說他是秦小姐先生，」白仙琪笑，賜之也笑；那時候慌的，深怕教誤會了去，草草敘述了拾到白仙麗的經過，自我介紹道：「我是秦美倫的先生，就住在對面。有什麼事可以來找我們。」忙忙的就走。現在聽她一提，賜之想起來還真有點不好意思。

「現在二小姐好點了吧？」賜之問。

「哎，好多了。」

「就是那個在航空公司做事的？」美倫問。賜之瞪她，她假裝沒看見。

「唉，我祇有一個妹妹，」白仙琪感歎起來：小麗念大學的時候就是這樣教人操心，做事也沒好好做過，「沒長性，這麼好的事，多少人想做，她又說沒興趣。不過我們就要出去了，手續在辦，她打算出去了回學校讀書。」

「去那一國？」

「美國。」白仙琪辦公室裡趾高氣揚的樣子又漸漸出來。

「美國現在不好嘍。妳也去讀書？」

「我還讀什麼書？我去做事，美國找事很簡單。而且我父母都在那邊，我們辦移民，小麗在那邊念書一學期衹要幾百塊，美國公民享受的權利很多。」她主動的說這許多，可還是美倫認識她以來頭一次。看她那種當然的神情，美倫無名火起。

「可是人家說，美國現在失業很厲害，人家美國人自己都找不到事啣。」美倫也不過是平常說話的調調兒，比上白仙琪的柔聲細語，就簡直是吵架。

賜之道：「手續很麻煩吧？聽說那邊大使館很刁難。」

「一點都不，」白仙琪擺擺手，「託一個裡面的朋友，一下就出來了。小麗下個月就走。」

美倫、賜之一時語塞。美倫忽然站起來硬繃繃的道：「白小姐喝不慣開水吧？我去切西瓜。看我們家連茶葉都沒有。」

白仙琪忙站起來說：「不用了，我該回去了。就是專門來謝謝晉先生和秦小姐的，改天請兩位過去玩，再教小麗當面謝謝。」

送走白仙祺，等賜之在身後關上門，美倫頭也沒回的問：「她來幹什麼？」

「幹什麼？」賜之把自己往長沙發裡一扔。「探口風！要妳不要到辦公室去亂講，反正她就要走的了。」

「我也這樣想。」美倫想起來生氣。「討厭嘛！誰要講她們那些事，你看上次我講了沒有。神經病！曉得這兩姊妹搞些什麼鬼？還說是×大的呢。見大頭鬼的航空公司職員，跟些大兵搞在一起……」

「好了，好了，管人家！電視開一下。」賜之半躺半坐的發號施令。

「你美夢！起來！去給我洗碗！」

「明天洗。」

「明天？你哪一次明天洗過？昨天的碗也是我今天回來洗的。」她過去拖他：「起來不起來？」

賜之賴著不動。美倫一邊拉他，一邊罵：「重得像頭豬，你要減肥——啊喲！」是賜之猛地往下一帶，翻身壓住她：「妳這個母老虎，看我怎麼整妳！」

咦？誰敲門！兩個人同時受驚坐直；門口站著美倫的寶貝弟弟，秦建國。

「非禮勿視。」建國說。一面自己拽掉鞋，帶上門進來坐下。

「你怎麼進來的？」美倫問。

「你們樓下大門沒關。這個門——」他拿根大拇指朝後一指，「我有鑰匙。」他把美倫藏在門墊下的備用鑰匙往茶几上一丟，「妳學媽啊，遲早要遭小偷！」

「你為什麼拿我的鑰匙？」美倫氣勢洶洶。

「這種姊姊！」建國對他姊夫慨嘆。他是一個瘦而長的青年，長著兩顆兔寶寶門牙，和美倫一點不像，據說他還有個閩南話的綽號叫「散仙」。「大家省事啊。妳看，妳不用來開門，我也不用叫門。要不是來得不巧，我根本也不必敲門。多好，妳看，多好！」

「吃飯沒有？」賜之問。

建國點點頭。口袋裡摸包菸出來，敬一支給賜之。賜之沒有癮，抽的「伸手牌」。建國站起來掏打火機，一面抱怨：「嘖，嘖。你們這個小器之家，待客的菸都沒有一包，還要自備。」

「漂亮吧？」點完菸，他把打火機炫耀給賜之看：「小莉送的。」

「欸，你這次還滿長久的呀！」賜之和他這個內弟老兄老弟慣了的。

「小莉？上次我們看到的那個呀？」美倫切了西瓜來。「嘿，剛剛還有個小麗惹了麻煩去。還是貴校校友。」

「幹嘛？哪一系的？」建國問。

「姓白，叫白仙麗，恐怕要高你一點，你聽過沒有？」賜之說，「大概也是個鋒頭人物。」

「嘿，我們班的。」

「又你們班的了，」美倫給她這個弟弟嗆死，笑噴得一手一臉西瓜汁，忙到浴室去拿毛巾。

「誰都是你們班的，也不先問問多大年紀，做的些什麼事——」

「哎，煩不煩啦。我真的和她同過班嘛，不信妳去問郭呆，他比我熟就是了。咈，咈。」他說到後來癡笑起來。一隻長腿伸出去，曖昧的輕踢賜之的腳尖：「怎麼會認識她？啊？咈咈，她現在幹嘛？」

「幹嘛？你們班的你不知道又問幹嘛。」美倫笑他。

「搞不過，這有什麼好蓋的。」建國急得三字經出籠：「他媽的，這是我自己姊姊姊夫，換了別人問，我還不承認呢。」

「為什麼？」

「媽的，丟臉！」

「秦建國，你不要一直講髒話！」

「媽的算髒話啊？」建國跟他姊夫做苦臉，「又愛問又要罵，搞不過！」

建國承認跟白仙麗沒什麼認識，可真的同過班。她的事他全是道聽塗說，二年級給學校開除的事，他可親眼看過布告。

「她根本難得去上課。我第一次知道和她同班，還是郭呆告訴我的。」郭呆是建國小學同學，一直要好到現在。「他媽的，郭呆跟她出去玩過。他們都叫他乖寶寶。」他向賜之擠眼睛，咈咈笑得像隻猩猩。

「為什麼？」美倫問。

建國笑半天，跟賜之說：「他祇溫了她，沒有和她睡。」他沒理會美倫的哇哇叫，繼續和賜之討論：「你們怎麼會認識她？」

賜之把事情講給他聽。建國說：「其實她以前不被開除，在我們學校也混不下去了。當面就有人喊『公共廁所』，真是聲名遠播，我成大的同學跑回來都問我：你們學校是不是有個叫白仙麗？——女孩子搞到這樣也是慘；自己不檢點，人嘴巴又壞。後來聽說她還鬧過自殺。不過她家裡也應該負點責任；郭呆說她媽媽跟個黑人在一起，她姊姊好像也不怎麼樣。」建國搖搖頭，竟有點悲天憫人的味道。

「你想，」建國又說：「台北這麼小，走來走去都碰熟人；你是小學同學，他是中學同學，什麼人什麼底細，一下就——」他五指一張，做了個揭穿的手勢，「瞞得住啊？媽的，郭呆最呆，他本來還很認真呢，給人家笑得要死。可憐哪！」

誰可憐？郭呆可憐？白仙麗可憐？……美倫忽然心裡不豫起來。

「人的嘴呀！」賜之歎道。

建國是替秦太太來拿會錢的，扯淡了許久，終於回去了。又贜小夫妻倆。

「我就在奇怪，白仙琪幾歲，她妹妹又幾歲，怎麼就大學畢業在航空公司做事了呢？」美倫還在講，「都是鬼話。姓陸的姓參。還說移民，去去，不稀罕這種人！」

「出去也好，她們在這裡也不好待。」賜之說。想想又要警告：「美倫，有時候不說話，就是替人家說好話——」

美倫反身勾住賜之的脖子：「不會到辦公室去亂講。」她保證道。

七

午間女士的聚會。

「白仙琪為什麼要辭職？」

「說是要去美國。」
「這樣子她何必巴巴的考進來做幾個月呢？真是！」
「欸，這個妳就不懂了，人家說不定是使的障眼法。」
「積點德好不好？」
「什麼，什麼？我沒聽懂——哦，妳是說總經理……」
「別亂講，誰看到了？」
「我昨天看到她跟一個老頭子在藍天，我特別彎過去她那裡打招呼，她說是她乾爸爸。」
「開綠車那個，聽說是乾哥哥。」
「秦，妳真差勁！一條巷子裡住，一點新聞都沒有。」
「怎麼沒有？」美倫說：「她貼了售屋，妳們哪個要買房子？跟我做鄰居去。」她說著笑了起來。沒有聽見最那頭一群男同事說：
「她們哪，整天張家長，李家短，從來不說人家一句好話！」

掉傘天

星期六的中午。

「喂呀——」紗門不情願的嚷嚷，到底也就是一順手開了。兩步台階下，稀稀落落幾樣不值錢的盆景。小院子整個鋪上了無情無趣的水泥地，也就是討個容易收撿。

「帶了傘去吧，這天看是要下雨咧。」管太太拿起女兒擱在茶几上的兩截傘叮嚀道。雲梅一腳門外，一腳門裡，聞聲轉過臉來，帶了幾分不耐的顏色道：「早上帶來帶去，也沒有一滴雨。」卻還是不放心的接過手來。手袋差了一點，擠不進去，只好勾著柄上的絆絆，和手袋一併拎著。

「香菇記得拿了？」雲梅已經走到大門口，管太太追上兩步，隔著紗門叫道。雲梅身子也沒回，祇僵僵的朝紅漆大門點了點頭，一面起門出去了。

雲梅走了好一會，管太太兀自傍紗門立著，彷彿還有些牽掛的模樣；香菇是徐姨媽託人帶來的港貨，一朵朵碩大清香，怕不是真的家鄉蘼菇。自己捨不得吃，教兒子拿了一半家去。今天給雲梅揀了二十朵——原是二十五朵，心一橫，又拿了五朵回來。淺淺的裝了一透明塑膠盒子；盒子先頭盛過芝麻餅，幸而盒蓋上祇凸起有「洪記」的字樣，並沒有洩了底去，所以看相是有的，就怕教人知道不是原裝。「那土包子難不成敢笑我？橫豎雲梅吃的是家裡。」這麼一想，管太太就寬慰了。也不是對兒子偏心，媳婦可不是省事的人，多少要招呼著點才成。

「走啦？」管先生燃著他的「飯後一支菸」，慢吞吞踱進客廳，伸手在電視機上摸他的加光鏡子。

「嗯。」管太太漫應了一聲。依依的離開紗門，自顧自的從沙發上撿起報紙，尋著刊明電視節目的角落，迎光舉得老遠道：「〈三娘教子〉。演來演去這幾齣。台視就是個徐露，總也算不錯的了。薛保不知道誰演？」一邊自己輕輕的哼將起來：「老薛保，進機房，雙膝跪落——」管太太參加過票友社生旦都來上幾句，唱得全的，老生戲就數〈三娘教子〉，青衣就得〈賀后罵殿〉，正好一樣一齣，偏就從來沒能粉墨登場。

「士品，你記得吧？那年所裡同樂會，要我演薛保，還拉拔雲梅演倚哥。我說不成，哪有給孩子做奴才的，三娘嘛還差不多。他們說本來也是這麼一回事，孝子孝女呀。後來到底沒演成，真是……」

管先生是個瘦長個子，家常穿了件麻紗汗衫，下面藍白條紋睡褲。夏天裡，睡覺、走街坊都是這副打扮，等閒不換下的。每個星期六下午，他都有節目：兩百塊錢一參，真正的衛生麻將。退休了這兩年，自覺是個老朽了，也就麻將桌上還能激發點興致。打得大了，心理有負擔，管先生是不來成的。這下裡看看時間差不多了，拿齊眼鏡、香菸、火柴，不再理會管太太十幾年前的遺憾，道聲：「走了。」一舉手，稍用點力，紗門又是「喂呀——」乾乾的一個哭頭。

這裡是發展中的新社區，阡陌交錯著一式的公寓房子；火柴盒子似的方正四層樓，一面嵌著藍色白色的美麗磁磚，一面是灰頭土臉的水泥本色，齊齊整整的漫了好大一片。一眼望去倒有幾分壯觀，再看，卻不免有些寒傖了。

雲梅在巷口的西點麵包店裡停下，隨意揀了一盒西點。承管太太的教誨，雲梅在這些地方素來小心。維聖在家的時候倒也罷了，他一走，她就格外謹慎。雖然捺不下性子每星期來，隔個把禮拜總也要走動一趟！媽媽的意思，自己的意思，多少帶上一點，也教維聖回來了大家好做人。

維聖家從巷口進去還有好遠。雲梅覺得半個鐘頭的車子把自己坐累了，走起來竟有點吃力。手上多了個點心盒子，一把傘愈發的惹人嫌；雲梅左手右手的換著拎，一時煩躁，直想扔了去。可也就是想想罷了，她做不出來的，她素來都只轉轉念頭，從來也不怎麼見行動的。

結婚兩年多了，雲梅還是沒沾一點太太氣。身材高而苗條，長髮輕輕巧巧的在腦後挽了一個髻，露出輪廓秀麗的白淨臉蛋，鬢邊一邊垂下一綹青絲，看似漫不經心，卻也極顯韻致。她從不參加學校同事間那種「我先生如何如何」的談天，倒不是有意隱瞞已婚的身分，祇是——唉，維聖這個人，教人說得上什麼呢？

當初怎麼和維聖好起來的，雲梅也記不清了。她有什麼怨的呢？她自己認識的人，結婚前足足交往了七年，再怎麼不好，都該認了。況且，維聖哪一點不好？哪一點拂逆了她呢？

「管老師，管老師！」王淑娟一路趕了上來。她是學校裡這學期才來的，也教國文。生的一張不出眾的扁平臉，又不曉得妝扮，幾件衣服扯在身上總覺欠周正。和雲梅上下年紀，卻連個對象也沒有。雲梅是個俐落人，一逕收拾得清清爽爽的，又受學生歡迎，很惹王淑娟的氣。偏是雲梅和同事少交道，雖然也聽說些雲梅婚姻不美滿啦什麼的閒話，總是隔靴搔癢不怎麼痛快。

王淑娟任導師，今天上了第四節的級會，硬得到十二點十分才下課。家住得遠，索性督促學生掃除，然後自己吃了飯回家；多耽擱了一會，不想竟在這回家的路上遇到了雲梅。難免有些興奮，一疊聲的道：「不知道管老師也住在這裡，半學期了，一次也沒碰到。不過妳課排得好，全在上午，天天都是半天班，不像我，兼了導師，還給塞了兩班公民，又是最後一節，還趕著和學生擠車。」

雲梅一時之間也不曉得要答她些什麼，祇好笑了笑說：「我就住在學校後面。我先生的父母親住這裡。」

「哦，對對。我聽說管老師住娘家；管老師先生好像在美國吧。——說是去了好幾年啦？」小眼睛一滴溜，直巴望別人是棄婦似的，那嫁不出去反倒高明些。

「這趟走，怕還不到一年呢。」雲梅說起這個就心煩，維聖走，竟像是她逼著去的。

前年暑假，維聖拿到碩士，隨即應了母校的聘回來。順理成章的和雲梅結了婚。原說好小兩口搬到新竹就維聖的，卻是雲梅學校裡留得著力，管太太又是一個寶貝兒子自立了門戶，愈發捨不得女兒。三說四說，開學以後，雲梅竟照舊住在娘家。每逢週末，維聖趕火車回來，她從家裡過去；多是星期天晚上夥著出來，再就各走各的。也有到星期一早上走的，雲梅卻因為頭兩節有課，很不喜歡這樣趕。吳家倒拿這大媳婦當回事，騰出正房給他們，吳太太為他們置了全套新家具，沒教小兩口操一點心。若是他們回家的日子，就大家避了開去，唯有吃飯才來招呼。兩個人一週一次新婚，雖然談不上幾句話，架是無論如何不會吵的。

那天也怪維聖，吃著晚飯，好不端端的提起一止，說一止回了趟學校，問雲梅的好，還要雲梅給作媒。「我問他要怎樣的小姐？」維聖拿筷子比劃著。「妳猜他怎麼說？哎，妳猜他怎麼說嘛？」雲梅聽不得一止的名字，當著維聖父母弟妹一大家子人，卻也不好發作。搖搖頭不耐煩的道：「誰曉得。」維聖一點沒看出端倪，笑吟吟地接口道：「他說和妳一樣好的。否則就打一輩子光桿了。」想了得意，又好笑了幾聲。

雖說一止的回答早已料到意中，雲梅仍不免機伶伶的一震。維聖的幾聲乾笑聽在耳裡，更是心如刀割。勉強支撐著，待話題從一止身上轉開，就藉了頭痛下桌回房。維聖跟了進來問東問西，十分殷勤。雲梅有苦說不出，心一酸，眼淚撲簌簌直往下掉，先前強吞下的幾口飯，經不住抽噎，胃裡一翻，全吐了出來。害維聖慌得手忙腳亂，祇是不知如何伺候才好。雲梅到底過意不去，費了大番工夫，才勸得他回桌吃完飯。

維聖再進房的時候，態度又是不同了。雲梅朝裡躺著，祇裝作不曉得他進來。「咔擦！」是維聖把眼鏡擱在床頭櫃上的聲音。雲梅心裡一驚，暗忖他總不會剛吃了飯就待怎麼樣吧——雲梅向來受不了維聖這個摘眼鏡的預備動作，活像擺明了說「我要吻妳了」什麼的，叫人覺得不有所拒絕，便失面子似的。

心裡一緊張，猛地翻身，倒正趕上維聖湊過來，躲也躲不掉，祇得由他。一股子混合菜味衝進口鼻，隱隱還覺得他齒縫裡殘留了肉絲。雲梅又是一陣噁心，用力推開維聖，就床沿趴著，可也沒什麼吐的了。維聖教她突如其來的動作吃了一驚，慌忙問道：「怎麼了？怎麼了？」雲梅躺回枕上，懨懨的說：「想吐。」卻見維聖有些喜不自勝的模樣，不覺有些納悶。維聖做事謹慎，總也留心她的辭色，這上頭從來沒有勉強過她的，這次不知怎麼，竟又不知趣的伏下身來，親她的眉眼口鼻，一隻手還沿著雲梅的小腹往下探。雲梅刷地打開了他的手；氣極了反倒不知道要罵他些什麼，直把眉頭鎖了個一字。維聖卻仍是傻呵呵的笑看著她，好久，雲梅才從牙縫裡迸了幾個字出來：「你，你是瘋了！」

「人家說懷孕的女人都是脾氣不好的，妳可別氣壞了，不惹妳就是。」維聖難得的油嘴起來。雲梅不禁失笑了，這書呆子胡說些什麼？「誰懷孕了？不要亂說。」

「我媽媽說的。」

「亂講。我自己都不曉得，你又知道了。」

維聖那裡堅持是有，恨不得立時帶了她去檢查；雲梅這裡又是怕又是惱的非否認了不可。兩個人僵持不下；雲梅煩不過，又嚶嚶的哭了起來。自己也詫異著，哪來這許多眼淚。維聖教她哭得心軟，祇是低聲下氣的陪小心。雲梅的氣本來也沒全平，他一逕的嚕嚕囌囌，逗得火又往上衝。心裡想：好吧，全扯開了吧。吳維聖我根本就不喜歡你，一天沒愛過你。你要怎樣，離婚了吧。

嘴裡畢竟不敢說，光嘟噥著：「受不了，我再也受不了了。」越說越覺是實，竟至搥胸頓足的號啕起來。心裡倒還清楚，一直奇怪著自己怎的如此潑辣。

「你根本不愛我，我真不知道你為什麼要娶我。」雲梅把自己的錯全賴到維聖頭上去。「每個禮拜趕來睡一次，就是要我生小孩？你是休想！噁心！噁心！我再也受不了了。你們家裡的人怎麼看我？每個禮拜六來睡一次。哦，天哪——」雲梅說得語無倫次，反反覆覆的祇是怨維聖不愛她，不了解她。「我們兩個人講的是外國話，你不懂我的，我不懂你。哦！天哪——」中國女人哭起來都有驚人的聲勢，也不要旁人傳授，自自然然就呼天搶地鬧得不可開交了。

雲梅活了二十幾年，從來沒這樣的哭過鬧過，一時之間倒也覺得有幾分痛快。卻究竟不是這種性子的人，一些話翻來覆去的說了幾遍，越說越心虛。偏是維聖笨的；原先還坐在床邊囁囁嚅嚅的勸慰，這會兒索性站得老遠，眼鏡也架回了鼻梁上，一言不發，怔怔的望著她。

維聖長得本不活潑；長方臉，厚嘴唇，細小眼睛，鼻梁雖是挺直的，一副寬邊眼鏡卻是缺點優點一併遮了去。這下垮了張臉，益發的看了喪氣。身上條子襯衫讓雲梅揉得稀縐，一只衣角拖拉在西裝褲外面。凸腹彎腿的站著；那腿可不是朝前彎的，腿肚子硬繃繃向後撐，膝蓋緊直，腳掌平行，活像立了根樁那裡。

雲梅早就哭過了興頭，祇是不甘這麼虎頭蛇尾的就收場，因而死勁的吸著鼻子，不時打個冷顫，以增聲勢。想等維聖兩句中聽的，也就算了。她實在忘記這事怎麼開的頭了。

「我要回家，我要回家。」雲梅踢踢拖拖的說，聲音是微弱的。維聖忙道：「我送妳。」雲梅看他不像賭氣，何以說出這樣教她下不了台的話？——是了，他以為但凡順著她就是待她好，不知道女人都有點口是心非的毛病。在一起幾年了，連這點心都不能有體諒，還鬧些什麼呢？雲梅忽然覺得周身發冷，從心底開始，一陣冷似一陣。這裡不是她的家；桌椅床鋪，沒一樣是她的講究，壁櫥裡空空蕩蕩，祇有三兩件替換的衣物。她瞪大眼睛四面梭巡，總想探它個究竟，可是淚眼模糊，卻再也看不明白了。

維聖看她靜了下來，卻仍蜷曲在床上，長髮披散著，臉色蒼白，牙關緊咬，一個寒顫接一個寒顫。心裡真是痛，恨不能把她攬在懷裡揉她親她，他要罵她，怎麼這樣折磨自己，折磨他？可是他到底不敢，好不容易雲梅才歇了氣，何苦又去撩撥她？她要回家，回家她就不氣了，當然還是送她回家。自己再捨不得，再有什麼體己話，也得忍下，總要雲梅稱心才好。

第二個禮拜六，雲梅沒有過去。維聖來電話問，祇說人不舒服。維聖巴巴的來接，雲梅竟連見都不見。

雲梅不說，維聖根本說不上來。管先生、管太太不曉得小兩口鬧的什麼彆扭，竟是勸也無從勸起。

第三個禮拜，雲梅參加了學校的旅行，事先連個信兒都沒給維聖。雲梅並沒記恨成這樣，她只是不習慣和維聖一一交代；下意識裡是不是躲著他，可就不曉得了。卻是可憐維聖，又怏怏的回了新竹。

沒兩天，雲梅上午下課回家，還沒過二門，就聽到管太太的聲音道：「她是嬌壞了，你脾氣好，哄著就沒事……」雲梅推開紗門進去，卻見沙發上端端正正坐著維聖，管太太一邊陪著說話呢。雲梅正想問他怎麼這時候回來了，學校裡的課呢？維聖誤她怪的神氣為嗔，慌忙站起來道：「雲梅，我知道你氣我，可是我有點事——」雲梅喫他這一說，剛剛打算的問候竟像親切得不妥了。因而呆了呆，一時也不知如何是好，祇得接他的口道：「什麼事？」顏色頓時冷淡了許多。

管太太見他們釘對釘，板對板的，想是礙著自己的緣故，忙道：「你爸爸在對過張家聊天，我去要他回來，張羅一下好吃飯了。」一面起身走了出去。她是深深放心的，女兒明事理，女婿又肯委屈，嘴是笨了點，這不打緊；男人頂重要的是老實，雲梅從前那些男孩子，哪一個老實得過維聖？

「雲梅，」維聖有備而來，這一席話穩定要說得漂漂亮亮。「我有個機會再出去念點書，我——做點研究——，妳知道——學些新東西也是好——這樣好——」

雲梅定睛看著他，像是一心一意的在聽。維聖教她望得心慌意亂；說辭雖然不脫盤算的一套，卻是大亂了章法。講了一會也就住了口，心裡很覺窩囊。

「是好事啊。你不是比較不喜歡教書——」雲梅不忍他難堪，放柔聲音，慢條斯理的斟酌起句子。哪知維聖耳裡聽來卻是一派不在意下的聲氣。

「我知道，」維聖粗聲粗氣的打斷了雲梅。「妳嫌我煩，我走得遠遠的最好。」

「你這是說的什麼話？你愛走不走，我管得到你？」

雲梅的聲音一高，維聖立時就閉了嘴。這是他的老法子，對付雲梅突如其來的脾氣是再靈不過。雲梅果然不再說話，卻是一抽身走了。

管太太，管先生，一前一後的進了屋，就見維聖一個人在客廳裡。管太太不經意的道：「雲梅呢？」維聖不曉得要怎麼說，站起來看看管太太，又看看管先生。鏡片厚，小眼睛不會說話，沒能表達出幾分難為情。

管先生笑著招呼：「維聖，說是又要出國了。好，年輕人多歷練歷練。」維聖本想告訴他，也還沒決定，卻祇點點頭，隨管先生重又坐下。管太太興孜孜的廚下忙去了。

「管伯伯，」維聖向來不慣爸呀媽呀的喊兩老。「要伯母不要忙了。我一下就走。」

「吃了飯再說，好久沒在這兒吃飯了吧。今天有菜。」

「不用了。」維聖想不出好藉口，可又實在坐不住。「真的不用。——還有些手續的事——」

「吔，不是說還沒有嗎？」管太太拿了碗筷來擺，插口道。一面喊：「雲梅，來幫忙擺桌子。」又下去了。

「嗯，也就是這一兩天——」維聖含含糊糊的說，也不曉得給誰聽的。管先生弄不明白，隨他去了。維聖站起來告辭，管先生體諒他事情要緊，不再堅留。管太太後面聽見，忙跑了出來：「什麼！吃了飯走。」一下子會過了意道：「又和雲梅生氣？——這孩子！」

「士品，招呼著鍋裡。」管太太覺得雲梅鬧得不像話，看是不能不說她兩句。

「伯母，伯母，」維聖急了，顰眉嘸嘴的告著饒。

管太太看看她這好女婿，不覺幽幽歎了口氣，她能怎麼說？——「我女兒就是個怕硬不怕軟的脾氣。你罵她兩句，捶她兩下，拿點男兒氣她看看！」當初還不是怕雲梅這性子要吃虧，才歡喜她交了維聖。做媽的哪個不疼女兒，這話怎麼說？

「有時也不要太讓著她。」管太太說這話，像是臉上挨了自己一個巴掌。

維聖似懂不懂的點點頭，道：「過兩天我再來。」管先生、管太太送到門口，勉勵幾句，畢竟教他走了。

維聖的申請很快批了過來。這些日子維聖一直沒回台北，拿上課和研究的事忙著，還寫了一篇報告寄到IEEE發表，心裡很有點成就感。可惜這份快樂雲梅也分享不來。一面賭氣，一面也實在是機會，維聖出國的事搞得很起勁。卻是不知怎的，心頭老是悵悵然。但他究竟是個學科學的，這樣情緒上的瑣碎還難不倒他。

維聖等訂好了機票才覺理直氣壯又能去找雲梅。他存了分示威的心：「誰要她這樣給我臉色，一點小事罷了。」卻又實在有揮不開的想念；大半個月沒見她了，她還好嗎？

正巧雲梅一個人在家。開門見是維聖，臉上就笑盈盈的，心裡高興他到底來了。才讓著坐下，又繞到維聖身後，彎下腰，用手臂勾著維聖的頭頸，膩著聲音道：「還生我的氣呀？」維聖心裡納悶，明明你生我的氣嘛，卻是祇會搖頭，雲梅就他腮上親了一下，道：「我說不會嘛，媽還整天嚕嗦！」

雲梅這個喜怒無常的脾氣，不曉得教維聖吃了多少苦。若是維聖不痛快，逢上雲梅高興，三兩下就敷得維聖妥妥貼貼；若是雲梅心裡疙瘩，維聖就祇能慌了手腳。雲梅卻還傷心，憑什麼他生氣——這也難得就是了——她就活該得逗他；她生氣，他就只知道發傻，終要讓她沒趣的自己妥協？

維聖受了抬舉，滿腹委屈就待吐了出來，可又沒把握，保不住雲梅要變臉。憋了一會，還是忍不住嘆口氣道：「唉，都怪我太愛妳了。」話才出口，他又恨不得吞了回來；肉麻不去說它，言下還像派了雲梅的不是，他真沒有這個意思的。

果然，纏著脖子的兩隻手一鬆。

卻又到了頭上，順著頭髮輕柔的往下梳。雲梅的聲音像在好遠好遠：「你從來也沒說過。」維聖拿她兩隻手下來，放唇邊吻著，他心慟得要哭；她怪他沒說過？

「記得吧？感情是不能說的，要雙方去體會出來才真，說出來就假了。」

多少年的話了？他還記著，金科玉律一樣的記著。雲梅可也沒忘，自己怎麼得了這些話的靈感。那時候說的那裡祇這麼幾句？還有呢，什麼「『我愛你』這種話最肉麻最俗氣。」「一眼就知道自己一輩子的感情在那裡了。」……一大堆的文藝腔。維聖自問沒有這樣的見地，拿她高高的捧著，滿心祇是佩服，全數和公式一齊記在腦子裡。維聖行事不離原則，怎麼想得到雲梅是教一止的態度弄得五心不定，自生些議論，在維聖跟前胡說說罷了。

「妳真的很好，真的很好……」維聖喃喃地說。雲梅搖頭，他看不見。「我知道妳不快樂。妳不快樂，我也高興不起來；可是我又不知道怎麼問，問了妳也不會說。我想一定是我不好，我懂得太少。那天，妳說我祇知道電腦的Language卻聽不懂妳的，我好難過。我沒有妳聰明，把那些書上的話用得那麼好，妳說的我雖然沒想過，妳一說我就曉得了，妳信不信？

「結婚的時候，學校配了宿舍給我，我好希望妳和我一起到新竹。那房子妳沒看到，很小，有個院子。兩個人住一定很舒服。後來讓了別人，我每回經過，總還覺得是我們家，妳說傻不傻？

「我一直不喜歡教書，太死板了……」

維聖反正是背對著雲梅，就權當她不在吧。在美國，在新竹，天天對著雲梅的照片還要說上好一會呢。他是真亂了方寸，想住嘴都不成，拿些話說得顛三倒四，祇是東西南北的扯淡。

雲梅站他後頭，兩隻手遭他拉著，卻是連眼淚也沒處揩，任著它斷線珍珠似的往下掉。維聖那裡問對不對？是不是？她也不敢接碴，祇怕自己就要哭了出聲來。

維聖說起有一回他們在碧潭划船唱歌，旁人都看著，他又不好意思，又覺得得意。說起他頭一回吻她，慌得不識滋味，怕不教她笑了去。又說起別的。

「娶到妳，真是我的福氣。妳這麼漂亮，這麼聰明，我一直到結了婚還不相信自己真有了妳。妳卻像討厭我，我罵自己多心，妳要是討厭我，怎會嫁給我呢。哦？」維聖終於回了頭。

「唉，唉，怎麼哭了？」維聖趕緊起身繞過沙發，還差著一步呢，雲梅就倒了過來，維聖伸手一攬抱住她。腦子雖不怎麼弄清楚了，卻分明知道雲梅正貼在他的心頭，伏在他的懷裡。心裡也是酸，也是甜。拿手撫著雲梅的頭髮輕輕的道：「……也許該換個環境，祇有我們兩個人……等我到了美國看，想辦法妳也……。」

雲梅沒有細聽他的說話，只有一句「換個環境」像個木鐸似的在她腦裡敲了一響，餘音嫋嫋，久久不散。該換換環境？——對了，離開這裡，去一個柴米油鹽樣樣得親自操心的地方，去一個日子裡只裝得進維聖的地方……

「唉，我不好。明知道妳不喜歡去美國。妳不要生氣；每次都惹妳生氣——我馬上走了，妳一個人也自由自在的過一陣子。」

雲梅倏地抬起頭。她恨得咬牙切齒，暗想：「吳維聖，你要說的是真話，就蠢得是頭豬；你要說的是假的，就是刻意的諷刺，來報仇的嘛？」當下臉一寒，推開了維聖。卻也沒說什麼。

維聖滿心沮喪，想是果然又得罪她了；像這樣的水火不容，分開一陣子也好。

雲梅拿下髮夾，把長髮理一理，重又束上。維聖扶扶眼鏡，整整衣襟。雲梅進浴室去胡亂的洗了一把臉，帶了幾張手紙出來擤鼻子。

兩人各懷心思，卻祇自己檢點了一下，便坐下計議維聖出國的瑣事。除了雲梅不時忍不住的打個淚噤，那些齟齬，那些溫情，竟像是從來沒有過。

等維聖真的走了，雲梅想起事情的前後因果，不禁慚愧：「我是素來知道他的，為什麼要故意曲解他的意思呢？要怪他不了解我，我有沒有給他機會了解我呢？……」

這愧疚一日深似一日。尤其收到維聖一週一次寫報告似的信，說他在那邊好，要她不必掛念，她就掛念得分外厲害。

是維聖才走的中秋節，雲梅下午過了不久，竟接到維聖美國打來的長途電話。

「雲梅？我是維聖。」

「什麼事？什麼事！」雲梅嚇的。「越洋電話」就是奪人的先聲。

「——沒什麼。妳——過節好？」

「好。你什麼事嘛！」雲梅簡直在喊。

維聖又問他爸媽的節，說自己有人請客，才分吃了月餅……。雲梅氣急敗壞的截住他：「這是越洋電話呀。你到底有事沒有？」維聖仍是一貫風平浪靜的低調門：「沒事。祇想聽聽妳的聲音，和妳說說話——再見。」

沒幾天，收到維聖的信，說那天怕是醉了，要雲梅別生氣。雲梅又是一場好哭，要不是她不講道理，他何苦去受那異地孤寂的罪？

雲梅天天拿這些個念著；一止在她心上打的那死結，雖然也不曉得還在是不在，竟不致常要糾結的痛了。

「王老師，我這裡要右轉，倒數第二家二樓，進來坐？」雲梅說。

「不了，不了。我就是下面一點。管老師來玩。」王淑娟有點遺憾。卻也祇得道再會，各自去了。

還是一式的房子，照樣的面面相覷。任你左轉右轉，竟是轉在一樣的風景裡了。

雲梅按了對講機，裡邊問也沒問，就「叭——」地響起開門的訊；那聲音又長又亮，午睡的巷子裡聽來很是嚇人，雲梅忙用力一推門，教喇叭靜下；進去以後又朝後一蹬——碰！

「雲梅，來啦。」二樓上吳太太開門迎著。婆媳算是相敬如賓。

「哎。」雲梅把手上的零碎擱在鞋箱上，騰出手來解鞋絆。「媽說這個要我帶來——」

「妳媽媽太客氣了，真是！」

「維賢呢？」

「打球去了。」

「維芬呢？」

「學校裡沒回來。——雲梅，還帶點心啦。我們娘兒倆吃吧。」吳太太要倒水，雲梅搶著去了。吳太太趕緊想起了說：「有你們一張訃聞呢。姓方的，維聖同學吧，怎麼這麼年輕就——」邊去拿了來。

「方？」維聖同學她祇曉得一個姓方的；雲梅把兩杯水端端正正的擺在桌上。拈起那張訃聞道：「方一止。媽記得吧，瘦瘦一個，來過的。」

是啊，一止來了又走了，他只是她命裡的過客，早曉得駐不長的。他生來就是為作弄她，她一顆心定了，他在人世的事就算了了。

「沒想到去得這麼早。」雲梅心平氣和的感歎道。多少年的磨難到頭來是個這樣的了結。她拿一根食指輕劃著訃聞上的紅框，框裡邊毛筆端寫著：吳維聖　先生夫人雲梅心裡早已不知給一止送了幾次終，哪怕這樣，早個半年，還是連一止的名字都聽不得。一止是雲梅心底的瘀傷，沒有膿膿血血的創口，卻是碰也不能碰。她成日瞪眼瞧著，就看有沒有人來招惹，一點點動靜吧，就是拉心扯肺痛得不能忍耐。哪知一陣子忘了顧它，那瘀傷已自漸漸散開，想痛也無從痛起了。

「不曉得什麼病就是了。」吳太太拿過訃聞，翻開來又看了一遍。「給維聖寫信的時候提一聲。」

「要的。」雲梅又從吳太太手上接過來，擱在自己面前的茶几上。仍是伸了根指頭在上面，一心一意描著圈住了維聖名字的框框。她也圈在框子裡頭，可是姓名不彰，就「夫人」兩字說的是她。

「也不一定就是病。」吳太太真心惋惜，竟擱不下這個話頭了。「難為父母哦！」

「一直聽說身體不好，」雲梅應道：「從前像害過肝病。」

一止那次生病，還是頭回維聖在美國來的消息。

「陳景明前天到普渡，談到方一止病了。是肝病。……大家都是好朋友，希望妳能抽空去看看他，他住在台大醫院……」

她可以不去的，畢竟還是去了。「現在說不定人家都出院了。管他，對吳維聖還個交代就行了。反正要到重慶南路去買書……」雲梅一路寬慰自己，祇把對一止的牽腸掛肚不提。

却是近著近著，情就怯了。

一止、維聖這些人是雲梅高中校友會郊遊裡認識的。那時候雲梅才從尼姑庵似的女校裡放了出來，玩心正大，很交了幾個朋友，倒都是一夥兒出去玩的多，哪裡把一輩子的事此刻就掛記著了呢？一止風趣活潑，長得又得人緣，要風是風，要雨是雨，就也不願受羈縛。所以兩個人相惜的情是有，卻是誰也不說。

維聖開始就對雲梅有心，偏這感情的事很教他難堪的，便祇是定期寫封問候的信，回台北來一定報個到，在他就是盡了「追」的份。雲梅當他是朋友，也存了幾分「擱著」的私心，卻不大有興趣和他單獨出遊；要是維聖一個人來邀，就延著家裡坐，也不過看看電視，讀讀書，話都不怎麼投機的。管太太一邊留了意，心裡喜歡維聖知禮，就很鼓勵他們來往。雲梅和維聖的交情竟算過了明路。

一止給女孩子慣的，好些地方難免不忠厚。他雖然沒有正理八經的追求雲梅，卻常常要生個三言四語來撩撥她。他又雜學廣記很有些歪聰明，雲梅偏佩服這樣學理工又能講文學的人，竟是為他傾倒；明明是輕薄的舉止，在她眼裡也自有一番倜儻風流。一止卻時而近，時而遠；有時說些若有所影的話，有時又完全不搭理她，雲梅恨得牙癢，拿他也莫可奈何。這個維聖呢？說他在身邊吧，又老教人覺不及，說沒有他吧，就連管太太嘴上也常掛著。

就這樣，三個人一天天拖了下來。雲梅到底是女孩子，不免要想想結局；一止是沒有一句正經話的，她可不是一止的對手，雖說傷心，還好一兩年來也沒露出什麼，就幾次的下狠心去冷淡一止。可是從來也不怎麼見親熱的，哪又顯得出冷淡呢？不過自己心裡頭鬧鬧，維聖一邊跟著倒楣罷了。再祇要一止多笑看她兩眼，說上幾句瘋話，又不禁生些希望，癡癡傻傻的和自己過不去了。就還是一樣。

再後來，他們畢業了服兵役；她也畢業了去教書。維聖還是規規矩矩的按時聯絡，一止就短了音訊。維聖卻因為從前大家在一起的，一止又是好做話題的材料，倒常在雲梅跟前提起。雲梅對一止的心也就忽冷忽熾，祇從來沒平息過。

維聖出國前，管太太有意思要先訂了婚去。雲梅不肯，她跟管太太說不願意就這樣被拴著了。——其實不拴著，又能跑哪兒去呢？她心裡裝不進別人的了，一止卻又在哪裡呢？

「這有什麼好怕的，大家都是好朋友，吳維聖要我來的嘛……」雲梅站在病房門口，手冷心跳，竟像是大難臨頭了一樣，心裡又氣又慌，真恨自己沒用。她有點近視，又不戴眼鏡，看病房裡六張床上都有人，也不曉得哪個是一止。病床邊倒多半有人招呼，一止家裡頭卻也沒有認識她的。恰好走了個護士小姐出來，她忙過去請問，那護士睨著眼睛一看，伸手朝裡一指，沒說話就走了。雲梅雖然沒弄清楚，有了方向倒也好找，就老著臉直直的走了進去。等到走近了，才見那個人半坐半臥在床上望著她笑，神色憔悴些，形容也愈發清減了，一止卻還是一止啊。雲梅早打算好了如何應對；她要微笑著淡淡地道：「好久不見。聽說病了。代吳維聖來看你。」久別重逢的喜歡卻一下子全湧了上來；笑才堆上，想起經年相思的委屈，臉又待往下垮，怕在他面前露了難看樣子，掙扎著又要笑，兩頰牽呀牽的，祇是不成個表情；喉嚨裡咕嚕半天出來了一個字：「……好？……」

一止畢竟道行深些，那笑卻也像有些掌不住了。拉開床邊的椅子，向站著的雲梅道：「坐。」雲梅略鎮靜一些，也自覺失態，羞了一臉通紅。「剛才走進來，他明明看見，都不叫一聲。」又恨了起來。一止教坐，她偏不坐。把手上一盒蘋果放到椅子上，道：「好久不見，聽說病了——」一止看她沒坐，就自己往邊上挪了一挪，也沒等雲梅說完，拉拉她的裙子，要她床邊坐下。「唉，他哪裡在意過我要說些什麼呢？從來還不是他高興怎樣就怎樣。」心裡怨著，竟又不忍不坐。

側著身子坐下，可又不敢正眼瞧他；悄悄的梭他一眼，一止卻已斂了笑，正等著她這一眼呢。四目一交，雲梅忙縮了回來，再想大大方方的望過去，又知道遲了。在一止面前，就有這許多的小家子氣，恨都恨不完。一止把她一隻手握住，輕輕往身邊拖。「這算什麼呢？整年不給一點消息，就這樣的便宜他？」偏偏這點溫柔又太難得，太靠不住，祇怕是禁不起一抽手的。

雖然捨不得掙開，雲梅卻也不甘遷就。那邊一止像嘆了口氣，挨近了些；雲梅設不出自己的地位，揣不透一止的心理，話不會說，動作也不曉得動作了；祇好走一步是一步，把些矜持、面子的問題都丟了，倒要看看一止是不是也有一點心肝。

「好久不見，真的好久不見了。」一止低低的道，一面滑著躺下，身子略略傴向雲梅，雲梅的手就被握在他胸口了。一止的心跳、體溫從手上傳來，雲梅心裡一軟；又趕緊提醒自己：「也不是新鮮把戲了，難道還要為他感動？」一止以前和她跳舞，就總把她一隻手摁在他心上，眼睛半閉著；那樣子像人是不得已遠著，心倒已經貼著了。先頭不也為這個心醉神迷，認定他是有情？後來想明白了是他跳舞的「姿勢」，竟可憐是氣都沒處生，祇能應了活該。……。

旁邊床上一個人哼哼唧唧的要翻身，先是蠕蠕的動著，又慢慢的弓起一點點，手腳在褥子上搓搓蹭蹭。祇像要翻過來了，又沒有；像要翻過來了，又沒有。

雲梅面朝著那人，兩隻眼睛光自冷冷的望著那邊床上。一止看她沒接腔，倒有些出神的樣子，畢竟不在一起的日子長了，還有幾分拿捏不住，就祇手上加了點氣力，嘴裡便不說。

「唉呀！」那人終教翻過來了，卻又不曉得多為難的吐了一口大氣。

雲梅明明都看在眼裡，也不知怎麼糊塗的，竟以為是一止，猛地轉頭望去。一止卻也快，馬上一抬眼迎著；眼珠子清亮，倒像獨在那兒凝視了她好久。鄰床還在咻咻的喘著。雲梅覺得自己胸臆裡也有一口氣平不過來。

一綹散髮忽然垂落在一止的眉心，雲梅手顫顫的替他撩起。一止闔上眼。雲梅的指尖順著他的額、他的頰輕緩的掠過，停在他的下顎上，卻是再收不回來。

一止很愛這樣女性的溫柔，一面體味，一面又有些莫名的不安。他懷疑著自己病裡感情是不是特別的脆弱——卻也不怕；這遊戲不知玩了幾回，女孩子嘿，當不得回子事了。

「其實妳知道，——」一止也不曉得他要雲梅知道些什麼，反正開了頭，底下就不用擔心沒話說。無論怎麼樣，這沉靜得打破；雲梅那僅僅一根指尖的肌膚相親，竟教一止心慌。

「我知道，我知道。」雲梅截住他道。一止詫異的睜開眼：他還不知道呢，她知道？卻見雲梅也是閉了兩眼，眼角彷彿有淚痕，眉頭微鎖，嘴角卻又含笑；一臉的千般無奈，萬種柔情。那模樣，任是一止也不由不心動；用力一帶，拉了她倒在自己身上。雲梅把臉堆進一止的被單裡；她其實什麼都不知道，連別人來探病的看著她奇怪，她也不知道。——同房的病人倒沒有注意他們的，因為自己的難過還顧不及了。

「我明天就出院。」一止玩著雲梅的髮梢，不相干的說了一句。雲梅聽說，才想起原是來探病的，倒祇顧糾纏在自己的情緒裡了。訕訕的坐直，待問一止的病，又不敢就此確定了親疏。小心的拈起墨綠裙子上沾的一根白棉紗，用拇指、食指捏成了小球；手很汗，一下子就弄得濕濕灰灰的一小團。

「聽——陳景明說——肝——不大好？」雲梅問道，因為太遲疑，竟顯得不誠心。

一止卻也沒在意。兩手往腦後一枕，滔滔地說起自己這病；是熱極而流的敘述，並不見親切。雲梅癡癡望著說話的人，心裡想起剛才，好像又遠又近，祇和現在連接不上了。……

是一止出院以後一個星期。雲梅上完第四節課準備回家。

她抱起剛收齊的作文本，走出教員休息室。因為近視眼的習慣，她走路的時候總是俯視著眼前的方寸之地，以避免該看到又看不到的人和事。

學生忙霍霍的抬便當，趕著上福利社。跑過她面前，有敬禮的，有不敬禮的，不管怎樣，並沒有哪個等她回禮。她走著走著，忽然就是要抬頭。

嘩啦嘩啦的人聲遠去了，擴音器裡的午間軍樂換成了小提琴，四周的人模糊模糊終於祇賸下影子……。一止站得那樣遠，又背光，她該看不清楚的；可是他頰上那個長長的酒窩，眼角斜飄向鬢裡的魚尾紋，甚至她知道他在笑，亮眼睛彎成兩彎上弦月……。近了近了，她聽到自己說：「嗨！」人聲又沸騰起來。音樂是「起錨」。

「你怎麼找來的？」

「來，我來。」一止接過她手上的本子。他對女性有慣性的小殷勤。「打電話到妳家，妳媽媽說妳還在學校。就想來看看妳當老師的樣子。」一止聳聳肩，笑道：「還是沒趕上。」

「碰到算你運氣了。學校很大。」

兩人說著走出穿堂。還得橫過操場，出側門，才得通雲梅家的捷徑。

「你們學校好吵！」一止笑說。

「喇叭好。」雲梅說著側了一下頭。嚇！祇見那邊二年級二樓教室憑欄站了一堆女生，擠著鬧著，簡直要摔了下來。一止跟著望過去。有膽子小的，看見他們望過來，倏地縮到別人家背後，一下子又冒上來。一止這瘋子，居然騰出隻手來搖了搖，這下不得了了，有雲梅班上的，索性招呼起來，大叫道：「管老師，管老師！」

「她們都很喜歡妳吧。很可愛！」一止笑對雲梅說。

「可愛？簡直是可惡！」雲梅低頭疾行，祇求快快擺脫，心裡不曉得要氣學生，還是氣一止。卻因為早春這陽光，因為一止捧著她的作文本，因為她的裙裾不時要拂上他的褲管，就又轉臉匆匆一瞥，道：「二信的，最皮。」她忽然想起明天要抽考的題目還沒出好。

出了側門是一條小衖，又一轉，進去人家的後巷。路中間有小排水溝，祇能容一人通過。雲梅走在前頭，一止跟著。他們的上面，是蟄了一冬的棉被毛毯，醬紅棗黃或者花不溜丟；這邊樓上竹竿伸展開來，搭到對過陽台，幫著敦睦鄰居。再上面，是青天，也有白雲。

「這要我還真找不到路。」一止在後面歎道。

「走出去就是我家的巷子。」雲梅笑盈盈的說。又自己受不了聲音裡的曖昧，再朗朗補笑了兩聲。

後面的一止趕著問：「笑什麼？」雲梅不說話。他追上兩步，搭一隻手在她肩上：「笑什麼？」雲梅回過去睨他一眼，笑道：「不告訴你！」一止輕輕的推她：「說嘛，說嘛！」她依稀覺得他的氣息呵到她耳下、髮根，癢絲絲、暖呼呼。可是不是真的，隔了一隻手臂的距離，無論如何也不——。

「說嘛！說嘛！」一止還在纏。到後來，字眼本身已經沒有了意義，變作溫柔的呢喃，像一隻手在她耳後輕撓。

他們彎進大巷子走成並排。

「從前我們有個教授說，」雲梅才講一句，飛了滿臉通紅，笑著喘著：「不說了，不說了。」

一止偎過來把頭一低。道：「好嘛，說嘛。」他真的在她耳邊了，她倒又朝邊偏了偏。拗不過，她要說了。難為情，整張臉熱脹起來。她想起醫院裡，想起念書時候他有過的許多話；還有現在，他的一隻手在她肩上，白皙修長的手指，小心的依著人──太小心了，以至於有些飄忽，有些不可靠。

「他說，」雲梅咭咭咭的笑，有些做作得厲害了。本來也是難，要簡簡單單講得光是個笑話。「我們要做女老師的，談戀愛祇許成功，不許失敗，不然那些學生──」她停下看一止，一止祇是笑。──笑？你好歹有個字哦。──「當然，笑話。」雲梅自己點破題目，又笑起來。笑得賣力，眼淚都流了出來。

一止在她肩上拍一拍：「到了？」雲梅抖開他的手，胡亂摸出鑰匙開門。裡面管太太大概人在院子裡，聽見響動，便問：「誰啊？」也知道就是女兒，一面忙來應門。卻看見還有一個人。

「伯母。」一止堆笑鞠躬。管太太趕緊答應，又拿眼睛梭雲梅。雲梅介紹道：「方一止。以前來過，媽忘了？──吳維聖的同學。」末後補充那一句，讓自己都嚇一跳。

「哦，哦。進來坐，進來坐。」管太太像想起來了。其實沒有。

「不打擾伯母了。我是順路，順便來看看管雲梅。」一止仍是含笑。雲梅聽了卻又一驚：他是順路?!

「哦——你剛打電話來的。」管太太想到了。「就在這裡便飯。」

「真的還有事。改天再專程來吃伯母的好菜。」一止說著把一落簿子還給雲梅。「再見。」

「那你好走。」管太太沒有強留。

一止望向雲梅，扯扯嘴角算做笑，竟真去了。

就這樣走了？

「方一止！」

他聞聲回頭，覷著眼看她，似笑非笑——她要說什麼？他為什麼不說什麼？為什麼要來？來了又為什麼要走？……

「有空來玩。」她終於說。

午飯哪裡嚥得下去？端著碗想，坐電視前面想，趴在床上想。——一場夢，一定是一場夢。她一輩子也沒認識過一個人叫方一止。一止？名字就是個玩笑。「我本來叫方正。報戶口的時候，我爸爸寫得太開了，變成了方一止。」——雲梅忽然從床上一躍而起，拉開大櫃裡一個暗屜。——敢說他們之間沒什麼嗎？這些都是證據。——她抽出一封舊信：「妳為什麼對辦這次的郊遊這樣不熱心呢？是怕我追妳們班上的同學嗎？放心，我絕對會做出一副忠貞相的……」又一封：「同室小豬的女友來訪，幫他整理得煥然一新，教人羨慕。不禁想到上次妳來，祇是大爺一樣坐了一坐。真是人比人，氣死人。」——她笑起來。還是大二時候的信。他從前逗得她笑了多少。她想：他是愛她的，就像她愛他一樣。剛才他生氣了，才說「順路」的話來氣她，因為她提起吳維聖，因為他愛她……。她想著想著，再也坐不住，就跑到客廳打電話給他。

他不在。那邊請雲梅留下話，他回電。

電話穿著衣服；紅花裡包著嫩黃蕊心，一小朵一小朵安靜的開了一地。雲梅凝守著電話機，許久許久，一點不知道管太太什麼時候站到後邊。

「雲梅。」管太太喊她。

「媽沒睡？」雲梅慌忙回頭道。莫名其妙的紅了臉。

「睡多了晚上又睡不著。」管太太坐下來，細細端詳自己的女兒：雲梅從小就乖，不木訥，也不活潑得過分。學校念的都是好的，也沒要人逼過；談戀愛呢，也大方中矩，眼看是有好歸宿……

「那個姓方的孩子——」管太太搭訕道，眼睛卻沒有放過雲梅臉上倏然而動的神情。是了。管太太心裡想：門口兩人的樣子就是不對。不要男方在外國，這裡生什麼變卦才好。管太太自認是最民主的母親，孩子的事，她本來也不要管，可也不能眼睜睜的看著走錯路呀。

管太太閒閒問道：「那個孩子沒出去？現在幹什麼啊？」

「好像在念研究所。」是維聖的情報。一止沒提，她竟也忘了問。

「好瘦一個孩子，長得也還清秀。」

「前陣子病過一場。吳維聖寫信講的。」

「維聖上次那信回了沒有？」管太太想起了問。

雲梅眉頭一皺，搖搖頭。管太太道：「雲梅，不是媽要說妳，人家——」

「不要提他好不好？」雲梅苦下臉求道，站起來就想走。

「雲梅。」管太太也站起來。房子當西晒，窗簾沒趕著拉滿。管太太從陰裡站起來，倏地飛了一身金。

「雲梅，」管太太走過去，眼睛因為陽光而瞇縫著。「你們的事我一向不管的。妳交朋友，我說過一句話沒有？」管太太拉上窗簾，綠幔子一下隔了另一個亮麗的世界在外頭。

「我也不是老古板。女孩子沒結婚前多幾個朋友，多個選擇也好。當局者迷旁觀者清，做父母的幫著點，也就是幫著看看——」

「媽，妳說些什麼嘛！」雲梅急道。

「雲梅，妳二十五了，不是十七、八歲。凡事要想想結果哦。」管太太祇顧自己說。她不怕雲梅賴帳，明擺著就是一副神不守舍的樣子。

這句警語卻真打中雲梅心中，她默然低下頭。管太太又說：「媽不崇洋，不是說維聖出了國的一定好。這個孩子——是姓方的這個孩子吧？」雲梅直覺的點點頭。一想不對，竟是招認，待後悔卻來不及了。

管太太得了答應，更有理起來。拉了雲梅再坐下，母女促膝而談：「這孩子，第一，身體不好——」雲梅看了管太太一眼，管太太趕快解釋：「妳不要以為這身體沒什麼要緊。一個人做事身體第一要好，要健康。他那個樣子看了是有病。」卻不願失於武斷，就問：「是有病吧？」沒等雲梅答話，管太太又道：「不是說妳交個朋友，媽就以為妳要嫁給誰了。妳和維聖這些年，好不好都已經認識清楚。他又就要回來了。一回來就結婚。」雲梅想說什麼，又算了。管太太續道：「媽知道妳嫌維聖嘴笨，可是丈夫就是要找老實可靠。妳不要看妳爸爸現在這個樣，這是他倒了楣，以前曉得讓我嘔了多少氣。」她數落起兩件管先生年輕時候的荒唐。三十年的事了，因為常常溫習，一點沒忘。

屋裡漸漸更暗了。雲梅瞪目望著金魚缸裡一條五彩斑斕的熱帶魚，張嘴合嘴，張嘴又合嘴，就是說不出來。她走過去刷地拉開窗簾，外面已不見了陽光。

管太太看雲梅不耐煩起來，忙將話說回一止身上：「這個姓方的，我看就太伶俐些，妳怕是伏不了——」

鈴——電話鈴打斷了說話。雲梅撇下管太太趕緊去接聽。

是一止。

「找我有事？」他說。

雲梅沒說話，先看向管太太。管太太嘆口氣廚房裡去了。她這才說：「下午你不在？」

「我在。」

「哦？他們說——」

「我累了，在休息。——不曉得是妳。」一止的聲音很倦。幸好這樣，聽來是空前的溫柔誠懇。「有事？」

「哦，沒事就不能找你?!」雲梅在他跟前從來沒有潑辣過，說完先自己心裡一緊。線那頭卻笑了起來，又像不曉得怎麼接腔，一會兒才說：「出來走走？請妳吃晚飯。」

她吃不下，他也不餓。兩個人走在電影街跟人家亂擠。一止帶了一把傘，收拾得細細長長一條，像極了它的主人。雲梅問：「怎麼帶了一把傘？」

一止笑道：「就是嘛，真討厭。出來了覺得有幾絲雨飄在臉上，趕快又回去拿來的，又沒下了。」雲梅笑笑；不曉得一止是個這樣謹慎的人。吳維聖每回下雨都寧可淋得一隻落湯雞。——

「白天還出太陽呢。」雲梅道。

「這種天氣，」一止晃了一下手上的傘，「專門是掉傘的，不叫晴天、雨天，叫掉傘天。不帶嘛，不放心；帶了嘛，又不甘心；隨便哪裡一擱忘了就掉了。」

雲梅想想是有道理，笑道：「等下別真的掉了。」

忽然一止說：「走，帶妳去坐飛機。」

她問。他笑說到了就知道。她跟著他左拐右拐，到了一家飲食店。招牌是一幢乳色小屋頂著橘色煙囪。一止笑著對她說：「歡迎來『我家』。」

推門進去，兩人被順上二樓。

「波音七二七。像不像？」一止問。

真像。整個房間是長長的一條，狹窄的過道，同一方向的雙人沙發，甚至一個一個的小圓窗戶，都是機艙。

他們並肩坐下，要了飲料。一止介紹起這個地方的音響，雲梅聽得笑瞇瞇的。

「奇怪，今天怎麼都沒人？」一止狐疑的說：「平常生意很好啊。不過好久沒來了。」

「後面有——」雲梅伸長脖子朝後一探，又自咭咭的笑倒下來。她興奮過頭，簡直像個偷著和男朋友約會的高中生。

一止歪出腦袋去看，失聲笑道：「是鏡子。」原來這樓上極扁小，後面一壁是整塊鑲的明鏡，把房子拉長了一倍。雲梅就在鏡子裡看到他們自己。一止才坐定，忽然又欠起身，斜趴到小圓窗上張望。

「看什麼？」雲梅在他底下奇道。

「嗯？」一止坐回椅上。一本正經的說：「看雲海。」

雲梅趕緊也去看，卻是一個假的窗子，裡面遮了一小幅紅帳，連街景都看不到。回過味是一止騙人，笑得不得了。

服務生送飲料來。雲梅問明了要去洗手間。

她回來的時候，一止讓她坐進去，手上攪動小茶匙，一雙眼睛只管炯炯的瞧著她。

「看什麼看？」她終於紅著臉嗔他。

「剛才那個小姐說，你的女朋友好漂亮！」

「亂講！」雲梅罵道，臉更紅了。她朝後一靠；一止剛脫下的厚呢夾克隨便搭在椅背上，一隻袖子翹起來挨著她臊熱的臉。「那你怎麼說？」雲梅小聲的問。她想：他若聽不見就算了。

「我要她別亂說，那不是我的女朋友。」

雲梅一挺腰桿，坐直了去喝檸檬水。耳後的頭髮落到前面，遮住了兩邊臉，她也不去撩起。一大口一大口啜得專心，也不知道酸是不酸。

一止斜斜仰靠在雲梅身後的椅背上，閉上眼，也不說話。

雲梅喝完檸檬水，撕開塑膠袋的毛巾擦擦手。說：「走了吧。」氣度之瀟洒，像她專程就是來喝一杯這個的。

一止沒理她。

雲梅再忍氣不過，猛地轉頭，她包不定就給他一個耳光。

她不能看他；就是看不得他。她是上輩子欠了他；怎麼能氣得這樣，只一眼，就整顆的心都軟了。他靠在那裡，燈是並不明亮，也看得見臉上黃黃的，又瘦。眼睫毛濃而長，乖乖的覆下來，嘴張開一點點，欲語還休。

她伸手輕舒他的眉，輕聲喊他：「方一止，方一止。」

他原先撐著椅墊的右手，悄悄扶上她的腰，臉上還是沒有一點動靜。看著他，雲梅再也難忍心中愛憐，猶疑半晌，終於俯身去吻他的頰，他的眉，他的額角。

一止摟她坐起，把她推在角落裡，狠狠回吻她。雲梅根本昏了頭，還以為是夢，卻又有點不像，太火辣了些；她夢裡更多的是輕憐蜜愛。

「我愛你，我愛你……」雲梅喃喃地道，看是不太清楚自己在說什麼。一止輕咬她的耳垂，鼻息吹到她耳朵裡，又酥又麻。

「妳並不愛我。」一止貼上她的臉低語道。雲梅以為是情話，小聲保證道：「我真的愛你，真的。」

一止放開她，靠回椅背。一會兒又端起面前已經冷了的牛奶喝一大口。他把牛奶杯子齊眼睛平舉，瞪著杯子道：「妳並不愛我。」

雲梅還在恍惚裡，語無倫次的解釋道：「我第一次說，我從沒有說過。如果我——那我為什麼要——」

他冷靜的打斷她：「妳並不愛我。」把杯子放下，他看她，非常肯定的說：「妳祇是在替自己的行為找藉口。」

也許應該生氣，拿玻璃杯砸到他頭上；也許大哭起來也好。偏偏雲梅鈍的，光是慌。我我我了半天，沒說出一個像樣的句子。一止望著她搖搖頭，說：「算了。」不知是要她別想說什麼了呢，還是他對她做的一切都算了。

一止動一下，也不一定就是要站起來。雲梅一把抓住他，顫聲道：「你……要我怎樣？要我死？」

她沒留著長指甲，太用力了，捏在肉裡還是痛。一止任她抓著，低低地說：「唉，為什麼要愛上我？」雲梅聽說，心中酸楚難當，眼淚這才流了出來。

為什麼要愛上方一止？問了自己多少年，多少遍，今天輪到方一止來問。也愛爸爸，也愛媽媽，什麼時候要愛得走著想，坐著念，睡裡夢裡去惦記。而父母什麼樣的恩情，方一止又是什麼樣？雲梅愈哭愈慟。完全是對自己的同情。

本來一止在女孩子面前演慣了的戲，好人惡人隨意能揀著當，現在竟這樣翻翻覆覆，和雲梅一樣昧了道理。原來是拿慣了的人，要他給，就特別的捨不得。想是一止也動了真情，就是恨不能拿雲梅給殺了，再來哭她，祭她。

「其實妳也沒什麼愛我。」一止自問自答。最後又下結論道：「人還是最愛自己。」他這大概是推己及人。

「那你愛不愛我？」雲梅問。雖是慌亂傷心，事情還是能分緩急；她對他如何實在不忙確定，該清楚的非先弄清楚不可。

「妳？」一止咬牙切齒地道：「妳是鴉片。」說完他又吻她，喘著氣道：「明明知道不好，還是想。」

一句話撥開滿天雲霧。雲梅心滿意足的癱在一止懷裡任他溫存；夠了，得這樣一個「鴉片」的美譽。果然他也是一樣，既不放心又不肯甘心，祇是不知道自己什麼地方不好，要問他，可不是現在……

她一排細白牙輕撕他的下巴：「你是苦茶。」

「哦？苦後甘？」一止用手梳她的頭髮，一面有點心不在焉起來。

終於他拍拍她，示意坐直。

「怎麼了？」雲梅看一止的樣子不太好。

「累了。」一止看看錶，「該走了。」

真的晚了。武昌街的店鋪一家家在下門面。這裡嘩地拉下鐵門，那裡喀啦喀啦的上閂。晚場電影倒還沒散場，戲院前面也就剩了幾盞燈。一止兩隻手抄在夾克口袋裡，縮著脖子，踽踽而行，像和旁邊的人毫無牽扯。雲梅扯緊風衣，用力得指節泛白，心裡疑惑不定。屋裡的糾纏竟不耐春寒，隨風遠颺。

「妳坐幾路？」一止問。是出了「我家」以後，他的第一句話。

「零路。」

他點點頭。「我到超級市場坐欣欣。」

她忽然想起幾年前，也許大一，也許大二。她還跟他們班上十幾個人都玩得熱鬧。舞會散了，他一個人送她回家——吳維聖？也許沒去，誰記得？——兩個人一路走一路說笑。他列舉他的妻將要盡的種種義務，她笑著羞他：「唉呀，誰做你太太就倒楣了。」他說：「要就是妳怎麼辦？」亮晶晶的眼睛一直望到她心裡去。她啐了他一口，假裝生氣不睬他。好久他問：「妳坐幾路？」她才知道那個笑話已經全部說完了。

現在，想必又是另一個笑話的完結。雲梅幽幽的歎了一口氣。

「唉！」一止竟有共鳴。「零路最難等了。」

雲梅要告訴他不必陪她等。才看向他，卻異道：「咦？你的傘！」

「車子來了！」

「那你的傘——」

「大概掉在『我家』，我等下去拿。」

「人家關門了。」

「沒關係，就不要了。」

「真的掉了——」

「不會，還是拿得回來的。」

一把傘弄得臨別依依，上車了還要回頭叮嚀。像是一世的牽牽絆絆，都趕著這分秒要交代清爽。祇怕錯過今天再沒有了。

果然沒有了。雲梅卻不甘心。她考慮了許多天；他不找來，她難道就不能找去？

她在他家附近打了個電話給他，剛好他在，她告訴他是到同學家路過，她並沒有騙他，聲音還是發抖。

一止出來，穿了一條黃卡其舊學生褲。那天熱得奇怪，像夏天，他上面單著了一件汗衫，趿了一雙咖啡色膠拖鞋。看到雲梅，一點沒為自己的裝束慚愧，皺著眉道：「妳打電話來的時候，我正在睡覺。」雲梅看到他眼角有眼屎，不嫌棄的摸出自己的小手帕要替他揩，一止閃一下躲開了，雲梅吶吶地道：「哎，你那邊——」心裡悲傷起來，她把他們之間的親密估過頭了。

他問她要不要家去坐坐，她賭氣說不，他竟算了。兩人走了一會，他問她：「這樣熱，妳找我有事？」

她羞憤起來，情急道：「你就這樣算了？」

一止看她一眼，又低下頭數腳下紅磚。半晌才道：「妳不要太認真。」

「那你為什麼要說那些話？」雲梅聲音都走了樣。

一止不作聲。每次走三塊磚。

「你為什麼要這樣對我？」她泫然欲涕。「你到底對我有什麼不滿意？」她的心已化成他腳下卑微的灰塵，隨他的步履陣陣揚起，不知所往所終。

一止停下，抬頭看面前的站牌：「妳可以坐這個車。」又對她說：「到那邊樹底下去等吧。」

「你說，祇要你一句話。」她逼他；祇要他有一句切實的話，她就——她就怎樣？忽然她害怕起來，她竟是第一次發現自己是有責任的。如果一止真的表明了愛她，要她……。管太太的一番話兜頭兜腦的上了心。

「妳想嫁給我？」一止的語氣聽來是懷疑與譏誚。「妳能等我嗎？」他嘲弄的笑起來。

雲梅竟沒有勇氣作任何承諾。這不是一個談話的所在；她想。心裡給馬路上的車聲人聲攪得亂七八糟。

「好——」他等她許久沒回音，自己又說，聲音拉得老長，是揶揄，也好像有一點淒涼。「還是吳維聖好——」他說著，手輕浮的拍上她的肩頭。

雲梅哪裡受過這種侮辱，又驚又氣，完全失了主張。

正好一班車來，她摔開他急步去趕車，祇要離開這裡就好；跑到門前，才知道不是。也不過一秒鐘的猶疑，車掌小姐已經皺著眉碰上車門。

她一個人被留在站上。知道一止還在身後的大樹下——其實也許走了——她不敢回頭。車子不曉得什麼時候來，沒戴眼鏡，來了也許還是會上錯。陽光很熱，她走不回去樹蔭下；汗從頭髮裡流下，濕搭搭地黏在脖子上。後面有一雙眼睛在譏笑她。——或者不止一雙。……

不知多久，她終於從魘裡驚覺，一舉手攔了輛計程車。

悔恨、羞辱，和愛，燒成一團火，在心裡煎得痛。好多個晚上醒來，枕巾濕了一大片；夢裡有些什麼事忘了，人是一止。給維聖的信，越寫越長，因為睡不著，竟以遷懷。信上講起自己的瑣碎，也不無安慰。方一止說的：人還是最愛自己。

結婚那天，方一止去了。新郎、新娘到那桌上敬酒，剛巧站在一止跟前。新娘低著頭，居然看見一止腳上套了一雙女用的雨鞋套。她真是十分驚訝，卻始終沒敢往上看，心裡一下轉了許多念頭：外面在下雨？他那雙皮鞋很貴？帶了傘吧？那傘撿回來了？……

散席以後，十幾個從前的玩伴去鬧新房。走的時候，有人提議吻新娘。七八個排了隊等著親她的臉，吳先生吳太太一邊開明的笑看著，方一止什麼時候過去的，她都不知道。末後想起來，覺得臉上某一處火辣辣的痛；是年前他吻狠了的舊創，又給招惹得發了作。

最後剩下她和維聖獨處。她坐窗台前刷頭髮；膠水噴多了，她下死勁刷下大把頭髮來，一面不經意的問他：「方一止現在幹什麼？」

「還在念研究所。」

「怎麼還在念？」

「唉，他那個身體。念念停停。」

當他是死了也罷。今夜是她的新婚，難道還要惦記起他？

鏡裡看見維聖從身後走過來，她沒戴眼鏡，也確知他漾了一臉的笑。

雲梅在吳家出來已經晚上八九點了。維芬奉母命送她。才走不遠，雲梅就硬教她回家，小姑娘心懸電視，也就顧不得的去了。雲梅於是一個人慢慢散步到車站。

站牌對面本是稻田，現在豎起一塊大招牌，路燈下看得見又是房子廣告。畫得差，風吹得薄鐵皮嘩嘩響，上面的房子也像隨時會倒。

要變天了。雲梅暗自忖道。拿皮包換了隻手拎，一下想起傘沒有帶出來。暗叫一聲糟糕，果然一滴雨就打到鼻尖上。待回去拿，路遠了，車子不一定就要來，這雨一下也還下不來吧？

雲梅翹首望向車的來路；夜裡她的近視眼分外不管用，企盼的車燈，近了總不是。又一點雨打在臉上，她心中恨道：「真是個掉傘天！」因為衷心念叨車子，沒想起這是誰的話。

一輛腳踏車刷地在她面前煞住。

「大嫂。」維賢剛變音的嗓子聽來像和人賭氣。「妳傘忘了。」

「其實車子要來了。害你跑一趟。謝謝！」雲梅感激地道。

維賢懶得嚕嘛，喉嚨裡哼一聲，就要走。想起又停下道：「媽說大哥那同學的奠儀大嫂包了告訴她，拿大哥的錢出。」一踩腳踏，他又衝走了。

雲梅正待撐傘，車子卻來了。她拿出月票給小姐剪，心想不知像方一止這樣該包多少，回去要問媽媽。

才坐定，外面淅瀝瀝的下起大雨。她趕緊關上車窗，回手碰到膝上的傘，心裡簡直是高興：幸好帶了。

一九七六年《聯合報》短篇小說獎

驚喜

光冷就罷了，又還濕。他們後面兩堂課在地下室裡上，白天也亮著日光燈。怕飄雨，兩邊窗子都關死了。滿室鬱鬱的人氣。教室後頭的空椅子上，據著一朵朵菌：紫黃面子上落了綠葉，朱紅底著上豔黃圓點，陰藍裡浮出一片片橘色花瓣……，靠牆立的幾枝是黑，縮頭收臉，露著傘的原形。

曾純純執一枝筆在筆記本上塗鴉，先寫幾個字，再密密的塗成一團，一頁紙上就那麼一塊一塊的黑。教室的聲音在她身邊飄浮，有時候也進去兩句：「……台大的學生跟我們不一樣……男生頭髮……穿一件汗衫就來上課……女生這樣披下來，露一點點臉——」

「欸！這位同學就有點那個味道！」

學生哄笑起來。純純也抬頭對教授倩然微笑，一面將落到前面的髮絲收攏，順勢朝後一甩：亮麗的長髮像黑緞似的流動出光澤。後面當即一個女生罵了出來：「噁心！」

「她也就是那一頭頭髮而已！」另一個女生回應道。

純純依舊抿嘴淺笑著，一雙眼定定晶晶望著教授，也不知是聽見了沒有。這一班的女生全恨她；因為她勉強稱得上美麗，因為她無休無止的到處賣弄風情——風騷而沉靜的，教人上當了都不自知，越發罪無可赦——最最可恨是她竟從不在乎她們的「輿論」。可是這些也不像真正的緣由。倒是張秀卿的說法來得有力：「我討厭她，不為什麼，看到她我就無名火起！」

下課的時候，純純又一個人走。她站在廊下要張傘，身後一群女生尖叫著衝出來，一個書包掃了她一記，書包的主人冷然睞她一眼，顧自去了。純純好修養的撐開傘，眉頭都沒有皺一下。

「她們——太不像話！」身後竟有人抱起不平來。

純純回頭嫣然一笑；是畫報上明星的笑法：張大眼睛，小心的勾起唇角，注意著莫破壞了臉上任何一根線條；一點讀不出感激或者其他任何情緒。手上占著書和傘，騰挪不開，純純搖搖頭項，甩動起一頭直而長的秀髮。

綠傘映在她白瓷般的臉上，彷彿一股青色的妖氣氤氳開來。那發話的男生癡著了。她已背轉過去，米黃格子呢大衣和墨綠色喇叭褲，謹慎的避過水坑，露出高底拖鞋一點點木根，依然是雨天的好風景。

男孩子趕前兩步，和她走成並排。他的黑傘，她的綠傘，兩個人還是離得遠，可是安心，他對她的戀戀裡充滿了敬意——不祇他，他們一班的男生都是——就不能站得太近。這樣的雨天很好；他在傘下偷看著她：她撐傘的手裡握著一條淡綠碎花小手帕，十分十分的女性。

「曾純純——」他喊她。旋悔自己的魯莽，變得吃吃艾艾起來：「我們大家——我們男生——認為——」

她像先前一樣的笑看著他，他不能不說下去：「妳和別的女孩子都不一樣。」她的笑意似乎略略深了些，卻也不是很看得出來，他甚至懷疑是自己的錯覺。他有點狼狽，並不是因為冒犯了她，而是沒趣；也許因為他不會說話，也許因為她……。他放慢步子，落到她身後，無由的嘆了一口氣，覺得這樣走比較更好。

他們竟一路同車，一前一後坐了兩個單人的位子。雨下得大了，窗外嘩啦啦的流成了小瀑布，窗槽裡盈盈的滿著水，隨了車子晃呀晃，眼睜睜的就要潑出來。他坐在她後面，也不知怎麼就心煩起來。

「這雨好討厭！」他忽然向前一傾，手指搭上她的椅背。

「嗯。」她轉過來輕聲答應。臉被椅子遮住一半，光教看見兩隻眼睛：綠油精廣告裡的電動眼睛，冷然的左右顧盼著。「你在哪裡下？」她問他，卻是溫柔的有笑意的聲音，人跟著側出來一點，長髮順著一邊垂下，嘴角彎彎向上挑起。

「興隆路。妳呢？」

「我去找我姊姊。乾姊姊。」

她靠回去，壓住他四根指尖，卻恍若未覺。他不敢抽回，就保持著前傾的坐姿，想接著問乾姊姊是哪一站，幾個字在腦子裡盤旋；終於沒問，卻該下車了。

純純坐到底站，還得再剪一個洞。月票拿出來嶄嶄新，是她特為去辦的欣欣車票。不然，跑一趟來回車費就要十塊錢，太不經濟。

這裡的雨比市區還大，馬路成了湍急的小河，兩旁騎樓前積了盈寸的水，看著也走不過去。純純空執著一把傘，除了個頭臉護得好，身上也濕得差不多了。她沿著馬路走下去。彎過一條橋，熟門熟路走進一間孤伶伶三層樓的房子，旁邊都是田。

是農家建來租給學生的房子，樓下住著房東一家，正看著電視的午間節目，見她進來，也不過打量一眼，沒問一句話。她往後上去陰暗的樓梯，兩個男學生正下來，笑瞇瞇的給她讓路。

樓上用甘蔗板隔得一間間，門上貼著海報、留言板、名條，也有掛了塊黑板在旁邊的。她在盡頭的門口站定，擱下傘，把書夾在腋下，小皮包摸出梳子來梳頭，長頭髮一把把抓起來梳，梳得服貼向裡彎。她的舉止端莊，雖然是面壁，臉上恭敬專心的神情，卻真正如見貴賓。

她都準備好了才叩門，有禮而輕聲的三下。

「進來！」裡面一個男孩說。

屋裡小而亂，幸而面街，大約是全樓採光最佳了，卻也還覺得暗；靠窗是書桌和椅，靠牆擱床，和一個紅花綠葉的塑膠衣櫥，拉鍊壞了，大張著嘴，吐露出五臟六腑。另有一把老舊的籐椅，滿滿的堆了衣服，也有書。地上扔著本英文雜誌，翻開一張饑民的照片，圖裡的孩子大眼睛大肚子，蹲踞著像隻褐色的蛙。

程大鵬站起來走向她，順腳踢開地上的雜誌，笑道：「還以為妳不來了。」

「好大雨，衣服都濕了。」她溫婉的笑道。

「吃飯沒有？」他問。她點點頭，他猜是騙人，可是懶得再問，反正他吃過了。兩人緘默下來。大鵬退回椅上，道：「坐啊。」

她脫下大衣，裡面是套頭白毛衣，卻在前胸印了個熱褲女郎。大鵬接過她的大衣，掛到牆上，她端麗的坐在床沿，祇是笑望著他。大鵬給她望得踧踖不安，索性走過去和她併肩坐下，用臂圈住她，摸著她的臉道：「妳看人的時候很奇怪。」

她仍默然微笑著。大鵬不耐起來，一下扳倒她，就吻她。

「妳都濕了。」他膩在她的頸窩裡。高領毛衣礙事，他艱難地往上扯，有點恨她從來不幫他的忙。

「脫掉算了。」他說。一面爬起來為表率，先脫了自己的上衣，瞄準籐椅一擲，冷，他一骨碌從她身上翻過，扯過被子鑽進去，再催她。

她卻有條理，慢慢的收拾起自己：毛衣、衛生衣翻出袖子再疊平放好，長褲比齊褲縫弄撐再放好。他躺著看她，終於在被裡說：「妳這個人實在很奇怪。」

三個月前，他們在舞會裡認識。那天排排坐的一溜女孩子嘰嘰呱呱吵得要命，就她一個人出色，靜靜的微俯著臉從下向上看人，羞怯天真的向每一個打量她的男生回報微笑；中分的長髮，掛麵似的兩邊垂下，遮住大半張臉，五官不大能確定，可是白，白得生輝。他搶先請她跳舞，她說不會，他教她，她學得認真，他被她的虔誠感動了，還不知道認真是她臉上不換的表情。他再沒有放手，可是總覺得哪裡不對勁；半天才發現癥結：原來每次慢舞，她的左手都下死勁反扣在他肩上，生生的把他拉得恁近。舞會沒完，他就帶走了她。在漆漆黑的咖啡屋裡，他和她溫存著，一面卻懷疑：太簡單了，簡直像個外國片；如果是小太妹又好說了，可是她……？

他到底沒弄懂她是怎麼回事。祇一通電話，她就來了。什麼都不跟他談，人生道理，苦悶，甚至戀愛全不談。到他要她走，她就走了，竟也無留戀。他就簡直不能忍耐她的乾脆。他冷落她，侮辱她，她也逆來順受，他漸漸不知是他要她或是她要他；那清純端正的面貌下竟是這樣一個女孩，她毀掉了他對女性的信心，祇有他知道她的無言與認真是可怕，而他捨不下，竟是因為方便的緣故。事情這樣發展下去，會是怎樣結局，大鵬自己都駭怕。還好，他是能克己的；想到這一層，他又覺安慰了。

純純溫馴地任他擺布。大鵬興奮起來，卻不甘心，喘著還要胡說八道，就刺激她一下也是好，女人一點脾氣都沒有並不行：「哎！」他粗聲喊她，「妳這樣有沒有快感呀？」

純純想了一下，夷然答道：「跟你的話就有。」

大鵬不禁失笑；敢情，還是恭維呢。

「妳這樣跟我在一起，妳怕不怕？」他問她。

純純道：「不怕。」

大鵬一下從她身上翻了下去。大冷天，卻出了一身的汗。他閉下眼道：「妳不怕，我怕。」

窗外是雨天的昏暗，路燈不知道要提前亮起；天是深灰，電線桿是黑，上面的燈罩是亮灰。她始終不說話，靜默地躺在他身邊，幾乎不聞生氣。隔室忽然聽見有人彈吉他，是初習，一遍又一遍重複著簡單的和絃，卻等不及的就唱進去了。

「哎，妳知不知道我為什麼不住在家裡？」他又生孽。

「我跟我老爸搞不好。哎！妳知道我為什麼跟他搞不好？」他編起一個歹毒的故事；這次非把她的胃口倒盡。「我強姦了一個女的，害我老爸賠了十萬塊。」他沒看她，也許是不敢，閉著眼畢竟可以厚顏些。「哎，妳還敢跟我在一起呀？」

彈吉他的不耐煩起來，嘩嘩的一陣亂撥，無調有聲竟也奪人。那邊大概終於劈手摔了琴，碰地一聲之後歸於寂寂。外面淅淅瀝瀝的落著雨。大鵬想：那人摔門出去了，不認識，好像是個傖生。

忽然純純堅決地發了話：「我是——絕不打胎的就是了。」

大鵬受驚的睜開眼：「妳說什麼？」

她看他，一點沒有餘地的道：「我絕不打胎的。」

大鵬楞楞的望著她，離得太近反而失了真。連渥著她光溜溜的身子都以為是被。好一會兒他才乾笑出聲：「嘿，嘿。我們這樣根本不會懷孕的，我根本就沒有——嘿，嘿。」

「可是我……」純純低低的道。

大鵬敏感的問道：「多久了？」

純純很有默契，當下道：「慢了兩個禮拜了。」

大鵬叫了出來：「開玩笑！我根本就沒有對妳怎麼樣！」他急切的安慰自己，安慰她：「不會的，哪有這種事？這樣簡單的話，小孩滿街跑了。」他還想笑，可是喉嚨裡有些異樣，光說話都吃力。

「會的，」她說，柔情而勇敢的望著他俊秀的臉；她近視，看他並不吃力，「有接觸就會。」

「誰說的？」

「我看書的。」

他被擊敗了，卻掙扎著，聲音小了許多：「根本就沒有破，妳還是——小姐。」

「不一定要破。」

「可是我——」他遲疑著，竟然先紅了臉，又不敢看她，躺平了瞪著天花板道：「我——根本就沒有……」

「不一定要。書上說。」

大鵬驀地坐起，被子倏地落到腰間。他佝僂著背，呆望著桃紅被面上自己一雙手：乾淨修長，女孩子一樣。右手中指因為寫字磨出一個繭，二十一年他獨做了這寫字一樁苦工，他愛憐的用左拇指摩挲起那個繭來。

純純把腋下的被子緊了緊，對他道：「你會感冒。」

大鵬回首看見純純沉靜美麗的臉，本來揉散的長髮也不知何時已收攏齊整。他忽然覺得祇要用手一抹，她的臉就會變成一個煮熟的剝殼雞蛋——她也許是個鬼，來害他的。他打了個寒顫，才感到背脊上發冷，起了一身的雞皮疙瘩。也許他應該做出點什麼，如果定要擔這個虛名的話……。她的白皙的肩裸露在冷空氣裡，她的唇角似有似無有一抹笑，她說過她不怕……。他凝視她不知多久，終於聽見自己的聲音道：「不會的，我們又沒做什麼，明天，明天我先帶妳去檢查再說。」他下床拿衣服披上去開燈。她祇是他的豔遇，不能也不會是他的妻。

檢驗所在羅斯福路上，也還像樣的門面，窗櫺和門漆得一色白，赫赫一塊大招牌，開出檢驗項目。許多病，光讀名字就夠教駭怕，不能不考慮走進去以後被傳染的可能。

大鵬帶純純到這裡來，是經過指點的，他有同學門道熟又熱心，什麼都替他想到了，連醫生都要替他介紹好。大鵬說女孩子不肯，他的同學經驗十足地道：「都是這樣的，到時候就肯了，保證比你還急。這種事越早越好，不能拖哦！」看大鵬面有難色，又開導他：「放心，人家女的還不是想玩玩，不會嫁給你的。」

他們進去，一個家常打扮的女人坐在櫃台後面修指甲，抬頭看他們一眼，懨懨地扔下銼子，抽屜裡翻出一張表格來，問道：「檢查？」

大鵬點點頭，道：「檢查。」見那女的還望著，又補充道：「驗孕。」他刷地一下紅了臉。

也許是多心，大鵬總覺得那女的要笑。祇見她在表上填了個號碼，大大畫了個「㚢」，不認得是個什麼字，許是「妊」。又問純純：「貴姓？」

「曾。」純純在桌上畫給她看。

她進去拿了個玻璃杯出來，貼了張有號碼的小紙在上頭，遞給純純，指著後面道：「一號在那裡。」

純純接過杯子，楞楞看向大鵬，大鵬未及發言，那女的已搶先道：「驗小便啦。」大鵬煩不過，自己走開坐沙發上看報。須臾，純純拎個玻璃杯回來，是空的。大鵬詫異的瞪著她，她低聲道：「我剛在家裡上過。」兩個人，聽的說的都覺臉上發熱；從來他們也沒有這樣相親，竟要在這種體己事上與共。

「妳進去把水龍頭打開。」大鵬教純純，不曉得他哪裡得來的知識。

又是許久。純純出來向大鵬搖搖頭，大鵬想想道：「妳坐一下，我出去買瓶可樂。」

這時候的可樂也是難喝，大概從夏天冰到現在，純純給冷得牙齒打顫，好不容易下去半瓶，她又擱下去上洗手間。再一會兒，純純捧著大半杯還冒著熱氣的金黃色液體出來，兩個人望著都是欣慰的神情，並不覺有一點不潔。

送進去化驗。他們並排坐著等，大鵬扣著張報紙玩，心事擔了一臉。純純又拿出梳子來梳頭，一面道：「早上我打電話去家計中心問，」他看她一眼，她繼續道：「他們說那樣也會懷孕的。」

「那又怎樣？」他氣她不過，惡聲惡氣地道。祇要她自愛一點，堅決一點，矜持一點，他都碰不到她的；他自私的怨懟起她。他也去問了人，問他念醫學院的朋友，不能說自己，會給人笑死。裝得漫不經心，說是雜誌上看來，難以置信。「會啊，」朋友說，「這樣玩也會。」

「怎麼這樣倒楣?!」大鵬喃喃恨道。「妳是怎麼回事？妳一天到晚不說話，心裡想什麼鬼？」他忽然遷怒於純純；都是她，這個裝模作樣的女生！

「妳愛我？」他咬牙切齒地低吼著問她。

純純嚇得趕緊點頭。

「妳愛我個屁！妳還不是想試試看。好奇，都是好奇而已！」他的聲音越說越高，激動得臉孔紫脹起來。他不要跟她吵的，可是管不住，管不住了。他一直沒做，忍著沒做，還是錯了嘛？——

「曾女士。」

是喊她？哦，哦，不興喊小姐的。兩人走過去，先前那女的遞張單子過來。「沒有。」她說：「可是也不一定，你們過幾天可以再來一次。」

大鵬接過單子付錢，看都不要看就塞進夾克口袋裡，當先推門出去。純純跟在後頭。他不會再來的，他想。現在才有心情來笑自己：神經囉，操的什麼心，這種機率太低太低了，檢驗所那女的是生意經，他不會再來了。

大鵬停下來問純純：「妳回家嗎？」她說是，他說他也要回去了。兩人道再會，各自去搭車。雨是早上就停了，卻到現在才出了一點太陽，紅磚道上汪了一灘灘水，瑩瑩反著光，不邋遢，是新洗的地還沒乾。

很冷，可是清潔新鮮的冬天。

宜室宜家

到事情發生的這一天，金明英已經做了半年多的章太太。

這半年明英非常快樂；做個太太對她真是得心應手，不但學校裡學的都能派上了用場，半年博得的讚美，更是比前廿四年加起來還多。她倒不是生來就這樣的順遂，實在也是經過一番奮鬥的。

別的不說，單考大學一樁，她就連考了三年；那時候早都灰透了心，哭著鬧著祇求罷了，金太太可不許；大女兒明華在美國修碩士，兒子明理也考上了研究所，不信獨這小女兒不爭氣。

專修班、保證班，明英混成了老資格，還當了好幾次補習班裡的模範生。上至班主任，下至工友，全認識她。

「本班創立十年，金明英同學在本班四學期從來沒有缺過席，十分難得。」班主任在結業式上頒獎給她。所謂十分難得，就是前無古人的意思。

明英卻很讓她的師友母親失望；歷經三度的大學聯考、夜間部聯招、專科聯招，她進了家專家政科。以致結業式上領全勤獎的照片，始終沒能掛進補習班的櫥窗。

家政科的課十分合明英的興趣，金太太卻斷不能忍受別人說她女兒上「新娘學校」的譏諷，非要明英轉系不可。明英的成績夠不上金太太理想的商業文書科，倒是勉強轉成了服裝設計科。金太太憤怒之餘，又生新希望：時代不同了，服裝設計畢竟可以名「家」。可是明英偏不聽調派，畢業後，抵死不考托福。因著同班同學的介紹，進入一家成衣工廠當設計師，就那麼樣本間邊上隔出的一個鴿子籠，幾副高桌子圓板凳，教人想不「伏」案都不成。經理一張拳師狗臉，老覷著她們設計室裡空閒，不時要送點女工分內的零碎活兒，像做個包扣、繡個小花朵的來做。明英好脾氣，也不跟著人抱怨思遷。卻是經理又愛打官腔，常嫌她們的Idea不前進，變著新法，一下獎金制，一下憑成績敘薪，日子過的很受嚕嗦。

就在這時候，不曉得什麼七拐八彎的朋友，給她介紹了章中平。章中平是一流大學畢業，明華的校友，雖然沒有出國喝洋水，卻能繼承父業，在商界小有作為，算得上青年才俊人物。和明英認識不過三個月，章中平就登門求親。金太太對明英出人頭地絕了指望，弄個好歸宿，也說不定有妻憑夫貴的一天，高高興興的應允了。

婚後，明英巴不得的辭了職。整天在屋子裡愉快的忙東忙西。她常覺得自己這一輩子要從結了婚以後才開始算數，以前千辛萬苦的考進家專，就是要換一張匹配得過中平學士文憑的副學士證書，就是要學些教中平讚歎的家庭本領。可不是，茶杯墊子、電視機的蓋布，甚至雙人床的床罩，都是明英一針針鉤出來的。雖然中平不常回來吃飯，祇要他在家，哪一次依著食譜燒出來的菜不讓他讚不絕口？這實在是太幸福。有這樣整整四十八坪的空間給她一展身手，她是到今天才發現自己的天才。中平更好，他從沒干涉過她，隨她在屋裡怎樣的編排，不像金太太——不。媽媽也好，不是她逼著念書，就不會進家專。

一切都是這麼好，直到上個星期明華回國。

明華去國六年，結了婚又離了婚。她是持綠卡的高等華人，難免拿國內的一些落後現象很有些看不慣。首先，明英對中平的態度就刺她的眼。

那天去機場接她，出入機場的門、家裡的門、酒店的門，中平都一路領頭走著，完全沒有讓一讓的意思。吃晚飯的桌上，金太太一塊肘子夾到中平碟子上，中平就移到了明英的碟子上，明英解釋道：「他不吃肥肉。」一面送進自己嘴裡。明華狠命瞪著中平，中平卻祇一笑，端起酒杯笑道：「給大姊接風。」她那個不知眼色的蠢妹妹，唯恐不及的跟著舉杯，肉還在嘴裡，不清不楚的說了一句什麼，大概是「姊，敬妳。」那樣的廢話。

「怎麼也叫起大姊來了，」過了三十的女人，不能不在這上頭計較一些，「我還晚你大半年呢。」話說完，笑抿一口酒，環顧周桌，續道：「你們不知道，」又不知多好笑的喘著，「章中和平我大學裡同班呢。」

眾人不免哦哦的驚訝一番。明理道：「還真不知道，我以為你學管理的呢。」中平一聲哈哈：「虧你自己兄弟，該罰！」明理道：「好，罰！」仰脖子就是一杯，一亮杯底；席上又紛紛敬起酒來。

「以前問你，你說認識姊，不曉得還和姊同班。」明英笑瞇了眼，真是好，愈敘愈親切了。想想又要說起。

「金明華這麼年輕漂亮，要我跟人說是我同班同學，人家也不信哪！」中平衝著席上諸位笑道。再又斜過來望望明英：「妳還不是以為我要高她好多班？」

「才沒有，人家才沒有嘛。」明英嬌笑道。中平睨著她，也不知是有多寵的樣子。明華向來沒把明英看進眼裡過，現在竟是納悶：自己這個妹妹這麼上不了台盤？

「來，我們敬二姨。」中平站了起來。明英慌慌張張的跟著站起來。一打岔，這話頭終教給擱下了。

散席以後，中平自告奮勇送二姨和表妹們；金太太、明華和明理夫婦一車回去。車裡頭一家聊些閒天；卻因為明理太太和明華是新見面，明華的婚姻生活又被避免提起，就祇一路談些席上的人和話，還是時續時停。

明華就像不經意，卻老問起章中平對明英好不好，兩個人怎麼認識的。金太太一面回答，一面稀罕，倒是有幾句話早忍了不知多久，索性說了出來：「妳自己一個妹妹結婚，連禮都沒備一份像樣的，妳還在美國哪。現在這麼關心？嘖，嘖，妳那張卡片喏——」金太太想起了都要生氣，也不管守著媳婦面前了。明華臉一紅，辯道：「人家那時候什麼心情——」說到這個，金太太也不言語了；沒人了母女倆還得好好談談。明華向來也沒教她操過心，這件事卻真做得差。雖然金太太和大女婿是照片和錄音帶裡結的情分，一個博士諒也有不了什麼大錯處。

「章中平油頭滑腦的，小妹哪裡管得住他。」明華又先開了腔。「祇怕小妹要吃虧。」

「吃虧就是占便宜，人家小妹過得滿好的。」明理回過頭笑道。

「小心開車！」金太太喝住明理。想想又看一眼身邊的大女兒道：「妳妹妹的事少管。」金太太也不知道自己這話因何而起，卻竟像不能不說。

第二天，明華主動的和幾個老同學聯繫上。不免又是餐會。席間談些往事，又一些人的近況，明華的心裡就很有了幾分。

「姊，妳說要來我好高興。媽他們怎麼不一起來？」明英這半年胖了好些，偏就學會了這麼撒癡撒嬌的，明華遭她從門口揪著跳著一路進來；不說自己妹妹還真有點肉麻。卻見她親熱，倒是好進言，明華出國的時候明英還留個鴨屁股頭呢。現在這樣義憤填胸的護著眼前這一個，真教理直氣壯不起來。

明英招呼明華坐定，自管飲料點心的張羅個不休。明華道：「章中平也不給妳請個傭人？台灣不比美國，反正人工便宜。」明英道：「歐巴桑早上來做趟清潔。她做好幾家，很能幹喲。」明華道：「妳也是打發時間啦。」明英楞楞的一笑，不曉得明華什麼意思。

「這墊子還真精緻，台灣就是這些手工藝。」明華擱下手裡的山楂奶露，摟過個沙發上的抽紗靠枕細看。明英喜孜孜的道：「書上的樣子，我自己做的。」

明華搖頭嘆息，憐憫的望著妹妹，正想說什麼，電話倒先響了。明英蹦過去接聽，才喂了一聲，就笑開了臉，按著話筒對明華道：「中平打回來。」

「嗯，姊在這裡，——當然。——好，我和她說。好，嗯？——囑囑，騙人，——囑囑，早點回來哦——不等，好，——我會乖。好，好，再見。哎！等等，囑囑，沒事。早點回來，再見。」明英低著頭，一手執話筒，另手把電話線盤繞在指頭上玩。明華見她頸子底下擠出個雙下巴來，又囑囑囑老母雞似的笑不完，樣子真是癡蠢，不禁想道：「也難怪章中平，他本來就是——，哼，也休想欺負我妹妹就是……」

「中平不回來吃飯，他要我好好招待姊，他說不好意思，改天要好好請姊。」明英擱下電話走過這邊坐下。

「他不要是不敢來見我。」明華笑道，明英跟著笑了起來，卻沒等明英笑歇，明華又道：「他常這樣子吧，妳都曉得他去哪些地方？」明華問道，笑斂了一半；左半臉單挑著笑眉笑眼，嘴角也向上勾著，右半臉卻是陰沉沉。看來是不屑，是懷疑，是——因為是姊姊，就說同情，不是姊姊的話，倒像幸災樂禍。「呃？他應酬嘛。」

「他也不要妳一起去？」

「他們那些才沒意思哪。姊，妳知道不——」

「我倒是聽說了一些。」

「什麼？」

明華滿意的笑笑；就是嘛，哪有個不關心的呢？她挪向長沙發左邊的靠手，緊貼著，也好和坐小沙發上的明英挨得近些。又嫌不夠，乾脆傾了上半身，幾要附了耳才說：「他啊——不規矩。」再就退了一點，靜待其變。明英正過臉向著她，笑是不笑了，卻木木然，不驚不憂，是一臉不知所云的表情。

明華有些洩氣，又想她別是受驚過度，嚇傻了，就拍拍明英擱椅靠上的手，安慰道：「我不會讓他欺負妳！」這樣的保證一出口，明華更覺得自己是責無旁貸。

「才不會。」明英頭一低，看不見了神情，祇聽得嘴裡嘟噥了一句。明華火上心頭；敢情她是不信任自己的消息？

「他常去酒廊，」明華眼角一掃，明英正剝著指甲上磚頭紅的指甲油。「妳知不知道？」明華的聲音嚴厲起來。

「顏色不好，我想換一個。」明英說。抬頭看見姊姊的臉色，嚇了一跳，忙道：「知道，知道。」姊姊瞅著她，沒再說話，明英猜到自己還沒交代，可也不曉得該怎麼說。「中平要在就好，這是他的事。「他應酬好多。」中平就常怨這個，倒是真沒辦法的。

明華鼻子裡哼了一聲；明英是教章中平給洗了腦——如果她還有個腦子的話，——自己妹妹，多少要盡些心力救救她，哪怕要拖了拖面對殘忍的現實，總是強過被人欺騙，尤其是被章中平。——「明英，」明華放柔了聲音，本來祇打算點破一下，沒要說這許多的，竟是不能。「他生意上交些酒肉朋友，往那種地方應酬是有。可是我聽人家說，他和那邊一個美什麼莊的老闆娘很有交情，」還是昨天林立告訴的，林立說章中平真有本領，吃花酒還能折扣優待。「怎麼樣也是受過高等教育的人，這樣簡直是自甘下——墮落。」就是不長進！明華憤憤。在學校的時候，功課也不是不好，偏和她吵著說：「我不出國，我對把雄果蠅、雌果蠅瓶子裡放來放去倒足了胃口。我爸爸要我接他公司，妳說沒出息，我倒覺得不錯。妳非要出國，妳自己走！」真掉過頭一走，他就再沒有追上來過。

明英還是垂著頭，一言不發，連嗯嗯啊啊的應聲都沒有。明華原也沒具體的希望她有什麼表現，可是這樣子畢竟不足。就狠著心再殺一刀，「而且，我還聽說，」林立也做生意，和章中平這些事上很有溝通，「他那個祕書很不安分！」祕書，哼，魏正清該死，明華想不透那個發育過良的洋婆子哪一樣勝了自己，魏正清竟敢——

「他沒有祕書！」明英幾乎是愉快的叫了出來。這一點的不符合，足以推翻所有的閒話。

「那總是女職員什麼，反正他公司裡的沒錯。」明華不耐地道，卻是有個疑問：「妳就這麼信他？」

信不信中平？明英一楞。她從沒信他，也沒有不信他。在明英，人和人之間哪要費上這麼多的情緒呢？順著日子一過，今天成了昨天，用不到操心的。她想起補習班裡一個同學，天天一起回家的，有一次同學問她：「妳在想什麼？」她說：「什麼都不想。」那個同學大驚道：「什麼都不想？妳能什麼都不想！坐車的時候呢？一個人走路的時候呢？」她說就看看車上的人啊，那有什麼好想的呢？同學竟是羨慕她，又拿著當新發現到處告訴別人：金明英能夠讓腦子空下來，思想停頓。好像這也是個本事似的。明英知道她那同學寶氣，成天要做作家，不是平常人，當是笑話記下了。這會喫明華一問，明英不知怎的記起這個老笑話，把明華問的什麼又給丟了。

「明英，」明華看她沒作聲，想是碰到了痛處，便道：「男人啊，再老實的都靠不住，」魏正清都教她走了眼，還有說的嘛？「何況章中平。從前他就是不得了的，現在社會裡一打滾，更流了。明英，我和他同學，我知道。妳年紀輕，人老實，不要容易被人騙了。……」明華真是苦口婆心，說得自己都好感動，從前一直沒有做到長姊提攜保佑的責任，現在為時未晚。趁著這兩個月在這裡，要拉她一把才行。

明華說了一會，為要疏散明英的心情，就電話邀了金太太。母女三人上館子、逛街，很晚才分頭回去。這中間明英倒也沒現出難過，明華卻不放心，臨走切切的囑咐了，千萬不要打草驚蛇。金太太雖眼見明華有些鬼祟，隨意幾句沒問出來，也就算了。

這天也真不像個有事的天氣；台灣的初冬，太陽稍稍的斜了頭，剛收了剽悍，還不現瑟縮。卻祇是收得早些，不到五點，就有些黯淡了。

明英插花班裡回來。她原在學校裡修過這一門，卻選的初級班，輕車熟路，當然比別人好些，那老師拿她誇的，今天又是風風光光做了大家的示範。才開大門，就聽得屋裡電話鈴是連天響。她慌得不及取下門上的鑰匙，甩了鞋就奔過去接。還沒道喂，那邊明華的聲音就喊了起來：「妳跑到哪裡去了？找了妳一下午。快點，我在羅馬大飯店，他們剛上樓。哼，絕對跑不了。妳快來，我等妳。」明英一口氣沒順過來，說了個：「姊……」就無以為繼。明華那裡又催道：「快呀。跟司機說中山北路羅馬飯店就行了。我在底樓等妳……」明華的聲音比平時都高，明英覺得耳裡像有金鼓齊鳴，心裡怎麼也清不出條理。

「喂？喂？明英。——真是，我來接妳好了，看他怎麼得意。我馬上就到。」那頭掛了好久，明英還拿聽筒臉上貼著。「嘟，嘟，嘟，嘟……」一屋子犯著斷了線的嘀咕。她今天用了一個圓盤的花器，插的小原流，採取對稱的基本型。客廳藍色的窗簾要換棗紅，這樣的話，沙發面子也要整個換過。明華一會兒要來——明華一會兒要來！明英叭嗒一聲切了電話，要不是她臉上沒有怒容——就一點點惶然——真教人以為這樣突兀的把電話扔下，是遭誰得罪了。

鞋箱裡取出拖鞋趿上，扔沙發上的皮包拾起。有件太要緊的事，偏怎麼想不起來了？明英孤伶伶的站在偌大的客廳裡，空索枯腸，難得這麼樣的用心，可還是記不得。她有點遺憾地走向臥房，心裡猶自惦念不曉得忘了什麼。

她搆著手去解洋裝後面的暗鈕；不對，一會兒明華要拉她出去，不用換衣了。卻怎麼搞的，還是一下子拉鍊到了底，俐俐落落的脫下，開壁櫥拿衣撐子撐好，待要掛回去的時候，她哇的矮下身哭了起來，卻祇乾嚎幾聲就住了。明英半跪半蹲在壁櫥門口，手撫著毛佳績中庸洋裝的裙襬。兜出綢裡子來蒙著臉。她忽然記起想了老半天不得的那件事；匆匆地起身，順手拉件衣服，竟是才掛上的黑白花色外出服，邊走邊穿，急急的走出客廳。剛才上課用的花材，雖然甩乾又包了兩張報紙，擱了這許久，還是沁濕了音箱上白色織花的罩布。

明英蹙著眉收拾，明華卻進來了，手上拎著明英的鑰匙，道：「妳也太不小心了！——」語意未盡，瞥見明英一臉的不痛快，心情也就跟著入港，改口道：「準備好了？這就走。」

「我不去，」明英的聲音異常尖銳，把自己都嚇了一跳。明華先也喫驚，隨即恨恨的走進屋裡坐下，「妳是一隻鴕鳥，妳以為妳看不見就是沒事？妳對章中平逆來順受，妳讓他虐待妳，他就會對妳好？哼！」明華的思路清明，連罵人都是井然有序。明英站著，手裡倒提著綯濕的報紙包著的花，像個聽訓的學生。

「妳縱容他，他就眼睛裡沒有妳，妳遲早一天要被他遺棄！要不是妳是我妹妹，我會這樣費心！好，算我多管閒事，妳就不要有一天哭著來找我。」明華說著又站了起來，像就要走。明英嘴一癟哭著聲音道：「姊——」明華趕緊過去攬她，一面給予機會教育：「女人不是弱者，我們要採取主動！」

「中山北路，羅馬大飯店。」

明華吩咐過了司機，轉向明英道：「從回來到現在就忙著妳的事。也虧章中平大膽，我看哪，全世界的人，就瞞著我們一家。」她停下來等明英發問，明英卻祇古怪的望了她一眼，竟側過臉去了。

「下午我接到情報，他跟那個女的出去，又交代了下班前不回公司。我馬上弄清楚了地點；找妳找不到我就先去跟蹤。」明英看來很沒有興趣，明華卻是早打過一遍腹稿的報告，不能不發抒一番。

明華邊說邊打開手提袋，拿出一個黑色的小皮包，送明英眼前道：「妳看，我都弄好了。」這一招倒吸引了明英的注意，她把眼睛睜得老大道：「什麼東西？」

「相機，還有鎂光燈。」

「要這個幹什麼？」

明華不值她妹妹的無知，笑笑扣上皮包，竟不說了。

兩人打發了車錢，走進飯店。明華道：「一〇一一房。」自顧自的撳了電梯的按鈕，得意的道：「他們一訂房，我就問出來了。」明英祇是無言，也教人猜不透什麼居心。

電梯直上十樓，門開處是一條鋪了地毯的長廊。明華率先走出去，明英竟原地傻站著。明華道：「走啊。」明英道：「我要媽來。」明華詫道：「現在？」明英點點頭。電梯叭地要關上，明華趕緊用包包一攔，怒道：「妳這是什麼意思？」明英的嘴抿成一線，根本不接碴——這才是無言勝有聲，看來是任明華說破了嘴也不當用。

這才是明華始料未及；明英竟是這樣不能成事。明華氣急敗壞，祇是道：「什麼意思嘛？妳！」就再想不出更具說服力的言語了。

電梯亮著下去的燈陪她們僵著，終於明華一歎：「好，找媽去，到下面打電話要她來。」一鼓作氣，再而衰，三而竭。明華看似沒有先前的勁頭，慵慵的跨進電梯。

就在這時候，長廊上一扇門忽然打開，一男一女親熱的笑擁著出來。明華、明英聽那聲音俱是一驚，瞪目望去，那兩人也恰向電梯這邊正過臉來，八目一交，還未及定睛，電梯的自動門已是叭地一聲關上。

「妳看！妳看！我們到下面去等他們。哼，哪兒跑！」明英簡直像個綠林強盜，說著手往腰裡一插，看著電梯裡正一層一層下降的數字燈，眼睛眨都不眨。

明英兩眼發直，手握著皮包帶子，指甲插進肉裡去，嘴裡含含糊糊的說著話，卻又聽不真切，樣子竟像發了癡。

到了門廳，明華面向電梯站住，殺氣騰騰。明英卻恍若未覺地向外走。

「哎，哎！妳去哪裡？」明華叫住她。

「……」明英口齒啟動，卻不曉得胡嚼的什麼。

「妳說什麼？」明華火頭上，聲氣很惡。

「他看到我了！他看到我了！」明英突然叫了起來。明華倒著實被她嚇到了，一時呆若木雞。幸而明英祇大叫了兩聲，就抽抽落落地弱下聲音道：「我要媽媽，我要媽媽……。」

明華不甘功虧一簣，明英卻像有點歇斯底里，明華惹不起她，無奈出門叫了車子同回金家。

「看過這麼笨的人沒有？真是氣都氣死！」金家客廳裡，明華怒沖沖的下了結論。明英擠在金太太旁邊，哭是不哭了，就還抽個不了。明理站得遠些，一臉的不耐煩，明理太太知趣早就避開了。

「好了，好了，大家去吃飯。」金太太不滿意女婿的行徑，可也不贊成大女兒這樣的越俎代庖；現在是兩邊都不能說，誰的氣焰都不要再長。金太太畢竟是有權威的，一聲令下，一家人魚貫進入飯廳。

明理太太在阿貞上菜以後，挨著明英坐下，布菜給她，低聲道：「吃點，沒關係的，他一下子就會來接妳。」明英感激的看她一眼，差點又要淚下。對過明華的耳朵尖，氣得一口飯沒噎住。筷子重重一放，推開椅子走了。

桌上你看我，我看你，再就六隻眼睛一起看到金太太臉上去。金太太自金先生早去後，把一個家裡外撐得像模像樣，全仗著大小事都按規矩來，最恨人家壞她的。這明華莽撞已經不討喜，飯桌上竟也一樣目中無人，可恨自己女兒倒是來做客的，奈何不得；祇作沒看見，繼續吃飯。

金家的飯廳比著廚房。隔了書房和前廳一條窄窄過道相連。明華走到客廳，茶几上拿了根菸準備點上，卻聽得門鈴：「叮噹！」她也不知是什麼靈感，打火機一扔，沒等鈴再響一次，就衝到門邊。

門一開，果然是中平。

中平看見明華，不禁一楞，卻馬上冷淡下來，「明英在不在？我來接她。」既不似人前大姊長大姊短的親熱，連老同學的情分都不見，語氣還有些憤憤，恰像跟壞了他夫妻感情的仇人講話。

「你來得正好。他們在後面，我看我們兩個需要談談。」明華伸手待掠一下頭髮，卻是行到一半又放下手來，往裡面一讓，示意中平進來。

中平有一秒的猶疑；這金明華搗什麼鬼？兩個人談談？——哼，也好，還正有人要找妳談談呢。

明華待中平坐定，不避諱的細細打量起他來，中平也老實不客氣的回望過去，而兩個人雞一樣的鬥上了。

還是明華一聲輕喟：「唉，你還老樣子！」中平聽說，竟弄得一頭霧水。這會兒的明華是慈眉善目，言下只聽見感慨，倒也沒有別的意思。中平想說彼此、彼此，又太不見正經；要就這麼陪她話起舊，大家感動一番嘛？又非時非地。看見明華指間捏著菸，就順手拿起几上的打火機打燃，雖然沒說話，也是表示友好的意思。明華坐近一點，湊過來就火。中平想：「她是老了。」

明華緩緩吐出一口煙，道：「我老了。」她原想輕笑著說的，卻祇像伴了個咳嗽。

「沒有。」中平道。也並不是全部的違心之論，遠點看真的風采如昔。

明華撇著嘴搖頭笑笑，不以為然的樣子。中平本來就不想扯這些，平白又套上老交情。就也笑笑，給自己點了根菸，靜等「談談」。

「好快！六年，還多喲。怕你都不記得了吧——」明華的聲氣溫柔，煙霧後面的眼睛也見著幾分矇矓。

中平卻不自覺的脊骨一挺。怎麼？她想挖老瘡疤嘛？他自信是沒有什麼把柄落在她手裡的，可是——不錯，兩個人要好過，甚至她是明英以前唯一論過嫁娶的女朋友。愛講這些的卻不是他，是她。畢業旅行才親近起來的，畢業不久就吵架分手了。要不是明華和世人不同，硬要和他編派著日後，這樣幾個月的聚散，在他當什麼事呢？再說，誰喜歡自己的女朋友是個四年都拿第一名的呢？事後想想，那時真是好險，都為浪蕩了四年，連個固定女朋友都沒有，服役的時候不甘寂寞，竟以為有個女人來支使自己才是幸福，差點陷了下去。後來簡直就忘了這回事，不曉得好難得才能偶然記起一下，認識明英以後又聽到明華的名字，才有些為難。他知道明英再適合自己不過；這樣的女孩難求不說，又還門當戶對。恰好明華在美國常住，做了親戚，那些念書時候的過節誰還表它？就幾乎不放在意上了。現在，她要講從前，他該是沒有對不起她的地方吧？——偏怎麼在一起的事都不大記得清楚了。

「我是知道你的心情，也難怪，」明華這些想法從回國見到中平起就飄飄忽忽有那麼一點影兒，倒不敢深思，現在說著說著就成了形，「你也苦，明英——」沒打過腹稿的話，說起來有點結巴，正好，才見著真心。「明英不懂事。」明華想：明英倒是該減肥。

章中平聽得連菸灰都不曉得磕了。這才是新聞，明英素來不管他外面的事，今天在飯店總不成碰巧遇上，要不是金明華唆著的，他敢賭咒。這會兒來裝好人嘛？神情可又還真像在替他委屈。

「你，唉，沒想到你會這樣做，在美國聽到消息，我就想，該來阻止這件事。那時候偏又——唉，總之，陰錯陽差。」明華掉到自己編的故事裡頭去了。故事裡，她的婚姻失敗是為了世上有他，他的不安於室，為的心底有她，其實呢？

年初明華收到金太太的信，看到：「汝妹之未婚夫章中平，年輕有為，為兒之校友……訂於……在台北舉行婚禮……」，吃一驚是真的，卻也就「一」驚罷了。那時候魏正清帶著那個洋女人跑了躲起來，她發誓要他好看，到處搜羅證據控告魏正清，比什麼事都攪得起勁些。本來該揀份禮物寄去的，既沒有閒情，和妹妹又不夠交情，竟祇去了張結婚卡片。

「其實你又何苦？過去的已經過去了，你要就不娶她，要就不能對不起她。」明華是連「明英」這名字都忌諱說了，——多苦啊！她歎著：三個人這樣耽誤一生一世？章中平錯了，他不該報復的，卻是其心可誅，其情又可憫。

中平有點明白過來了，倒也不敢確定自己想的就是：金明華一點神經質是有，神經病怕還不至於。便疑道：「妳說什麼？」

明華悲傷的搖搖頭道：「她是無辜的。你不應該——。我知道你苦……」明華先還望著中平，後來索性低下頭來說自己的去了。「我那時實在並不真的嫌你，我不肯帶你回家，因為我媽媽一直喜歡找個博士，」她回到了廿三歲的年紀，沒看到中平張口結舌的表情。「這麼多年了，我以為時間能平復創傷，你卻走這樣的下策。你看你——」明華頭一抬，章中平忽地站了起來。

「金明華，妳胡說八道！」當初是她不要理他了嘛？倒還沒忘得這麼乾淨！一句到嘴的刻薄話：「才知道是妳丈夫不要妳！」生生的噍了回去，祇對明華怒目而視；中平發現她簡直是無可理喻，還不曉得跟明英說了多少呢。中平覺得自己掐得死她，大聲道：「我和明英在一起，跟妳一點關係都沒有！」走到門邊，想不能就這樣便宜了她，又補上一句：「請妳不要自作多情！」

後邊吃飯的人，聞聲趕來。盛怒下的中平，匆忙的向金太太一頷首，道：「媽，我改天再來。」一摔門出去了。

大家都讓傻住了，明英倒先哭了出來，明理太太忙扶住她，安慰道：「他不說再來嗎？別哭別哭。」明英仍是不停：「他不會來了，他生氣了，嗚嗚……」

金太太不耐地道：「好了。到底怎麼回事？明華，中平來多久了？」明華還癡望著被中平砰過的雕花大門；那邊像醒過來了，這邊倒又弄迷糊了。信口道：「媽，他們說我要好好休息一陣，我太緊張了。」

金家早餐桌上，明英挺著兩隻紅腫的胡桃眼，心不在焉的撥弄著盤子裡的煎蛋，其他的人臉色也都不好看，忽然電話響了，阿貞過去接聽。道：「小姐電話。」明華、明英俱是一動，阿貞尷尬地加上一句：「二小姐的。」明華白她一眼。

「喂？明英？我是中平。」

「我知道。嗚——」

「別哭，寶，別哭。」中平早上起來遲了，昨晚實在氣不過，找地方消氣去了。天天早上，明英像個大貓似的伏在他旁邊柔聲喊他。他愛她的豐腴細膩，平時不覺稀罕，今朝還真若有所失。「早上沒人叫我，起晚了，沒去公司。我好餓——」

「嗚——沒人弄早飯給你吃——」

「就是。寶，我昨晚上一夜沒睡，剛才盹了一下。」輸了好幾千，真倒楣。

「我也沒怎麼睡——」到底睡著了。

「昨天我和鄭小姐去飯店談生意，出來看到妳。妳們怎麼一下去就不見了？我回來好久沒看到妳，就找到家裡去。妳姊姊又對我好凶。」

「姊說——」

「不要聽她胡說！寶，我一個人在家，好不好快點回來？我今天不上班，我好像要生病了。」

「那——嗚——姊會罵我。」

「我來接妳。」中平不那麼柔聲細氣了。

「不要，」明英的嘴抿成一線，「我馬上回來。」

「好，快點，寶，再見。」

明英放下電話對金太太道：「媽，中平要我回去，他不舒服。」金太太點點頭道：「吃了飯走？」明英道：「回去再吃。」明理太太向她一笑，明英報以一笑。明理道：「等下，搭我便車。」轉向金太太道：「媽今天去不去證券公司？」金太太看明華一眼，道：「不去。」

「媽，妳去妳的。」明華早起祇做了清潔，沒上妝的臉，看來疲倦蒼老，她是這屋裡多出來的，她知道。

「我叫計程車回去好了。」明英已拿好了手袋，站在過道的地方。

「哦，就這麼急啊？為什麼不叫他來接，妳就自己回去？沒出——」明華一挑眉，精神忽然來了。

「明華！」金太太沉聲一喝。

明英趕緊含含糊糊的打了招呼，逃離現場。她總算也乖巧了一回。

這邊明華卻發作了：「你們就便宜他？讓明英這樣子？丟人簡直是！那個章中平根本不是東西。你們知不知道？他念大學的時候就追過——」

「那妳要怎樣？教明英離婚？」明理實在忍氣不住，沒想到這句話還真不好聽。明華一呆，神色漸漸慘澹下來，金太太竟意外地也沒作聲。

屋裡陡然靜了下來；明華看她面上稍帶愧疚的弟弟匆匆起身，仍然陌生的弟婦一邊拿來西裝上衣，媽媽邊吃邊看報——以前誰都不許的。

「媽，妳變了。」明華說在喉頭，金太太竟像聽見了似的看她一眼，卻又回到報上去了。真的，從前的金太太哪裡是肯息事寧人的呢？偏偏金太太眼睛看著報紙，心裡也在想：「這孩子越大越不懂事了。才回來，過幾天要好好講她。」

「媽，等下我想去趟航空公司。」明華未經思索脫口說出，說出來了以後卻也覺可行。

金太太、明理、明理太太一起看了過來：「？」

「我想利用剩下的假期，到東南亞一帶走走，看行程怎麼安排一下的好。」

那三位都有些疑惑，是氣話怎麼的？金太太應道：「然後？——」

「再就直接回美國。」明華想：明年他們該升她的副主任了。

明華這趟回來，金太太原意讓她不要去了，倒一直沒有機會提。現在想了想，卻道：「也不急，娘兒倆連話都沒好生說上幾句呢。明後天，我們兩個橫貫公路、梨山去玩玩。」

明華遲疑了一下，點點頭。金太太、明理、明理太太，和剛過來收拾聽見的阿貞都微笑了。

隨緣

○

家中素無宗教信仰，便是連祭祖的神龕也未特設一座。逢年節，寫兩張「四知」、「樂安」的紅條子，選面潔淨的牆上一貼，支使兒女拈香鞠躬；是教小孩兒規矩的意思大，求庇護的心理少。

去年，媽媽皈依三寶，家裡雖然沒人明言反對，卻一致不以為然。她又依了師父的勸，開始茹素，就更教每餐必肉的父親不值。父親的名言是「肉煮肉好吃，肉煮蘿蔔也好吃，蘿蔔煮蘿蔔就不好吃。」他於是自主中饋，弄上一桌的葷菜，惡作劇的看媽媽何從下箸。媽媽卻是從容不迫的揀盤裡配炒的素菜吃。爸爸大笑：「妳這算吃的什麼素？」媽媽正色道：

「師父說可以的；我吃肉邊菜，這叫隨緣。」

一

「五比一，哎，妳知不知道，現在男女的比例是五比一。哈哈！妳別怕，有希望，還有我呢！」雖說熟不拘禮，這樣的胡說八道也教我聽了討厭；報上說台北婚齡女子比男的多了五萬人，到羅傑嘴裡就成了「五比一」。

「Roger，別鬼扯了。我等你的話回電報，八磅半到底能不能再輕一點？你試著打打看。價錢重報一下。原樣先還我，等下我叫小弟來拿。Bye-bye。」

我今年廿七歲，未婚，也沒有要好的男朋友。離開學校三年多了，一直待在這個猶太人老闆的貿易公司裡。老闆兩隻長耳朵，眼袋鬆鬆，有幾分像美國漫畫裡頭出名的狗；先是有人背地裡管他喊Snoopy，後來也有叫到面前去的，他不怎麼介意，漸漸叫開了。史努比愛用小姐；小姐聽話，中國女孩又是特別的能幹。基於這個看法，公司上上下下十來個人，祇得史努比、湯米、小陳三位男士；湯米是安的先生，小陳是念夜校的小弟。男孩子倒不是沒有用過，他們也真是心大；像前不久走的陳建明，在公司裡做了一年，能學的學了，就沒一點留戀的去「自己搞」，聽說出去得不是時候，弄得不好，卻也不願意回來。

大學四年，也跟個把男孩單獨出遊過，不曉得怎麼都沒發展下去。大概那時候看多了小說，總覺得該有個永不氣餒的癡心人兒，才值得交往。殊不知自己沒有那等的花容月貌，連續說上兩次「沒空」，就再沒第三次。二哥仲雲，大我不到兩歲，碰上帶伴的場合，就拖他充數；這做面子的一招，更是自絕來路。

話得回頭說；學生時代的戀愛有沒有結果，真是沒準兒的事。像羅傑和安，念書的時候是班上公認的一對。畢業以後，安和我進了同一家公司，羅傑在外島服兵役。也不過一年工夫，安就宣布要當王經理夫人。湯米王是香港人，英文比國語好得多；有人說用英文講「我愛你」，沒用國語說的肉麻，廣東話說大概也還好。總之，安就嫁了湯米。羅傑和我是世交，安雖然同班，卻也還是緣著羅傑的關係才有個招呼，不約而同的進公司以後，做的業務沒關聯，也沒太打交道。她和湯米的婚訊，我等帖子到手才曉得，很替羅傑抱了一陣子不平。羅傑卻好；他退役以後，進了一家和我們有往來的毛衣工廠做業務代表，三天兩頭就得往我們辦公室跑，和湯米稱兄道弟，親熱得了不得。碰上安，就笑嘻嘻的「想當年」。羅傑愛說笑話，次數多了，難免有些不得體的，有一次硬是把我給逗火了，口不擇言的抖出這檔子事來臭他，他倒是別有一套：

「誰不要誰？安美玲不要我？妳想想看，我廿四、五歲，娶個老婆也廿四、五歲；我再逍遙個七、八年，娶個老婆還是廿四、五歲。她是不願意等呀？告訴妳，她是不敢等，過個三、五年，我不要她，她怎麼辦啦？」太上忘情，太下不及情，生意人不能上也得下，千萬提防著別走到中間去了。

「做生意的妳嫌滑頭；上回那個老師，妳說教的是體育；王媽媽介紹的工程師，妳說不好。人家這回可是醫生，長得體體面面，個頭矮點算什麼，人家都沒嫌妳高哪！」

「太太，交朋友是她自己的事，妳管她那麼多呢？——叔雲，妳也不要嫌我們嚕囌，我看他還滿有誠意的。當然，主要是看妳的意思。」

「姐，醫生好耶！有人想交還交不到咧。妳不知道，好多女生排隊等著送洋房，人家還要挑一挑。我後悔死了沒考丙組……」

「楊季雲，閉上你的烏鴉嘴！」不能跟爸媽凶，正好把氣發到小弟頭上。嘴張得太猛，剛拔過牙的傷口，痛得我差點掉下淚來。

「我不吃飯，我牙疼！」真是天下一等倒楣事，碰上那個屠夫牙醫。教人越想越氣！

二

我是個諱疾忌醫的人。從初中起就常鬧牙疼，疼的時候好像都逢著考期，怕耽誤功課祇得忍下，過陣子不疼了，正樂得不去找牙醫。是念高一吧，右邊的臼齒崩了半顆，沒奈何才讓媽陪著走了一趟。那種剪子、鑽子在嘴裡挖呀、戳呀的經驗實在慘痛；牙醫再向媽建議在我嘴裡上個鐵夾子矯正，就遭到了我堅定的反對。以後時而痛，時而不痛，也沒敢再上牙醫院了。

公司裡同組的張小姐，也是一口「稀斑牙」。她在公司附近一家牙科診所看了好幾次，對那兒的設備和醫生都很推崇。我包起來的壞牙裂開了，痛是不痛，卻只能用一邊嚼東西，多少有點不方便。就在張小姐的慫恿下，再踏上畏途。

大明牙科診所，在一棟四層公寓的二樓，小小的招牌，黑底金字，簡單得很；不像一些畫著大幅假牙的牙科招牌：紅硬的牙肉，森森的牙齒，教人看了難受。進門是間客廳改裝的候診室：落地窗上嫩黃的窗簾，靠牆一圈淺綠的沙發，中間的茶几是一個大大的圓餅，漾著牛奶似的乳色，桌面上是一盆粉紅淡紫的縐紙花，幾個圓形的吊燈，參差的垂下直到几上兩、三呎的地方。通裡間的邊上，隔了個小籠子似的排號處；整個候診室就屬這小籠子最有醫院味兒；端坐在籠子裡的護士小姐，一張冷冰冰的臉，和標明了「掛號處」的牌子很是相襯。

候診的人不少，等了好一會兒才輪到，張要等她看熟了醫生，我就先她一步。掛號小姐領我到裡面的一個小診療室。醫生正在洗手，看到我進來，就笑嘻嘻的打起招呼：「頭一次來？哪裡不好？」小鼻子、小眼睛的好和氣，一臉醫生相，教人看了就放心。

陳醫生是個瘦高個子，說話慢條斯理；他細細的檢查了我的牙，雲淡風輕地說：「該拔的五顆，可以治療的八顆。」我雖然不太曉得自己總共有幾顆牙，聽說得拔五顆卻不能不大吃一驚：「拔五顆?!」

「不拔當然也可以，」他指向我的裂牙，「這顆倒是一定得拔了，其他的，先治療試試，好不好？」

還有什麼好不好呢？鑽吧、挖吧、補吧。幸好陳醫生實在是有耐性，好脾氣，他總是輕輕的、慢慢的，讓我的不好過減到最低。

第一次，他補了兩顆最可救的，在該拔的一顆大蛀牙上鑽了洞，上了藥，要我第二天再去。再去又換藥，酸得我涕泗縱橫，他無可奈何的再上藥，囑我再去；說是試試看，希望能治療。

再去的時候，我被帶進了另一間診療室；這回不是陳醫生了。我覺得很不習慣，卻又臉嫩得說不出抗議的話來。他胸前的名牌上寫著：「林冀民醫師」。

「嘴張開！」他粗眉大眼，一副不好相與的樣子。

「喲，這麼大一個洞，還不拔掉。拔掉算了。嗯？」

「可是，可是……陳醫生說治療試試……」

「沒用啦！我看拔掉好了。順便把前面這顆畸形的也拔掉，反正沒用，難看死了。嗯？」我還以為那個「嗯」多少有點諮詢的意味，誰知他說著，一面就準備了一根好長的針管送到我嘴邊來。

「可是我什麼準備都沒有——」我真的要哭了。

「一點都不痛，什麼準備都不要。只要把嘴張開——對，就這樣，妳看，一點都不痛吧！」他的動作和說話是同時進行的；很少有人會冒著針尖斷在牙床裡的危險呼痛吧——即使是真的好痛。

麻醉劑打下去以後，他就扔下了我，出去串門子，我聽到他和掛號的賴小姐笑得起勁，卻想不出賴小姐的冷臉綻開笑靨是個什麼樣子。一會兒以後，他回到我身邊，用手指頭撥了撥我的嘴唇：「麻不麻？」

「不麻。」

「好。張開。」一天，他又給了我一針。

再問的時候，我是不敢不麻了。他要賴小姐拿了兩顆藥給我吃，然後用一把刀子什麼的，一下子就戳到我的牙肉上。

「這樣痛不痛？」

我清楚的感覺到某種利器直切入嘴裡，卻是一些也不痛；聽到我哼了哼表示否定，他俐落的開始手術。

牙齒崩裂聲，電鑽　　聲，鑷子呱呱聲，在我耳裡齊鳴，間或還夾雜著他的聲音，說些「看吧，一點都不痛吧。」這一類的廢話。他很不斯文的用左臂攬著我的頭，手掌托著我的面頰，右手在我的嘴裡劇烈活動，像是用上了全身的氣力。我的下巴隨時有讓他整得掉下來的可能。我只覺四肢僵直，心臟趨於麻痺。

「哎！妳別搖我呀！」

他忽然大叫了起來。搖他？我兩臂交在胸前，腿硬挺挺的伸在椅子上，怎麼會去搖他呢？

「妳拔牙不痛，我的指頭給妳咬得好痛！」唉呀，真不好意思，我狠狠的咬著他的指頭呢。忙不迭的張大嘴，讓他的食指撤退。他在傷口塞上些藥棉，取下口罩，一臉譏誚的說：「妳一定還沒我痛。」我正想申辯，他那兒又搶了先：「一個鐘頭不要說話，不要吃熱的，今天晚上不要漱口。」他用沾了水的棉花，輕輕的拭去我臉上的血，涼涼的濕棉花拂在我腫脹的頰上，我舒服的閉上眼，呼出我憋了好久的一口氣。

我用舌尖抵了抵嘴裡的棉花，好大的一塊。忽然一絲靈感掠過腦際，天啦，他真「順便」拔了另一顆好牙嘛？

「？」我試著用眼睛說，再輔以手勢：我比了一個一，又比了一個二。他竟然也不言語，學著我的樣子亮起眼睛，豎起兩根指頭。我簡直是毛髮俱立，瞪著眼睛，恨不得吐出棉花來罵他幾句才甘心。他笑著伸出手，把我還立著的指頭扳了下去，圈著我的拳說：「可憐，小手都是冰冷的。」這簡直是輕佻！

卻在我發作以前，他拿下了我脖上的圍巾，很平和的，很像醫生的說：「好了，可以去拿藥了。六小時吃一次，一樣一顆。」然後走到門口，喊道：「下一位！」

麻藥的作用消失以後，傷口痛得厲害，一邊臉微微腫起。偏是Weymy的客人到了台北，是大客戶，也是我的老主顧，每年都是我帶的，不能不去。中午廠家請吃飯，我啜果汁作陪，被大夥譏為怕胖。餓了兩餐，再也無法忍耐，循著藥袋上的號碼，撥了通電話到大明牙科：

「喂，大明？請找——我是你們的病人，昨天拔了兩顆牙的，陳醫生在不在？」當然找最可親的人，別人會笑我的。

「妳是楊小姐？」

「你怎麼知道？你哪位？」

「我是林醫師。怎麼樣？拔了牙還好吧？」

「不好。」他真不簡單，一下子就聽出我是誰；我恨死了這個鷹派牙醫，自然也沒什麼好聲氣。

「還痛？」他居然溫柔了起來。

「痛得要命。我，我想請教，這個，唉，什麼時候能吃東西？」

「妳從昨天到現在都沒吃東西？」我以為他會暴笑的，他倒像祇是詫異，又有些兒——同情吧。

「喝了些果汁。我不曉得可以吃什麼？」

「可以吃的，什麼都可以吃了。快吃晚飯了嘛，一起吃吧。嗯？」

什麼？這算是個邀請，還是……我忽然從病家的地位回到我是個大女生的事實上來了。

他卻像是隔著聽筒看穿了我的心思，緊接著又開了腔：

「喂？好哦？祇有我知道妳最好吃些什麼，跟我走準沒錯。」他說著笑了起來。「妳們公司在美心大樓，對吧？快下班了，嗯？」

「不，在德心大樓——」我是怎麼搞的，還跟他扯什麼呢？「林醫生，我們得到六點才下班——」我自覺顏色一整，聲音也嚴肅了起來。

「那就六點半，在妳們大樓門廳。對不起，我又有個病人，待會兒見。」

三

右邊是裂了縫的大牙，左邊是未癒的傷口，堪用的就剩門牙了。顧忌著難看相，我放棄了愛吃的生菜沙拉，一小口一小口的吞著蝦羹。我吃得辛苦而專心，他也不怎麼說話。

「我建議妳，」他忽然打破了沉默，「把前面那顆牙齒磨小一點，再裝上牙套，就好看了。」

外國客人喜歡說些自以為是的笑話，我早就習慣了裝出有興趣的樣子；於是一點都不費力的掀起嘴角，把音調提高八度：「How come?」心裡對他在我翻起嘴唇吃東西的時候討論我的歪牙齒不禁惱火。

他卻興頭了起來，擱下刀子，拉起自己的上唇，「喏，像我這樣，」他指著，「這顆，還有這顆，都是上了牙套的。」我好奇的湊過去看。「看不出來吧，好漂亮。嗯？」

他一派天真，竟不像是尋我開心的，我只得附和著說真看不出來喲，好漂亮耶。他濾掉了我話裡的酸素，一本正經的指責起我來。「妳也該這樣。漂漂亮亮的小姐，一口爛牙！」

他又接著安慰道：「沒關係，以後就好了，我們把長到後面去的那顆拔掉——」

「還拔！」我尖叫。

「誰要妳小時候不看醫生，牙齒長得亂七八糟。人那麼好看，牙齒一點都不配。」

他這是褒還是貶？我也懶得去深究了。倒是氣氛卻熱烈了起來，對連你嘴裡有幾顆牙都知道的人，好像已經不該有什麼祕密了吧。

四

謝謝張小姐的宣傳，公司裡全知道我交了大明牙科的醫生朋友，連史努比都甚感興趣，「牙醫是個好行當，很賺錢。」

爸要我帶回來相相，媽嫌牙醫不如醫生，當然這是羅傑搧的火。

我的治療過程特別遲緩，一方面是因為我自己的事情忙，一方面也是因為我的醫生對請我吃飯比修牙有興趣得多。或中午，或下午，他就來「邀個伴，一塊兒吃飯。」完全是因為「一個人吃飯沒意思。」或是因為「這回該妳請我了。」我們邊吃邊聊，說的不外乎工作範圍的笑話、同事的近況、家裡的雞毛蒜皮事。

有一回我忽然想起了問他：「你們診所布置得好別致，請人設計的？」

「陳光強自己設計的，就是陳醫生，他還會畫畫。哦，賴小姐是他太太，沒嫁他前也是學藝術的，做助手是半路出家。她還不錯。嗯？其實她是要就近監視，哈哈！」一個冷面孔，一個熱心腸，配得教我，嗝，教人可惜。

我們沒有正式出去玩過，因為兩人都抽不出空。也沒有過爭執。因為從不討論對事情的看法。我不太曉得戀愛是怎麼回事，照想不能有海誓山盟，起碼也得有個花前月下才算數。所以也不以為這樣常常一起吃個飯，就是有了什麼默契，也不把他當成戀愛的對象，對他，我畢竟有著自己的顧忌。

仲雲回國探親，打我的趣說：「我本來弄了一打男士照片回來，打算讓妳挑的，聽媽說妳有了個看牙的，只好都給退了票。」

「胡說八道，他算個屁！」

「哎！女孩兒家開口就是粗話！妳現在是天天看著他，不稀罕，這個感情嘍，得分開才知道的。」

公司要我去南部驗貨，一路下去要跑好幾個地方，這回一去得一個星期。走的前一天才告訴他我要出差，要他不用打電話給我，他淡淡的應了。

行程安排得很緊湊，末三天又送來了四個老外參觀工廠，他們磨著我當嚮導要遊名勝，弄得晚了一天才回到台北。帶著一身疲憊，直接就回了家。

晚上九點，他打電話來，說是剛才下班，要請我吃消夜，馬上來接我，我一口說好，就忙著梳頭換衣。

「喲喲？不是累得要死了嗎？哦，去看醫生啦？」

「你少討厭，楊季雲，我警告你——」

「好吧，妳也快要不能警告我了。由得妳去過癮吧。妳曉不曉得妳嫁出去誰最高興？——我。」

「媽，妳看小弟！」

「好了啦，不要讓人家等太久，他在門口按喇叭了啦。」

「按什麼按，叫他進來嘛，要不要我去請姊夫？哈哈。」

「你煩死了。媽，我走了。」

把小弟碰在門裡，我快步衝下樓梯。突然很想見到他，這個禮拜，他一直一個人吃飯？

五

從十二樓望下去，橋上的燈像天上的星星，一瞬即過的車燈更是流麗得像流星。身後的鋼琴琤琮得好溫柔，群星樓上的光線暗得我看不清楚他的臉。

不用看他，就猜得出他的表情，一路上，他都笑著，是那樣心裡裝不盡的歡喜直漫了出來到臉上的樣子。我知道，因為我也是。這種快樂真是沒有道理，我恨著自己的露出形跡，卻是無論如何努力也藏不起那份笑意。

「這兒沒什麼吃的，」這竟是我在這樣的情調中說的話麼？我實在是忙，以後得念點文藝書才行。「Lover's dream!」其實我想試試「血腥的瑪麗」，臨了又改了口。

「兩份！」

這是交往以來，最像樣的一次，並肩坐在黑裡，聽鋼琴，啜情人夢，數星星。該談點人生什麼的才是正理，可是我不敢先開腔。我有一肚子那四個外國寶貝的笑話要告訴他，忍著難受，但壞了氣氛卻更不上算。他也不說話，光衝著窗子微笑。我忽然希望他能對我表示一點，就算是為了虛榮心的緣故吧。雖然他那麼矮，矮得我穿了平底鞋才和他齊頭，我也不想計較這個原是我一向最在乎的了；我也不嫌他輕佻了，也不嫌他蒜頭鼻了，真的，我挑剔什麼，如果他能不覺得我的爛牙醜，不嫌我高……

他從我的手裡把杯子拿走，和他的一起放在桌上，像電影裡那樣，用雙手合起我的手，我沒有什麼特別的感覺，也一點都不緊張，倒是急於知道自己將聽到一些什麼美妙的話。

「以後我們天天一起吃飯。嗯？」

「嗯？」這回該我嗯了。這是什麼話，他真該念點文藝小說的。

「妳要不喜歡弄，就到外面吃。請傭人也可以。」

天，這，這是求婚！

荒謬的是，我第一件想到的不是好或不好，竟是結婚的時候該穿什麼鞋子，才能不高過他，又能顯得體態輕盈。

他真是沒什麼好的，每天從早忙到晚，長相不夠英俊，身材恰是五短，我是做太太的看先生愈看愈不得意。可是，他從沒怨我沒時間陪他，因為他比我還忙；他也不妒忌我月入豐厚——他賺的總比我多；他不嫌我二十八歲，因為他卅一了。我們不談人生問題，油鹽柴米醬醋茶裡自有樂趣，從認識到結婚，就只在群星樓上羅曼蒂克過一次，可也夠了，那裡的東西不怎麼好吃，我們都沒再想去一次。

唯一教我操心的是，我們既是如此這般開始，以後他是不是還會如法炮製呢？「妳以為每個漂亮女孩都有妳那麼一口爛牙啊！」他就是這樣，捧人的時候，不會忘了臭你一下。

他是沒什麼好，可是肉邊菜的滋味不見得差過肉呢，這是「隨緣」。

後記

野狐禪

一九八〇年出版的《姻緣路》短篇小說集後記題目是「寫小說好修行」，有人寫文章罵「胡腔胡調」。其實我雖然確實到胡蘭成的易經私塾裡去打過幾次瞌睡，可是上課未行束脩以上，下課也不趨前請業請益，充其量是個湊熱鬧的旁聽生，真算不上是人家的入門弟子，起碼那個時候年輕無知，不懂中國近代情勢的複雜和歷史上成王敗寇的道理，整個「一根筋」；心裡對貼了「漢奸」和「負心漢」的前輩既不甚恭敬，言行自然不去親近，而且幼稚得因人廢言，絕對沒有私淑學舌的嫌疑；當年會聲稱「寫小說好修行」完全是小孩跟家裡大人唱反調，因為我父親常哂笑我寫小說是「參野狐禪」。他老人家檯面上的休閒讀物是《蘇俄在中國》之類。我記得小學的時候讀到「高山滾鼓」是「不通、不通」捧腹大笑，現在想到也還微微笑。那不可能是我媽的書，她算是愛好「文藝」的，看電影畫報、唱黃梅調，還訂電視週刊和《皇冠》雜誌。所以書架上那一排柏楊作品有可能是我哥哥的書，他有當時所有被禁的書，包括書名是「小白龍」的《鹿鼎記》也做過我的兒童讀物。

和現在的家長怕小孩輸在起跑點上相反，我母親一直「防範」小孩子過早識字，可是因為我在成人堆裡長大，一傳眾咻，防線輕易就被突破，我很小就懂得搬凳子爬高去搆大人放在書架高層上不想我看的書，讀完歸原，神鬼不知，以至該看的、不該看的反正都看了，當時懂得多少當然很難說，可是時至今日我都會忽然在生活裡產生一個連接，領悟到一個多年前讀到某書某章某節某句時發生的疑惑或感慨，這樣的偶得也算是間接地豐富了自己的人生吧。不過這種養成教育讓我一生胡亂看書，毫無章法，一肚子亂七八糟不算學問的「非知識」平日裡完全無用，而且常常洶湧澎湃，病酒悲秋，感時傷懷，無可排遣。這才懂了媽媽先知先覺的「母愛」。

因緣際會，我在青年時期開始寫小說，算是替胡思亂想找了出口，不但是自我心理治療與建設，還贏得榮譽，當然覺得寫小說不是「野狐禪」是「好修行」。可是我的人生在那個始發期雖然心裡反叛，還是不免深受家庭影響，把安身立命當成前途上唯一的下一選項；我對找份待遇優渥工作的熱忱遠遠高過煮字療饑寫出個好作品，所以出國以後讀書就業，和文學漸行漸遠，終至完全脫節。

以前我去參加「聯合報短篇小說獎」比賽是為了獎金，得獎作品就是這本集子中收下的〈掉傘天〉和〈樂山行〉兩章。後來還能孜孜不倦地寫了此中十數個短篇，卻是因為受到對後進不吝提攜的前輩作家和編輯像是朱西寧先生、駱學良先生以及文藝界許多無私的其他前輩的鼓勵，才讓我這樣一個沒有文學抱負的人打下了「愛寫」的基礎，又居然在停筆三十年完成父母對我人生的期望後能鼓勇再發。這些前輩當年對素無淵源，不懂感恩，幼稚無知的小輩的厚愛和忍耐，要等到今天我長大到了他們當時的年紀才懂得。這份我愧對的名單實在太長，像主動為《姻緣路》短篇小說集作序的夏志清先生，到了今天還沒放棄對我期許的唐達聰先生，在我是青年作者時折節寄語鼓勵創作的彭歌先生、華嚴女士、白先勇先生，殷張蘭熙女士等等多位先進都是。甚至已經不在人世的報老闆王惕吾先生也讓我無限感懷；最近聽張寶琴女士轉述，他晚年時在舊金山養病時還問起：那個蔣曉雲跑到哪裡去了？她從不來聯絡，實在太無情了！

東邊日出西邊雨，道是無晴卻有晴。我的人生忽而在東，倏而在西，一時晴空萬里，一時大雨滂沱，雖然當時惘然，所有恩情都會一生長憶。

母親去世時，悲慟到有些失常的父親屢次強教我寫篇「哭媽媽」去報上發表。我那時恰至而立，放棄寫作有年，也有洋學位，有家庭、有工作，完全合乎他們的理想。聽說要我寫「哭媽媽」這樣老土的題目豈止沒有遵命，還大悖逆，惡聲答他：「早就不寫了！你不是說野狐禪嗎？我現在最怕別人知道我寫過東西！」

我爸爸只嘆氣道：「寫過東西怕人知道怎麼樣？又不是做過小偷！」他沒有替自己說的「野狐禪」翻案。在我父親心中大約凡是不經世濟時或發聾振聵的文章一律還是「野狐禪」。

「野狐禪」典故出自佛教〈傳燈錄〉和〈四家玄錄〉，說一個高僧認為修行可以達到「不落因果」，結果墮成野狐五百年，等到百丈禪師告訴它修行要「不昧因果」，才得以解脫。我既不出生在文學世家，長大又沒讀文史專業，從搬凳爬高識字讀書就是個「雜家」，都不用「墮」就已經身在旁門左道。五百年我只走了十分之一，就每世活一百歲，也要五世才得修完。既然「野狐禪」一參就是幾輩子，我就繼續「寫小說好修行」了。

文學叢書 293

INK PUBLISHING

掉傘天——蔣曉雲短篇小說集

作　　者　蔣曉雲
總 編 輯　初安民
責任編輯　洪玉盈
封面設計　蔡南昇
美術編輯　黃昶憲
校　　對　吳美滿　洪玉盈　蔣曉雲

發 行 人　張書銘
出　　版　INK印刻文學生活雜誌出版有限公司
新北市中和區中正路800號13樓之3
電話：02-22281626
傳真：02-22281598
e-mail : ink.book@msa.hinet.net
網　　址　舒讀網http : //www.sudu.cc

法律顧問　漢廷法律事務所
劉大正律師
總 代 理　成陽出版股份有限公司
電話：03-2717085（代表號）
傳真：03-3556521
郵政劃撥　19000691 成陽出版股份有限公司
印　　刷　海王印刷事業股份有限公司

出版日期　2011年 7 月　初版
ISBN　978-986-6135-36-1

定價　320元

國家圖書館出版品預行編目資料

掉傘天 蔣曉雲短篇小說集／蔣曉雲著 .--
初版． --新北市中和區：
INK印刻文學，2011.07
面；　公分. --（文學叢書；293）
ISBN 978-986-6135-36-1 （平裝）

857.63　　100008950